못난이 목사 세계를 향해 날다

못난이 목사 세계를 향해 날다

초판 1쇄 2014년 10월 25일

지은이 박용배
펴낸이 성철환 **편집총괄** 고원상 **담당PD** 유능한 **펴낸곳** 매경출판㈜
등 록 2003년 4월 24일(No. 2-3759)
주 소 우)100-728 서울특별시 중구 퇴계로 190 (필동 1가) 매경미디어센터 9층
홈페이지 www.mkbook.co.kr
전 화 02)2000-2610(기획편집) 02)2000-2636(마케팅)
팩 스 02)2000-2609 **이메일** publish@mk.co.kr
인쇄·제본 ㈜M-print 031)8071-0961

ISBN 979-11-5542-183-3
값 14,000원

못난이 목사 세계를 향해 날다

박용배 지음

매일경제신문사

내가 만난 박용배 목사님

-황상무 KBS 앵커

박용배 목사님을 처음 뵈었던 때가 벌써 13년 전이다. 그 시절 나는 KBS 아침 뉴스 앵커로, 방송 기자로 한창 물이 오르던 중이었지만, 동시에 인생에서 가장 혹독하고 참담한 좌절과 시련 속에 빠져 있었다. 첫째를 낳고 7년 만에 얻은 둘째가 한창 재롱을 꽃피우던 때, 뜻하지 않은 사고로 한순간에 식물인간이 되어서 사경을 헤매고 있었기 때문이다.

집사람은 24시간 병원에 있어야 했고, 나는 나대로 새벽 3시면 일어나 회사로 출근해야만 했다. 뉴스를 끝내고 병원에 가 파김치가 된 아내를 잠시 눈 붙이게 하고, 의식이 없는 중에도 극심한 고통으로 온몸에 경련을 일으키는 둘째를 보고 있노라면 차라리 그 아이를 안고 창문으로 뛰어내리는 게 낫지 않을까 하는 생각이 들 정도였다.

밤이 깊어 불쌍한 모자를 병원에 두고 혼자 집으로 돌아갈 때면, 참았던 눈물은 기어이 강물이 되어 흐르곤 했다. 그래도 혼자서 집을 지키고 있는 초등학교 3학년 큰 아이를 위해 집에 들어갈 때면 애써 웃음을 지어냈다. 그리고 다음날이면 또 천근 같은 몸을 끌고 새벽길을 나서야 했다.

그 절망과 고통의 시간 한가운데서 만난 분이 박용배 목사님이다. 어디선가 나의 처지를 들으시고, 기도를 해주시겠다며 무작정 찾아오신 것이었다. 처음 한두 번으로 그칠 줄 알았던 목사님의 방문은 그 후 무려 1년 동안 이어졌다.

목사님은 언제나 나의 영혼을 위로해주는 기도를 해주셨으며, 성경을 가르쳐 주셨다. 30여 년을 교회에 다녔지만, 그저 '나이롱' 신자로 만족하던 나는 그때 처음으로 성경에 대해 체계적인 교육을 받았다. 구약성경의 일관되게 흐르는 주제가 '메시아 곧 예수님이 오신다는 약속'이며, 신약은 '예수님의 복음을 전하고, 그리고 세상 종말이 올 때까지 그 복음을 전파하라는 당부의 말씀'이라는 것을 깨달을 수 있었다. '주는 곧 그리스도요, 살아계신 하나님 아버지의 아들'이라는 베드로의 고백이 어떻게 그를 열두 제자 중 수제자로 만들 수 있었던 것인지도 알게 됐다.

목사님으로부터 말씀을 배우며, 동시에 나는 그의 무엇보다 성실하고 진실된, 그리고 남의 아픔을 자신의 고통으로 여기는 참된 목회자로서의 인품을 엿볼 수 있었다. 사실 목사님은 너무나 바쁘신 분이셨다. 그러나 그를 필요로 하는 곳이면 전국 어디나, 심지어 일본과 중국에도 수시로 나가셔서 나처럼 고통과 절망에 빠진 분들을 위로해 주셨다. 또한 그들을 위해 기도하고, 한 사람, 한 사람에게 구원의 메시지를 불어 넣으셨다.

나처럼 하잘것없는 사람들에게까지도 성심을 다해 기도해주시고 가르쳐 주시는 모습은, 내게 '세상 끝까지 복음을 전하라'는 예수님의 마지막 당부를 몸소 실천하는 사도의 모습 그 자체로 보였다. '헌신'과 '희생'이라는 말은 그런 점에서 박 목사님을 표현하는 가장 적절한 표현이 아닐 수 없었다. 박 목사님으로 인해 나는 극단적인 좌절과 고통에서 위로받을 수 있었고, 다시 일어설 수 있는 힘을 찾을 수 있었다.

박 목사님의 그런 힘은 어디서 오는 것일까?

무엇보다 성경의 말씀, '복음을 전파'하는 것을 자신의 사명으로 알고 모든 것을 바치려는 지극히 겸손한 마음에서 오는 것이라 할 수 있다. 그리고 또 하나, 박 목사님은 내가 겪었던 좌절보다 훨씬 더한 어려움과 고통을 겪으셨다. 이를 극복하는 과정에서 놀라운 힘이 만들어졌다고 할 수 있을 것이다.

박 목사님이 시련과 고통을 극복하며 오늘에 이르기까지 살아온 과정과 현재의 삶, 그리고 앞으로의 사명과 비전을 담은 책이 출간되었다. 나는 그분의 삶을 곁에서 보아왔기에, 이 책을 읽는 것만으로도 그분이 겪어온 삶에 대한 진지한 성찰을 배울 수 있고, 또 그분이 전파하고자 하는 하나님의 축복을 얻을 수 있을 것으로 확신한다.

2007년, 난 KBS 뉴욕 특파원으로 부임하면서 하늘나라로 먼저 보낸 둘째와 똑 닮은 셋째 딸아이와 함께 뉴욕에 다녀올 수 있었다. 그것은 다름 아닌 박 목사님이 기도해주셨던 대로 좌절을 딛고 새로 얻은 하나님의 축복이었다. 나처럼 많은 사람들이 박 목사님으로 인해 구원의 메시지를 들을 수 있기를 바란다.

박용배 목사님을 만난 이후

-김덕기 KBS 대구 방송 총국장

박용배 목사님의 이력을 볼 때, 자신의 과거를 들추어내긴 쉽지 않으셨을 것이다. 그런 분이 자서전을 내셨다. 누구라도 이 책을 읽어보면 처음부터 그러한 느낌을 받지 않을 수 없을 것이다. 이 책은 어렸을 때부터 생의 밑바닥을 헤맸던 분이 그리스도를 만나서 어떻게 변화된 인생을 살 수 있었는지 분명히 알려주고 있다.

박용배 목사님은 겸손하신 분이다. 또 깨끗하시고 순수한 분이다. 나는 PD들을 대상으로 한 KBS의 소그룹 성경공부 모임에서 그분을 처음 만났다. 박 목사님을 만나기 전 나는 영적으로 '그로기 상태'였다고 해도 과언이 아닐 정도로 피폐해 있었다.

사실 나는 어렸을 때부터 신앙생활을 해왔다. 장로교 통합교단 소속의 교회에서 초·중·고 시절을 보내다가, 대학에 입학한 이후로 장로교 합동교단 소속에서 수십 년 신앙생활을 해왔다. 구원을 받았다는 확신도 있었고 남들에게 복음을 전파하여 예수님을 영접시킬 수도 있었다. 대학 시절엔 네비게이토 선교 단체에 참여하기도 했다.

그런데 그러한 겉모습과 달리 나에겐 고민이 있었다. 하나님과 교회와 신앙생활로 하루하루를 살아가고는 있었지만 그것이 내 인생의 해답이 되지는 못했던 것 같았기 때문이다. 프로그램을 만드는 방송국에서의 생활은 몰려오는 과중한 업무와 스트레스로 항상 평안치 못했고 무언가 갈급했다.

지금 생각하면 영적인 문제가 많았다고 할 수 있다. 그래서 틈만 나면 저명한 목사님들의 메시지를 접하며 참된 신앙생활을 하려고 몸부림을 치고 있었다. 그러는 과정에서 건강상태는 물론 영적인 상태도 무척 안 좋아졌다.

동료 PD를 통해 박용배 목사님이 인도하는 성경공부에 참여하면 어떻겠느냐고 제안을 받았고, 이 성경공부 모임을 통하여 거듭나게 되었고 구원의 확신과 사명을 깨닫게 되었다. 내가 누구며 무엇을 하며 살아야 하는지 영적인 눈을 뜨게 되었다.

20여 년 전, 내가 성탄특집 KBS 특별기획 4부작 '바이블 루트'를 제작할 때의 일이다. 당시 난 수많은 기독교 서점을 돌아다니며 성경 전체를 '구속사적인 관점' 즉, 그리스도를 중심으로 해석해 놓은 서적을 찾으려 애썼는데 결국 발견하지 못했다. 그런데 그렇게 궁금해 했던 신, 구약성경 속 복음(그리스도)의 비밀을 훗날 박용배 목사님의 성경공부 속에서 발견하게 되었다.

오직 복음을 전하는 방송인으로 그리스도의 증인으로 문화선교사로 언론인 복음화를 위해서 살 수 있게 해주신 목사님께 깊이 감사드린다.

박용배 목사님의 인생 역시 마찬가지였다. 목사님은 신학을 공부하고 빈민사역에 몰두하시다 극도로 지쳐있을 때, 진정한 복음의 의미를 깨닫고 복음과 언약에 근거한 사역을 하게 되면서 응답을 받기 시작하였다.

난 목사님의 고백이 내 인생의 신앙행로와 비슷하다는 사실을 발견했다. 궁극적으로는 복음의 진정한 의미를 깨닫지 못하고 신앙적, 종교적 열심에 몰두해 있는 크리스천으로 사는 것이 얼마나 힘든 것인가 하는 사실도 동시에 깨닫게 된 것이다.

초대교회 제자들이 곳곳을 다니며 예수가 그리스도라는 복음을 설명하고 전하는 장면이 사도행전에 나온다.

박용배 목사님도 날마다 각 언론사를 다니시며 예수가 그리스도이심과 그리스도는 모든 문제의 해결자이심을 전파하는 전도자다. 초대 교회 사도들과 성도들은 날마다 성전에서나 길에서나 예수가 그리스도이심을 증거 하였다. 박용배 목사님도 날마다 복음이 필요한 곳이면 그곳이 어디든지 달려가서 왜 예수가 그리스도이신지, 예수를 믿으면 어떻게 되고, 예수를 믿지 않으면 어떻게 되는지 복음을 밝히 전하시는 목사님이다.

목사님은 총신대학원(사당동)을 졸업하고, 인천 부평 부개동의 산동네에서 빈민선교를 하시며 어려운 고아들을 돕고 외롭고 소외된 독거노인들과 빈민구제운동을 하시던 목사님이다. 그러던 가운데 사모님이 영양실조로 입이 돌아가는 상황에서 깊이 엎드려 기도드릴 때 '은과 금을 주지 말고 나사렛 예수 그리스도의 이름의 복음을 주라'고 하시는 성령님의 감동에 따라 빈민구제운동을 그만 두고 오직 예수 그리스도의 생명의 복음 전도자로 사역의 방향을 바꾸셨다고 한다.

정부종합1, 2청사에서 공무원들에게 매일 복음을 전하기를 수년간 하시다가, 동일한 사역을 신문사와 방송국의 언론인들에게 10년간 이어오고 계신다. TV연기자 신우회와 탈북자 선교를 하면서 밤낮없이 복음을 위해 뛰어 다니는 목사님을 만나고, 나의 인생도 바뀌기 시작하였다. 주일날 교회에 다니면서도 늘 갈급했던 내가 박 목사님을 통해서 원색적인 복음과 전도와 선교라는 미션을 깨닫고, 언론인 복음화와 세계 복음화를 위해 살아야 되겠다는 나의 인생 미션이 확실하게 된 것이다. 목사님의 인생 역정을 소개하는 책 《못난이 목사 세계를 향해 날다》가 나오게 된 것을 진심으로 축하드리며 이 책을 통해 수많은 사람들이 예수 그리스도께로 돌아와 영원한 생명을 얻게 되는 은혜가 있으리라 확신한다.

　　나의 어린 시절은 너무나 슬펐다. 친구들에게는 다 있는 어머니가 나에게는 없었다. 아버지는 알코올 중독자셨고 너무나 가난하여 나는 항상 주린 배를 움켜쥐며 초등학교를 다녔다. 시골에서 초등학교를 겨우 마친 후, 객지로 나와 중국집과 만두집을 거쳐 레스토랑과 맥주홀을 전전하며 일하기도 하였다.

　　나의 아버지와 세 분의 형님들은 모두 알코올 중독으로 별세하셨다. 술이 몰아가는 비참한 인생을 목도하였던 나는 절대로 그렇게 살고 싶지 않았다. 이런 다짐이 나를 어릴 때부터 교회로 이끌며 하나님의 은혜를 갈구하게 만들었다.

　　열여섯 살이 되던 해부터는 하루 종일 식당에서 일하면서 새벽 기도를 나가 간절히 하나님을 찾았다. 그리고 하나님은 나의 기도를 들어 주셨다.

　　방위근무를 소집 해제하던 스물네 살 때, 과수원을 하는 장로님과 여전도사님 부부의 무남독녀 외동딸과 결혼을 했다. 그리고 또다시 감당하기 어려운 시험이 닥쳐왔다.

죽음을 결심하고 농약을 마시려는 순간, 목회자로 소명을 얻게 되었다.

그 후, 검정고시로 중·고등학교 과정을 마치고 전문대와 신학대를 거쳐 총신대·신학대학원(사당동)을 졸업하였다.

교회를 개척하고 빈민 선교를 하다가, '은과 금을 주지 말고 예수 그리스도의 복음을 주라'는 응답을 받으면서 비로소 전도자로 거듭나게 되었다. 인천 부평의 부개동 산동네에서 빈민 선교를 하며 길을 헤매던 내가 전도자로 거듭나면서, 복음 증거의 문이 열리기 시작했다. 정부 종합 1청사와 2청사, 그리고 신문사와 방송국을 비롯하여 정부 기관과 청와대를 두루 다니며 말씀 운동으로 바쁜 나날을 보냈다. 지금은 탈북자 선교에 힘쓰고 있다.

또한 인천 청라 국제도시와 송도 국제도시 두 곳에서 목회 사역에 전념하고 있으며 행복한 전도자로 하나님 나라를 위해 쓰임 받고 있다.

오늘이 있기까지 눈물의 기도와 후원을 아끼지 않으신 장인, 장모님, 그리고 나의 아내와 자녀들, 성도님들께 감사를 드린다.

인천 청라 국제도시 사랑의 교회에서
박용배

Contents

Part 1
절망뿐이었던 어린 시절:
불안과 공포 속에서의 시간들

Part 2
객지생활의 시작:
중국집 배달부에서 나이트클럽까지

Part

1

절망뿐이었던 어린 시절:
불안과
공포 속에서의
시간들

"목사님, 미국에 가서 더 공부하여 박
사 학위를 취득한 뒤에 북한 복음화를 위한 전문가로 쓰임 받고
싶습니다. 목사님께서 좀 도와주십시오."

얼마 전, 한 탈북자 자매가 부탁할 것이 있다며 나를 찾아왔
다. 그 자매는 국제 학교에서 교사로 일하고 있었는데, 표정을 보
니 아주 진지했다.

나는 곧바로 미국 워싱턴에서 목회하고 있는 친구에게 연락
을 취했다. 그리고 이 자매가 미국에서 공부와 신앙생활을 잘 병
행할 수 있도록 돌봐 줄 수 있는지 물어 보았다. 친구 목사는 흔
쾌히 내 청을 들어주었고, 그 자매는 현재 미국으로 건너가 박사

과정을 밟고 있다. 너무나 감사한 일이다.

내가 그 자매, 즉 태숙 자매를 처음 만났을 때는 1995년, 장백현의 어느 조선족의 집에서였다. 중국에서 사역하고 있는 전도사님으로부터, 자매 다섯 명이 북한에서 넘어와 있으니 복음을 전해 달라는 연락을 받고 달려간 것이었다. 집에 도착해 보니, 그 집에는 10대에서부터 50대에 이르기까지 다양한 연령층의 여성 다섯 명이 기다리고 있었다. 그들은 식량을 구하러 북한에서 나와 이 교회에 도움을 요청했다고 했다. 나는 사흘간 그 자매들에게 상담과 함께 말씀을 전했다.

그들은 복음을 듣고 약간의 지원금을 받은 후 밤중에 강을 건너서 북한, 해산으로 들어갔다. 그중, 가장 나이가 어린 태숙 자매는 북으로 가지 않고 교회에 남게 해달라고 요청했다.

그녀는 19세이지만 겉으로 볼 때 열다섯이 겨우 된 듯한 몸집이 작은 소녀였다. 태숙 자매는 부모님을 잃고, 언니들도 모두 중국으로 와서 흩어졌다고 했다. 고향으로 돌아가 봐야 가족도 없고 굶주림에 허덕일 것이 뻔하다며 눈물을 흘렸다. 나는 태숙 자매를 연길 쪽으로 데리고 나와서 식당에서 일하며 생활할 수 있도록 도와주었다. 그리고 몇 달에 한 번씩 태숙 자매를 찾아가 말씀으로 양육하고 복음 안에 믿음을 뿌리내릴 수 있도록 도왔다. 그렇게 2년이란 시간이 흘렀고, 태숙 자매의 신앙도 점점 자라났다. 그러던 어느 날이었다.

"목사님, 저는 신분증이 없어 언제 북한으로 끌려갈지 몰라 너무 불안합니다. 한국으로 데려가 주시면 안 되겠습니까?"

태숙 자매의 부탁을 들은 나는 한국에 가서도 지금처럼 믿음을 잃지 않고 신앙생활과 더불어 신학공부를 하여 제자로서 살겠느냐고 몇 번이고 물었다. 태숙 자매는 반드시 그렇게 하겠다고 다짐했다.

나는 평소 알고 지내던 탈북자 브로커에게 연락하여 400만 원을 주고 태숙 자매를 한국으로 안전하게 데려와 달라고 부탁했다. 그렇게 하여 태숙 자매는 라오스와 태국을 거쳐 한국에 들어오게 되었다.

태숙 자매가 국가 기관에서 조사를 받던 중, 큰 언니가 1년 전에 한국에 들어와 서울 목동에서 살고 있다는 사실을 알게 되었다. 태숙 자매는 하나원에서 교육을 받은 후, 언니와 함께 양천구의 한 아파트에서 살게 되었다.

그리고 약속대로 신앙생활을 하며, 검정고시로 중·고등학교 과정을 마치고 외국어대를 졸업하여 국제 학교에서 교사로 근무하게 된 것이다. 그리고 지금은 북한 복음화를 위해 전문가로 준비하고 있으니 어찌 기특하지 않을 수 있겠는가. 하나님의 은혜에 감사할 따름이다.

지금도 나는 복음이 필요한 사람들을 만나기 위해 세계 곳곳을 누비고 있다. 과거의 나는 세계를 품는다는 것은 꿈도 꾸지 못할 만큼 작은 사람이었다. 그러나 복음을 알고부터 세계를 향해 날아오르기 시작했고, 나를 통해 복음을 들은 제자들이 또다시 세계를 향해 도약하는 모습을 보고 있으면 복음의 위대함에 절로 고개가 숙여진다.

지금부터 내가 하게 될 이야기는 시골 마을의 비쩍 마르고 볼품없는 한 소년이 복음을 만나고 세계를 향해 날아오르게 되기까지의 이야기다. 나의 이야기가 여러분에게 세계를 품는 시작점이 되길 바란다.

어머니의 갑작스런 죽음

나는 어머니에 대한 기억이 거의 없다. 내가 만 세 살 되던 해, 이른 봄에 어머니가 세상을 떠나셨기 때문이다. 어머니는 산에 나물을 채취하러 가셨다가 낭떠러지에서 떨어져 머리를 심하게 다치셨고 병원으로 옮기는 도중 숨을 거두셨다고 한다.

고향 마을 분들의 회고를 통한 나의 상상 속 어머니는 우리 가족에게 한 줄기 빛과 같은 존재였다.

어머니는 18세에 아버지에게 시집을 와서 9남 2녀를 낳았지만, 그중 네 명은 사고로 먼저 떠나보냈다. 자식을 잃은 슬픔 속에서도 어머니는 가난한 시골 살림을 부지런히 일구어 남은 7

사랑하는 나의 어머니 손상기 여사 영정.

남매를 정성껏 키우셨다. 변변한 연장도 없이 선대 때부터 내려
온 밭을 논으로 만들고, 목수였던 친정 오빠에게 부탁하여 산
에서 좋은 나무를 베어다가 마을에서 가장 좋은 집도 지었다
고 한다.

나는 어머니에 대한 기억이 거의 없지만 단 한 가지, 잊지 못
할 소중한 기억이 하나 있다. 바로 어머니의 손을 잡고 교회에 가
던 기억이다. 신앙심이 깊었던 외조부의 영향으로 어머니 또한
독실한 크리스천이었다. 어렴풋하지만 어머니와 함께 걷던 그 산
길, 내 귓가를 가득 메우던 어머니의 찬양 소리, 그리고 다시 집

으로 돌아갈 때 느끼던 평화로움을 기억한다.

나를 교회로 이끌던 고향 마을의 풍경과 정감 넘치는 냄새, 영원히 놓고 싶지 않았던 어머니의 부드럽고 믿음직한 손….

어머니의 죽음은 어린 나에게 말로 형용하지 못할 슬픔과 공허함을 안겨줬다. 나는 매일같이 어머니를 찾았다.

"엄마는?"

"엄마는 과자 사러 갔다."

엄마를 찾는 막내아들의 울먹이는 얼굴을 보며, 아버지는 늘 이렇게 거짓말을 할 수밖에 없었다.

"엄마 언제 와?"

"열 밤 자고나면 온다."

하지만 열 밤이 지나도 어머니는 돌아오지 않았다. 과자를 사오지 않아도 좋으니 어머니가 빨리 왔으면 좋겠다고 생각하며 하염없이 기다리고 또 기다렸지만, 열 밤이 몇 번을 지나도 어머니는 끝내 우리 곁으로 돌아오지 않았다.

아무리 기다려도 어머니가 다신 돌아오지 않을 거라는 짐작이 확고해지자, 나는 아버지에게서 잠시도 떨어지려 하지 않았다. 그래서 아버지는 밭에 일하러 가실 때마다 나를 지게에 지고 다니셔야 했다. 아버지가 밭에서 일하는 동안, 내가 밭고랑 사이를 따라다니다 땡볕에 쓰러져 잠이 들곤 했는데, 아버지는 나무 그늘 아래 나를 재워놓고 그 모습이 측은하여 많이도 우셨

자전거에 타고 있는 나와 형제들. 아버지도 옆에 서 계신다.

다고 한다.

어머니를 잃은 슬픔이 컸던 건 비단 나뿐만이 아니었다. 어머
니가 돌아가시자 아버지께서는 술을 드시기 시작하셨다. 그것이
얼마 지나지 않아 술 없이는 단 하루도 살 수 없는 사람이 되고
말았다. 하루에 소주 대여섯 병은 보통이었고 때론 열 병 이상을
마시는 날도 있었다.

밭으로 가려면 냇물을 하나 건너야 했는데, 비가 많이 오
는 날이면 냇물이 제법 불어나 있었다. 그때마다 술에 취한 아
버지가 지게에 나를 지고 냇물을 건너다 넘어지는 일이 다반사

였고, 그 바람에 아버지 지게에 얹혀 있던 나는 물에 떠내려가기 일쑤였다고 한다. 다행히 큰 사고로 번지지는 않았지만, 언제라도 목숨을 잃을 수 있는 위험이 어린 나의 주변에 늘 도사리고 있었다.

아버지와
큰 형님의 싸움

하루가 멀다 하고 술독에 빠져 지내는
아버지는 더 이상 가정을 돌볼 수 있는 상태가 아니었다. 그런 아
버지를 대신하여 큰 형님 내외가 우리 집안 살림을 돌보아 주었
다. 7남매 중 유일하게 고등학교를 졸업하여 면 서기가 된 큰 형
님은 결혼을 하고 신혼여행에서 돌아오는 길에 어머니의 사고 소
식을 들었다. 그래서 큰 형수님은 신혼여행에서 오자마자 바로
시댁으로 들어와 어머니를 잃은 우리를 보살펴 주셨다.

그런 형수님의 따뜻한 손길에도 어머니에 대한 그리움은 사
그라지지 않았다. 당시 내 나이에 가장 소중하고 필요한 어머니
란 존재는 누구도 대신할 수 없는 절대적인 것이기 때문이었다.

형님들과 형수님과 누나.

우리 집의 가세는 날이 갈수록 기울었다. 아버지가 도박에 손을 대기 시작하면서부터다.

어느 날이었다. 이웃 사람들이 갑자기 집에 들이닥치더니 가구며 가재도구를 비롯하여 가마솥까지 가져가는 것이었다. 그리고 얼마 뒤, 그나마 있던 집까지 빼앗기면서 우리 가족은 조그마한 초가집으로 이사를 해야 했다. 어머니가 친정 오빠의 도움을 받아 정성스럽게 지었던 그 집은 우리가 나간 지 단 며칠 만에 허물어졌다. 누군가가 우리 집을 헐고 기둥을 가져갔다고 했다. 이제 내게 어머니를 떠올릴 수 있는 유일한 유품인 집마저 사라져 버린 것이었다.

집안 형편이 그 지경이 되자 큰 형님까지 비뚤어지기 시작했다. 면 서기 일을 그만두더니 아버지처럼 술을 마시기 시작한 것이었다. 큰 형님은 술에 취하면 닥치는 대로 폭력을 휘두르며 아버지와 다퉜다. 큰 형님은 한 번 술에 취하면 2~3일간을 두문불출하고 방에 누워 있다가, 일어나면 다시 나가 만취해서 들어와 행패를 부렸다. 어떤 날은 낫이나 칼을 들고 휘두르며 난동을 부리기도 했다. 그 바람에 우리 집 문짝은 하루가 멀다 하고 늘 떨어져 나갔다.

나에게 술에 취한 형님은 공포 그 자체였다. 한 번은 만취한 형님이 낫을 들고 나를 죽이겠다며 달려든 적이 있었다. 뒤쫓아 오는 형님을 피해 간신히 도망친 곳은 바로 언덕 위에 있던 교회당이었다. 나는 교회 마루 밑 안쪽 깊이 숨어 들어가 몸을 피했다. 다행히 형님은 좁은 마루 밑까지는 쫓아오지 못했다. 하지만 나오지 않으면 죽이겠다며 마루 앞에 계속 버티고 서 있었다.

나는 형님이 들고 있는 시퍼런 낫을 보며 잔뜩 겁에 질려 마음속으로 애타게 어머니를 불렀다. 형님이 제 풀에 지쳐 씩씩거리며 돌아갈 때까지, 나는 교회에 갈 때마다 꼭 잡았던 어머니의 따뜻한 손을 떠올렸다.

큰 형님의 지독한 폭력을 가장 견디기 힘들었던 사람은 바로 형수님이었다. 어느 날 형님의 난동을 피해 뒷산에 숨어 떨고 있는데, 그날 내 옆엔 형수님도 함께 있었다.

그날 밤, 형수님은 내 손을 꼭 잡고 흐느껴 울며 말했다.

"도련님, 우리 아이들을 잘 부탁해요. 난 도저히 이 사람과 못 살겠어요."

난 형수님의 손을 잡고 함께 울었다. 어머니 같은 형수님마저 없으면 도저히 살아갈 수가 없을 것 같았다. 형수님은 그 혹독한 가난 속에서도 어린 우리를 지켜주는 유일한 존재였기 때문이다.

다행히 형수님은 그날 밤에 집을 떠나지 않았지만, 우리와의 이별은 성큼 가까이 다가와 있었다. 큰 형님이 경찰 시험에 합격하여 순경으로 발령 받아 이웃 군으로 떠나게 된 것이었다. 형님의 무지막지한 폭력으로부터는 벗어날 수 있었지만, 한편으론 이제 더 이상 형수님의 보살핌을 받을 수 없다고 생각하니 무척이나 서운했다.

그 즈음, 다른 형님들은 모두 초등학교를 졸업하고 객지로 나가고 집에는 누나와 나, 아버지만 남아 있었다. 이미 알코올 중독자가 되어 버린 아버지는 우리를 돌볼 수 있는 형편이 아니었다. 아버지는 어린 우리 남매는 뒷전인 채, 늘 옆구리에 술병을 끼고 낚시를 하러 다녔다. 그리고 집안의 가재도구들을 모조리 술집에 갖다 주고 술로 바꾸었다. 그도 모자라 이웃집에서 돈을 빌려

술을 마셨다. 우리 남매는 아버지가 꾼 돈을 갚기 위해 농번기 때마다 집집마다 가서 일을 도와야 했다. 그토록 열심히 남의 집에서 일을 해도 우리 남매는 언제나 빈손으로 돌아와야 했다. 해질녘 집으로 돌아오는 길이 서러웠지만, 아버지가 빌린 돈을 갚아야했으니 어쩔 수 없는 노릇이었다.

계속되는 굶주림으로 우리는 늘 배가 고팠다. 가을이 다가오면, 우리 남매는 새벽 일찌감치 일어나 골목을 돌아다니며 이웃집 감나무에서 떨어진 홍시를 주우러 다녔다. 홍시를 주워 배를 채우고 나서도, 배고픔은 금방 다시 찾아왔다. 굶는 날이 허다했다. 학교에 가면 배고픈 설움은 더했다. 점심시간 때 다른 아이들은 엄마가 정성껏 준비해 준 도시락을 꺼내 먹는 동안, 나는 밖에 나가서 어슬렁거리거나 우물물로 배를 채워야 했기 때문이다. 며칠에 한 번은 학교에서 빵을 나눠주기도 했는데, 그런 날은 너무 좋아서 전날 잠을 설칠 정도였다.

이런 굶주림 속에서도 나는 마을 밖 10리 길에 있는 초등학교는 빼먹지 않고 다니려 애썼다. 낡아빠진 검정 고무신에 선배들에게서 구한 낡은 책, 군데군데 구멍이 난 허름한 옷차림이었으나 나는 학교엔 반드시 가야 한다고 생각했다.

학교 수업을 마치고 나면 부리나케 집으로 뛰어와야 했다. 이웃집 소를 몰고 산에 가서 꼴을 먹여주어야 했기 때문이다. 그 일을 마치고 나면 저녁 한 끼를 해결할 수 있었다.

추석 즈음이 되면, 성묘하는 사람들의 뒤를 슬그머니 따라 나서기도 했다. 그러면 차례를 마치고 난 후에 성묘 떡 몇 개를 얻어먹을 수 있었다.

매일같이 끼니를 걱정하며 배고픔에 허덕이던 그때에도 도움의 손길은 있었다. 이웃집과 교회 장로님 댁에서 틈틈이 양식을 주고 가셨던 것이다.

어릴 때 제대로 먹지 못하고 자란 탓에 나는 체격이 작고 왜소했다. 성격도 내성적이라 어떤 날엔 학교에서 말 한마디 하지 않고 돌아오기도 했다. 더욱이 학기마다 내야 하는 육성회비를 내지 못해 늘 선생님이나 반 아이들에게 염치가 없던 나는 더욱 기가 죽고 내성적인 아이가 될 수밖에 없었다.

이러다 보니 아이들 사이에서 나는 어느새 따돌림의 대상이 되어 있었다. 이른바 '왕따'였던 것이다. 마을에서 10리가 떨어진 학교를 다니던 터라 등하교하는 그 시간은 내게 가장 큰 곤욕 중 하나였다. 특히 중간 마을을 지나갈 때면 학교 아이들이 남녀 할 것 없이 모두 나를 향해 주먹을 휘둘렀는데, 그때마다 쥐구멍이라도 있으면 숨고 싶은 심정이었다.

내가 5~6학년 때, 담임 선생님이셨던 허백 선생님은 큰 형수님의 친정 마을 출신이셨는데 각각 두 살 터울인 형과 누나의 담임도 맡으셨기 때문에 우리 집안 형편을 잘 알고 계셨다. 선생님은 육성회비를 내지 못하는 나의 사정을 안타까워 하셨다. 그래서 돈을 제때 내지 못한 아이들이 혼날 때에도 나는 언제나 열외였다.

그럼에도 불구하고 학교를 계속 다니기란 나에게 너무 벅찬 일이었다. 6학년이 되어서는 결국 학교에 잘 나가지 못했다. 학교에 갈 시간에도 남의 집 일을 해주러 다녀야 했기 때문이었다.

어느 날, 학교에서 졸업사진을 찍는다며 연락이 왔다. 학교를 빠진 날이 출석한 날보다 훨씬 많았지만, 선생님께서는 나를 퇴학시키지 않으셨던 것이다. 졸업사진을 찍는 날, 겨우 시간을 내어 학교에 갔다. '펑' 하고 카메라 플래시가 터지면서 나는 아주 어두운 얼굴로 졸업앨범 한 구석에 끼게 되었다. 플래시가 터지는 그 순간, 초등학교에서의 지난 6년간의 일들이 파노라마처럼 눈앞에 스쳐 지나갔다.

갑자기 비가 오는 날이면 학교 앞에서 우산을 들고 기다리는 학부모들, 우산 속에서 부모님의 손을 잡고 하나둘씩 집으로 향하는 아이들, 그 모습을 부러운 눈길로 바라보던 나, 그 우산 행렬이 끝날 때까지 기다렸다가 비를 고스란히 맞으며 홀로 걸어야 했던 흙탕길, 그리고 단 하루도 빠짐없이 찾아왔던 배고픔…. 서러웠던 기억은 꼬리에 꼬리를 물고 이어졌다.

내가 3, 4학년 때쯤, 새마을 운동이 시작되었는데 한 집에서 한 사람씩 의무적으로 나가 일을 해야 했다. 다른 집에선 모두 건장한 어른이 나오는데 우리 집에서는 나갈 수 있는 사람이 나밖에 없었다. 나는 너무 어려 길을 넓히고 지붕을 고치는 대신, 새참을 나르거나 하는 잔심부름을 도맡아야 했다.

제일 서러운 때는 역시 명절날이었다. 다른 집들은 객지에 나간 가족들이 양손 가득 선물 꾸러미를 들고 한자리에 모여 떠들썩한 웃음소리가 끊이지 않는데, 우리 집은 평상시와 다를 것이 없었다. 집에 찾아오는 가족도 없었다. 혹시라도 객지에 나간 형님들이 오지 않을까 싶어 마을 입구까지 나가 오들오들 떨다 실망감에 축 쳐진 어깨로 그냥 돌아오는 일이 허다했다. 명절이 우리 집만 비껴가는 것 같았다. 이웃집에서 가족들과 함께 따뜻한 명절을 보내는 아이들이 너무나 부러웠다.

객지에 나간 형님들이 아예 집에 발을 끊은 건 아니었다. 한번은 대구에서 양복점을 하는 둘째 형님이 찾아왔다. 하지만 다른 집처럼 반가운 방문이 아니었다. 둘째 형님은 누나를 데려가기 위해 온 것이었다. 양복점에서 허드렛일을 시킬 생각이었다. 하지만 누나는 한사코 거절했다. 병든 아버지를 두고 갈 수 없다는 이유에서였다. 그러자 둘째 형님은 온갖 험한 욕을 한참동안 퍼붓다가 겨우 발길을 돌렸다. 둘째 형님이 가고 나서 나와 누나는 서로 부둥켜안고 한없이 울고 또 울었다.

누나 박경화.　　　　　　　　누나와 함께.

아버지는 술에 취해 아무데나 쓰러져 잠들기 일쑤였다. 저녁
이 되면 동네 사람들이 와서 안타까운 표정으로 아버지가 쓰러
져 있는 곳을 알려주곤 했다. 그러면 누나와 나는 옆집에서 리어
카를 빌려다 아버지를 모시고 와 방에 뉘었다.

초등학교 졸업사진을 찍던 그날, 내 머릿속을 스쳐간 기억들
은 모두 이런 것들이었다. 가난과 배고픔, 설움과 폭력. 물론 어
두운 기억만 있던 것은 아니다. 내게도 잊을 수 없는 따뜻하고
소중한 기억이 있다. 바로 어머니와 함께 갔던 교회와 기도, 찬
송이 그것이었다.

나는 어릴 때 교회 옆집에서 자랐고, 자연스럽게 교회는 나

의 유일한 놀이터가 되었다. 여름 성경학교나 성탄절이 되면 노래도 부르고 연극도 할 수 있는 교회에 가는 것이 내 삶의 유일한 낙이었다. 교회에서 내민 따뜻한 손길도 잊을 수 없다. 우리를 눈여겨보신 전도사님 댁 사모님께서 한 번씩 식량을 주고 가셨다. 행여 우리가 부끄러워할까봐 다른 성도들이 알지 못하게 몰래 선행을 베푸셨다.

아주 어렸을 때는 어머니의 손을 잡고, 초등학생 시절에는 누나와 함께 다니던 새벽 기도를 떠올려보면 나는 그때 분명 무엇인가를 기도했던 것 같다. 뭐라고 기도했는지는 자세히 기억나지 않지만, 기도하던 그 시간 느꼈던 평안함만큼은 아직도 잊을 수가 없다.

막내 삼촌이 어떤 여자 분을 집에 데려오셨다. 우리의 새어머니가 될 분이라고 했다. 새어머니가 오자 우리 집 분위기는 잠시 활기를 띠는 듯 했다. 늘 혼자 생활하시던 아버지도 새어머니가 내심 반가운 눈치였다. 그러나 새어머니는 두 달 정도를 머물다 우리 곁을 떠나버렸다. 새어머니가 있는 동안 누나가 이웃집에서 식량을 빌려 놓았는데 그 사실을 알게 된 모양이었다. 가난한 데다 남편은 계속 술만 마셔대니 살 수가 없다는 것이었다.

그 일이 있고 나서 아버지는 좀처럼 종잡을 수 없는 사람이 되었다. 느닷없이 방에 무당을 불러 굿을 했다. 계속해서 징을 쳐

다니던 교회를 배경으로.   집 앞 논을 배경으로.

대며 알 수 없는 말을 중얼거리는 무당의 모습은 내게 너무 낯설었다. 굿을 할 때 뭘 태웠는데 불씨가 번져 방 안에 불이 붙었다. 빨리 꺼서 다행이었지 자칫하면 그나마 있던 초가집마저 태워버릴 판이었다.

그뿐만이 아니었다. 아버지는 다른 사람의 장례 때 시체 염하는 것을 지휘하기도 했다. 그리고 죽은 사람을 묻기 위해 상여를 메고 나가면 앞에 서서 소리를 했다. 그 순간에도 아버지는 항상 술에 취한 상태였다.

집안의 모든 제사 역시 아버지의 몫이었다. 술에 취해 있어도 제사는 늘 철저하게 챙겼다.

그러는 동안 아버지의 건강은 날이 갈수록 더욱 악화되었다.

몸져눕는 일이 빈번하게 일어났고 잇몸에서도 늘 피가 보였다. 화장실에서 아버지가 앞서 보신 변을 보면 항상 피가 벌겋게 묻어 있었다. 항상 신경통약을 달고 다니고, 머리에 수건을 두른 채 엎드려 내게 팔다리와 등허리를 밟아 달라고 부탁했다. 앙상한 뼈만 남은 아버지의 등을 밟을 때마다 너무나 안타까운 마음이 들었다. 하루도 빠짐없이 독한 소주를 부어대는데, 어찌 몸이 견뎌내겠는가.

누나와 나는 10리 밖에 있는 약국에 아버지의 약을 사러 매일 출근하다시피 했고, 그와 함께 술심부름도 계속해야 했다. 술이 아버지의 상태를 더 악화시킨다는 것은 알고 있었지만, 술을 드시지 않으면 견디시질 못하시니 어쩔 수가 없었다.

아버지의 건강이 나빠지면서 아버지가 해야 할 일은 오롯이 나의 몫이 되었다. 겨울날에도, 여름날에도 나는 틈만 나면 지게를 지고 산에 올랐다. 밥을 지을 나무를 베어오기 위해서였다.

얼마 지나지 않아 아버지는 환청, 환각 증세까지 보이기에 이르렀다. 혼자 술을 마시면서 마치 옆에 누가 있는 것처럼 대화를 나누는 것이었다. 지금 누구에게 말하는 거냐고 물으면, 이렇게 말했다.

"봐라, 내 옆에 사람이 있잖니."

물론 나와 누나는 아버지가 말하는 그 사람을 볼 수 없었다. 육신적으로 정신적으로 완전히 피폐해질 대로 피폐해진 아버지

고향 교회인 효선 교회 전경.

필자의 형제들과 고향 교회 앞에서(우측부터 넷째 형님과 형수님, 그리고 누님).

는 그때 이미 보지 말아야 할 것을 보고, 듣지 말아야 할 소리들
을 듣고 있었던 것이다.

소경 할아버지의 길 안내

우리 마을에는 앞을 못 보시는 장님 할아버지가 있었는데, 그 할아버지는 여기저기 다니며 점을 쳐주는 일을 했다. 하루는 할아버지가 나를 불러 이렇게 말했다.

"일주일이나 열흘 정도 나의 길 안내자가 되어주면 돈을 주마."

나는 기꺼이 그 일을 맡기로 했다. 앞 못 보는 어르신을 돕는 일인 데다 수고비까지 챙겨준다니 굳이 마다할 이유가 없었다. 나는 그렇게 할아버지를 따라다니며 길을 안내했다. 할아버지는 점을 칠 때마다 수도 파이프 같은 지팡이를 이리저리 흔들었는데, 그 지팡이 안에서 구술 같은 것이 굴러다니는 소리가 들렸다. 그 지팡이를 움직이며 주문을 외우다가 어느 순간 점괘가 나왔다며 점을 보는 사람의 장래나 한 해 운세 같은 것을 예언해 주었다. 그렇게 곳곳마다 다니며 점을 봐주고 돈을 버는 것이었다.

그런데 문제는 할아버지가 가는 곳마다 하필이면 학교 아이들이 살고 있다는 것이었다. 아이들의 눈에 띄면 어김없이 놀림을 받아야 했다.

"용배 너 봉사하고 같이 다니는구나? 봉사하고 같이 다니니까 너도 봉사 되겠다."

그럴 때마다 너무 부끄럽고 괜한 일을 한 것 같아 후회가 막심했다. 그러나 이미 되돌리기엔 늦어버렸고, 할아버지를 버려둔 채 가버릴 수도 없었다. 결국 가까운 이웃 마을에서부터 이웃 군인 청송군까지 열흘에 거쳐 두루 다니다 집에 돌아올 수 있었다. 할아버지는 내게 수고비로 100원을 주었다.

"제 점괘도 공짜로 한번 봐주세요."

나는 할아버지에게 부탁했다. 나의 운명이 어떻게 될 지 궁금해서였다. 할아버지는 흔쾌히 지팡이를 흔들더니 점괘를 말해 주었다.

"너는 객지에 가서 일하게 될 것이고, 결혼했다가 헤어져서 두 번 장가 갈 팔자다."

두 번 장가 갈 팔자. 할아버지의 다른 말보다도 이 말이 오랫

동안 내 기억 속에 머물렀다. 훗날 결혼을 하고 나서 어려움을 당할 때마다 '혹시 두 번 장가를 가야 하는 것 아닌가' 하는 생각이 들 때도 있었다. 물론 지금 생각해 보면 어리석은 생각이었지만 점괘라는 것이 이토록 강렬하게 사람의 마음을 장악해 버릴 줄이야.

나는 지금도 그 장님 할아버지의 길을 안내했던 기억이 생생하다. 그리고 생각해 본다. 나는 과연 누군가의 삶을 올바른 길로 인도해 줄 수 있을까?

힘겹게 초등학교를 졸업하고 나서, 내게 중학교에 간다는 것은 꿈도 꾸지 못할 일이었다. 나와는 달리, 친구들은 중학교에 진학하여 교복과 모자, 새 운동화를 신고 새로운 세상을 향해 나아갈 준비를 하고 있었다. 그런 일들이 내겐 다른 세상의 일처럼 멀게만 느껴졌다. 초등학교에 다닐 때는 수학여행에 다녀오는 친구들이 그렇게 부러웠는데, 초등학교를 졸업하고 나니 중학교에 가는 친구들이 너무나 부러웠다.

친구들이 중학교에 다니는 동안 나는 지게를 짊어지고 산에 가서 나무를 해 왔다. 어쩌다 교복을 입은 친구들과 마주칠 때면, 황급히 자리를 피해 눈물을 삼켰다.

고향 마을에는 산수유가 많았는데 누나와 나는 겨울이면 밤마다 이웃집에 가서 입으로 산수유를 까 그 씨를 뽑아주는 소일거리를 했다. 하지만 초등학교를 졸업하고 나니, 이런 일만 하기에는 미래가 없었다. 이제 뭔가 살 길을 찾아야 할 때가 온 것이었다.

Part
2

객지생활의 시작:
중국집 배달부에서
나이트클럽까지

객지생활의 시작

나는 누나의 하얀 운동화를 신고 길을 나섰다. 다른 사람에게서 얻어온 운동화라 낡을 대로 낡은 운동화였지만 난생 처음 신어보는 것이었다. 난 항상 다 떨어진 검정고무신만 신고 다녔었기 때문에 비록 낡아빠진 것이라도 운동화를 신으니 기분이 정말 좋았다.

나는 취직을 하기로 마음먹고 가장 가깝고도 큰 도시인 대구로 향했다. 누나는 비상금으로 쓰라며 쌀 한 되를 챙겨 주었다.

정든 고향을 떠나던 날, 나는 가장 먼저 교회당에 들러 둘러보고 난 후, 아버지께 돈 많이 벌어서 오겠다며 인사를 하고 호기롭게 집을 나섰다.

객지생활을 시작할 무렵.

대구에 도착한 나는 수성동의 작은 삼촌 댁으로 갔다. 작은
삼촌은 누나가 준 쌀 한 되를 달라고 하시더니 몇 십 원을 주었
다. 장님 할아버지에게서 받은 100원을 보태자, 내게도 객지에서
살아갈 최소한의 밑천이 생겼다.

며칠이 지나고 사촌 형님과 함께 태평로에 있는 둘째 형님의
양복점으로 향했다. 그때부터 나는 본격적으로 형님의 양복점
에서 지내며 일을 하기 시작했다. 내가 하는 일은 잔심부름이나
바느질을 하는 것이었다.

내가 형님 댁에 있는 동안 세 번째 조카가 태어났다. 울고 보
채는 조카를 돌보는 일 역시 나의 몫이 되었다. 시간이 지날수록

내가 해야 할 일들도 늘어났다. 아침 일찍 가게 문을 열고, 밤늦게 문을 닫을 때까지 온갖 심부름과 청소, 바느질로 쉴 틈이 없었다. 고된 몸을 이끌고 자리에 누워서도 객지 생활의 설움은 끝나지 않았다. 형님과 형수님은 내가 잠이 든 줄 알고 밤늦게 맛있는 음식을 꺼내 몰래 조카들을 깨워 먹였는데, 그때마다 나는 서러워서 소리 없이 울음을 삼켜야 했다.

그렇게 양복점에서 지내다 보니 1년이란 세월이 훌쩍 흘렀다. 더 이상 형님 댁에서 지내는 것은 무리란 생각이 들었다. 일이 고된 것이야 둘째 치고라도 방 한 칸에 형님네 가족 다섯에 나까지 얹혀살자니 서로 너무 불편한 점이 많았던 것이다. 결국 나는 형님 댁을 떠나기로 결심했다.

나의 어린 시절에 대한 기억은 어머니를 잃은 상실감에서부터 시작된다. 그리고 이어지는 기억들은 모두 끝없는 어둠 속에서 허우적대던 것들뿐이었다. 그 어둠의 끝에서 나는 언젠가 빛을 보기 원했다. 누나가 굶지 않게 할 날을 기다렸다. 더 이상 무당을 부르지 않아도 아버지의 간절한 바람이 이루어질 날을 기다렸다.

하지만 긴 어둠의 터널은 끝이 보이지 않았다. 대구에서의 객지생활이 그랬다. 나는 항상 고단했고, 정에 목말랐다.

둘째 형님의 양복점을 나오기로 결심한 나는 두 살 위인 막내 형을 찾아갔다. 막내 형은 대구 동성로에 있는 중국집에서 일하고 있었는데, 한 달에 두 번 쉬는 날마다 나를 자전거에 태우고 외출을 시켜 주곤 했다. 형은 나를 극장에 데려가서 이소룡이 나오는 무술 영화를 보여주기도 하고, 짜장면도 한 그릇 사 주었다. 그리고 헤어질 땐 용돈도 조금씩 챙겨주었다. 하지만 그런 형과의 달콤한 시간조차 나의 암담한 미래를 밝혀주진 못했다.

막내 형을 찾아간 나는 중국집에 취직시켜 달라고 졸라댔다. 양복점에서는 더 이상 있고 싶지 않다고 하소연을 하며 졸랐더니 막내 형도 결국 나의 청을 들어주었다.

양복점을 나갈 때, 둘째 형님은 몹시 화를 내며 소리를 질렀다.

"여기도 일손이 필요한데 왜 의논 한마디 없이 나간다는 거야?"

나는 둘째 형님의 서슬 퍼런 고함 소리를 뒤로한 채 미련 없이 양복점을 떠났다. 그동안 일하면서 월급을 받은 적이 없었기 때문에 주머니는 가벼웠지만, 새롭게 펼쳐질 미래에 대한 기대로 마음은 이미 부자가 된 것 같았다.

막내 형은 나에게 남산동에 있는 작은 만두집에 취직시켜 주었다. 만두집에서 나의 업무는 주문을 받고, 주인이 빚은 만두를 나르는 일이었다. 부지런히 일하겠다고 굳게 마음먹었으나 그럴 수 없었다. 가게에 손님이 없었기 때문이다.

일을 한 지 20일쯤 지나자, 주인은 장사를 그만두겠다며 나에게 다른 일자리를 찾아보라고 했다. 만두집에서 내가 한 일이라고는 팔리지 않은 만두를 먹은 게 전부였다. 나는 어쩔 수 없이 다시 막내 형에게 연락을 했다.

이번에는 봉덕동 미군 부대 앞의 기지촌에 위치한 중국집으로 가게 되었다. 그 중국집은 2층짜리 건물로 제법 규모가 큰 식당이었다. 직원도 여섯 명이나 되었다. 식당 주변에는 미군들을 상대로 하는 술집들이 즐비했고, 밤이 되면 요란한 음악소리와 미군들, 기지촌 여성들로 붐볐다.

나는 중국집에서 배달부로 일하게 되었다. 한꺼번에 많은 주문이 들어오면 배달통 두 개를 양손에 들고 동분서주했는데, 배달통이 어찌나 무거운지 배달 한 번 다녀오면 양팔이 빠지는 것 같았다. 게다가 나는 키가 작아 배달통이 자꾸 땅에 닿는 바람에 배달하기가 쉽지 않았다.

여기저기서 혼이 나는 일도 다반사였다. 집 주소를 잘못 알아 배달이 늦어지면 음식을 주문한 손님에게 욕을 얻어먹고, 그 사실을 알게 된 주인과 주방장에게도 호되게 혼이 났다.

나를 비롯한 여섯 명의 직원들은 한 방에서 다 같이 지냈는데, 모두들 이가 많아 밤새 온몸을 긁어대는 통에 정신이 없었다. 하지만 나는 아침 8시에 기상하여 밤 12시까지 일하느라 지친 몸으로 잠자리에 들면, 머리가 땅에 닿자마자 곤히 잠이 들곤 했었다.

두 팔이 늘어지도록 배달을 다니고, 매일같이 혼이 나고, 밤마다 이 때문에 가려워 괴로워하면서도 나는 누구보다 열심히 일하려 애썼다. 주인과 주방장은 그런 나의 성실함을 좋게 봐주었다.

그러나 1년 정도를 중국집에서 일하고 나자 배달하는 일만으로 나의 미래를 만들기엔 부족하단 생각이 들었다. 그래서 대구 중부 경찰서 옆에 있는 '선미 만두집'이란 가게로 취직을 했다. 음식 만드는 기술을 배울 생각이었다.

내가 주로 하는 일은 주방에서 설거지를 하는 이른바 '주방 시다'였다. 설거지와 주방 심부름을 하면서 틈틈이 어깨 너머로 만두 만드는 기술을 익혀 나갔다.

대도시인 대구에서의 객지 생활이 차차 익숙해지고, 둘째 형님의 양복점에서부터 선미 만두집에 이르기까지 자리를 잡아가는 동안, 내 나이는 어느덧 열여섯이 되었다. 그동안 한 일이라고는 고작해야 허드렛일이나 배달이 전부였고 특별히 배워 놓은 기술도 없었다. 그래도 꾸준히 일을 해왔기 때문에 배는 고프지 않았지만, 고향 마을과 누나가 너무나 그리웠다. 아무리 어두운 기억들로 가득한 곳이어도 고향은 고향이었다. 특히 그 어려움 속

만두집에서 일할 당시(15세).

에서 함께 울고 웃었던 누나가 미치도록 보고 싶었다. 견디지 못할 만큼 외로워질 때면, 옥상에 올라가 막연히 고향 쪽이라고 생각되는 하늘을 하염없이 바라보았다. 그러면 두 눈에서 뜨거운 눈물이 흘러내렸다. 누나와 가끔씩 주고받는 편지가 그나마 외로운 객지 생활의 큰 위안이 되었다.

그리고 교회가 너무 가고 싶었다. 누나와 고향은 지금 당장 어떻게 할 수 없는 것이었지만 내 삶의 유일한 안식처인 교회만큼은 어떻게든 나가고 싶었다. 하지만 일요일은 다른 날보다 유난히 바빠 도저히 교회에 갈 시간이 나지 않았다. 그래서 고민하던 끝에 일이 없는 시간인 새벽에 교회에 가서 새벽 기도를 시작하기로 했다. 매일 갈 수는 없었지만, 잠을 줄여가며 새벽녘에 교회에 나가 기도하는 그 시간은 내 일상 중에 가장 소중한 시간이 되었다.

나는 교회에서 어머니의 손길을 되새기고 누나의 얼굴을 떠올렸다. 그리고 고향 마을 교회에서 보냈던 성탄절의 가슴 벅찬 시간으로 돌아가 보기도 했다. 그러면 내 마음은 더할 나위 없이 평안해지고 행복해졌다.

얼마 후 누나에게서 편지가 왔다. 아버지가 술값으로 그동안 살던 초가집을 이웃에게 팔아 버렸다는 내용이었다. 오갈 데 없어진 아버지와 누나는 옆집 장로님 댁의 헛간을 빌려 지낸다고 했다.

나는 어렵게 휴무를 얻어 새벽 일찍 버스를 타고 고향으로 향했다. 가 보니, 누나와 아버지는 정말 이웃집 헛간을 빌려 살고 있었다. 신문지 몇 장을 대충 발라놓은 흙벽이 가장 먼저 눈에 들어 왔다. 살림이라곤 냄비 하나, 숟가락 몇 개, 간장과 된장을 담은 작은 항아리 몇 개가 다였다. 도대체 이런 곳에서 어떻게 살 수 있을까 싶을 정도로 처참한 모습이었다.

누나는 남의 집 일을 해주고 식량을 구해 아버지를 모시고 있었다. 나는 누나를 껴안고 한참을 엉엉 울었다. 하지만 몇 시간 뒤에 다시 대구로 향할 수밖에 없었다. 이런 곳에 누나와 아버지를 두고 도저히 발걸음이 떨어지질 않아 마음이 아팠다.

당시 살던 초가집이 지금은 슬레이트 지붕으로 바뀌고 헛간으로 사용되고 있다.

　나에겐 누나와 아버지의 처지를 바꿔줄 능력이 없었다. 대구
로 향하는 완행버스에서 나는 계속 소리 없이 울었다.

중국집 배달부와
만두집 주방

그 후 나는 선미 만두집을 나와 직장을
전전하며 계속해서 살 길을 찾았다. 한 번은 부산 동래 쪽의 이
발소에서 근무하시던 넷째 형님인 진배 형님이 부산으로 내려오
라고 연락을 하셨다. 이발소 단골손님 중에 공장장 한 분이 있는
데, 그분께 나의 일자리를 부탁해 보신 모양이었다. 그랬더니 그
손님이 나를 공장으로 보내보라고 했다면서 부산으로 내려오라
는 것이었다. 형님은 공장에 들어가서 기술을 배워야 한다고 거
듭 말씀하셨다. 나는 그 연락을 받자마자 바로 부산으로 가서 며
칠간 형님의 자취방에 머물렀다.

그리고 얼마 뒤, 그 공장에 가서 공장장님과 몇몇의 간부들

부산 광안리 해변에서.

에게 면접을 보았다. 그들이 물어보는 질문에 나는 성심껏 대답
하였다. 면접이 끝나고 그들은 잠시 서로 얘기를 주고받더니 나
에게 이렇게 말했다.

"공장에서는 늘 손에 기름 묻히며 고된 일을 해야 하고, 기름
때 묻은 옷을 입고 살아야 합니다. 특히 무거운 물건을 옮기고,
정리하는 일도 쉽지 않은데 식당에서 허드렛일만 해 왔던 용배
씨가 견디기는 힘들 것 같아요. 괜히 며칠 일하다가 그만두면 회
사 분위기에도 좋지 않고, 그렇게 허약한 몸으로는 공장 일을 해
낼 수가 없습니다." 그러면서 다른 직장을 알아보라며 입사를 거
절하였다.

그도 그럴 것이 당시 나의 몸무게는 고작 42kg 정도였고, 허약하고 비쩍 마른 체격이었다. 공장 면접에서 떨어졌다고 하자, 진배 형님은 다른 곳을 더 알아봐주겠다고 했다. 나는 보름 정도 지내면서 진배 형님이 소개해주는 이곳저곳에 면접을 보러 다녔지만, 매번 똑같은 이유로 퇴짜를 맞았다. 엄마 없이 자란 막내 동생이 살아갈 길을 찾도록 애써주시고 염려해준 넷째 형님께 감사를 드린다.

부산에서 취직에 실패한 나는 다시 대구로 올라왔다. 그리고 구미의 만두집, 대구의 생맥주집 등을 거쳐 마침내 자리를 잡은 곳이 바로 대구의 대표적인 번화가인 동성로에 위치한 2층 카페, '우석 레스토랑'이었다. 사장은 대구에서 여러 업소를 운영했는데, 특히 뛰어난 술집 경영으로 이름이 나 있는 분이었다. 뭐든 열심히 하려고 하는 나를 사장은 기특하게 생각해 주었다.

사장은 포정동에서 커피숍도 운영하고 있었는데, '목마다방'이라는 곳이었다. 어느 날 사장의 지시에 따라 그곳으로 옮겨 잠시 일하다가, 사장이 향촌동에 '판 코리아'라는 큰 술집을 개점하게 되면서, 나는 그 술집으로 자리를 옮기게 되었다. 그곳은 유명 가수와 배우, 코미디언들이 출연하는 대형 술집이었다.

그나마 다행인 것은 술을 파는 곳이라 낮에는 아예 문을 열지 않는다는 것이었다. 그 덕분에 나는 모처럼 마음 편히 교회를 다닐 수 있게 되었다. 교회에 가면 마음이 평안했고, 하나님께 기도할 땐 마치 엄마 품에 안겨 있는 것처럼 따뜻했다.

나는 그 나이가 되도록 유난히 부끄러움이 많았다. 새벽기도에 갔다가도 목사님이 강단에서 설교를 하고 계시면 부끄러워서 교회당 안에 들어가지도 못하고 밖에 서 있을 정도였다. 하지만 기도만큼은 항상 간절했다. 내 기도를 듣고 계실 하나님께만큼은 절대 부끄러워하지 않았다. 그때 하나님께 부르짖었던 기도는 지금도 생생하게 마음속에 남아있다.

"하나님! 아흔아홉 마리의 양들보다 한 마리의 길 잃은 양을 사랑하신다는 하나님. 길 잃은 어린 양 같은 저를 인도해 주세요. 저는 아무도 의지할 수 없는 고아와 같은 사람입니다. 하나님! 제 인생을 인도해 주세요!"

맥주홀의 웨이터 생활과
선배의 폭력으로 인한 죽음의 위기

'판 코리아'에서 일하던 나는 또다시 직장을 옮기게 되었다. 당시, 내 나이가 만 18세가 안 된 미성년자였기 때문에 유흥업소에서 근무할 수가 없다는 보건당국의 지적이 있었기 때문이다. 나는 다시 '우석 레스토랑'에서 일하게 되었다.

그 사이 '판 코리아'가 문을 닫게 되면서, 그곳에서 일하던 선배도 '우석 레스토랑'으로 자리를 옮기게 되었는데 그게 화근이었다. 선배가 걸핏하면 만취가 되어 나를 괴롭히는 것이었다. 통행금지 시간에 와서 온갖 심부름을 시키고, 트집을 잡았다. 심지어 이유도 없이 나를 죽이겠다고 협박하며 폭력을 휘둘렀다.

나는 더 이상 참을 수가 없었다. 괴롭힘과 폭력은 어릴 때부터 진절머리 나게 당해왔던 터였다. 더는 가만히 앉아서 당하고 싶지 않았다. 나는 사장에게 가서 그 선배와 함께 일해야 한다면 그만 두겠다고 딱 잘라 말했고, 그날로 선배는 해고되었다.

그날 밤, 통행금지 직전의 늦은 시각이었다. 누군가 밖에서 거칠게 가게 문을 두드리기 시작했다. 불길한 예감이 들었다. 나는 겁에 질려 숨을 죽인 채 떨

웨이터 시절.

고 있었다. 어린 시절, 주먹을 휘두르는 큰 형님을 피해 교회당에 몸을 숨겼던 때가 떠올랐다. 나를 안전하게 지켜 주었던 그 교회당과는 달리, 가게 문은 얼마 지나지 않아 나가 떨어졌다. 험악한 얼굴로 문을 부수고 들어온 선배는 나를 마구 때리기 시작했다. 나 때문에 직장을 잃은 것에 대한 화풀이였다. 선배의 폭력은 밤새도록 이어졌다. 이미 이성을 잃은 선배는 나를 죽여 버리겠다고 고함을 지르며 주먹질을 하고 발로 걷어차고 목을 졸랐다. 아픈 것은 둘째 치고 극심한 공포가 온몸을 휘감았다. 나는 아침이 될 때까지 강제로 무릎을 꿇은 채, 선배의 폭력을 고스란히 받아내야 했다. 나에겐 대항할 힘이 없었던 것이다.

그 일 이후, 나는 그곳이 싫어졌다. 폭력이 난무하는 곳은 아무리 많은 월급을 준다고 해도 더 이상 있고 싶지 않았다. 향촌동 유흥업소에서 일할 때 나를 친동생처럼 아껴주던 형님이 새로운 직장을 소개해 주었다. 대구 백화점 앞의 지하 유흥업소, '인더무드'란 곳이었다. 당시 내 나이는 만으로 열일곱이었기 때문에 유흥업소에서 일할 수 없었으나, 이것저것 따질 상황이 아니었다. 하루라도 빨리 '우석 레스토랑'에서 벗어나고 싶을 뿐이었다.

아버지의
죽음

'인더무드'로 옮긴 후, 얼마 지나지
않아 추석이 다가오고 있었다. 오는 추석에는 고향에 가서 아버
지와 누나를 만나야겠다고 생각하던 터였다. 추석을 며칠 앞둔
어느 날, 비보가 날아들었다. 아버지가 돌아가셨다는 것이다. 비
록 코끝을 찌르는 술 냄새가 아버지에 대한 기억의 전부였지만,
였지만, 그래도 가슴이 무겁게 내려앉았다. 나는 아버지가 돌아
가셨다는 연락을 받자마자 막내 형과 함께 고향으로 달려갔다.
그때 큰 형님은 고향에서 20리 떨어진 가음지서에서 근무하고
있었고, 둘째 형님도 가음면으로 이사 와서 양복점을 하고 있었
다. 아버지는 큰 형님 댁에서 운명하셨다고 했다.

나의 아버지 박삼춘 영정.

    아버지의 장례를 치르기 위해 모처럼 온 가족이 한자리에 모였다. 하지만 비극적인 아버지의 운명처럼, 가족이 모인 그 자리 역시 참담했다. 첫째 형님부터 셋째 형님까지 모두 아버지처럼 알코올 중독자가 되어있던 것이다. 장례식 내내 술을 마셔대던 형님들은 어느새 서로 주먹질을 하고 싸우기 시작했다. 서로가 서로에게 잘했느니, 잘못했느니 하는 책임 전가가 욕설과 함께 이어졌고, 엄숙해야 할 아버지의 장례식은 그야말로 아비규환이 따로 없었다. 그 지긋지긋한 싸움질 속에서 나는 고아가 되었다.

아버지의 장례식을 치르고 대구로 돌아온 지 얼마 되지 않아, 나는 또다시 슬픔을 겪어야 했다. 큰 형님이 아직 주민등록증도 나오지 않은 내 호적을 퇴거 신고해 버린 것이었다. 다른 형님들과 누나도 다 퇴거를 해 보냈다고 했다. 그렇게 그리워하던 고향이었는데, 이제 다시 고향에 갈 일도 없을 거라고 생각하니 서글펐다.

한순간에 아버지를 잃고, 고향을 잃고, 가족을 잃은 채, 나는 18세가 되었다. 이제 마음 놓고 유흥업소에서 일할 수 있다는 것과 운전면허증을 딴 것을 빼면, 나의 성년은 별로 달라진 것도 앞으로 달라질 것도 없었다.

룸살롱 손님의
폭력과 살인의 충동

새로운 직장 '인더무드'에서 나는 화장
실 청소를 담당했다. 화장실은 건물 1층과 지하에 각각 위치해
있었는데, 지하 화장실에는 남성용 소변기 2개만 놓여 있었다.
나는 통행금지시간이 되어 손님들이 거의 돌아갈 때쯤 미리 화
장실 청소를 했다.

그러던 어느 날이었다. 여느 때처럼 청소를 하기 위해 청소 도
구를 가지고 지하 화장실로 내려갔는데 소변기 화장실에 누군가
가 들어가 문을 걸어 잠근 것이었다. 한참을 기다리자, 화장실에
서 30대 남성이 나왔다. 그는 은행 직원으로 가게에 자주 오던 손
님이라 안면이 있었다. 그런데 문제는 그 다음이었다. 안으로 들

어가자 소변기에 누군가 대변을 잔뜩 봐 놓고 그대로 둔 채 가버린 것이었다. 변에는 김까지 나고 있었다. 분명히 그 손님이 해놓은 것이었다. 나는 그를 쫓아가 붙잡고 말했다.

"저기는 소변만 보는 곳인데 대변을 보시면 어떡합니까?"

그러자 미안하다는 겸연쩍은 사과 대신 주먹이 날아왔다.

"내가 거기다 똥 싸는 걸 네 눈으로 봤어? 봤냐고!"

그러면서 그는 나를 다짜고짜 때리기 시작했다. 나는 화가 났지만, 최대한 맞지 않으려 저항하며 몸을 피하는 수밖에 별다른 도리가 없었다. 마음 같아서는 변을 채취해서 수사기관에라도 맡겨 확인해보자고 하고 싶었다. 너무 억울했다. 하지만 그 억울함을 혼자 삭히는 수밖에 없었다. 그리고 나에게 돌아온 것은 지배인의 호통이었다. 손님에게 무례하게 굴었다는 것이다. 지배인은 그 손님에게 사과까지 하며 돌려보냈다.

그날, 나는 마시지도 못하는 술을 들이켰다. 그리고는 막내 형에게 전화를 걸었다. 형의 목소리를 듣자 눈물이 왈칵 쏟아졌다. 억울함과 외로움에 감정을 주체할 수가 없어 한 번 쏟아진 눈물을 멈출 수가 없었다. 전화를 끊고 나서도, 나는 밤새 서럽게 울었다.

하루는 저녁 장사가 시작되기 전, 청소를 하고 있을 때였다. 오후 4시쯤, 앳되어 보이는 대학생이 술에 취해 들어와서는 스탠

드바의 의자에 앉으며 소리쳤다.

"야, 꼬마야. 술 좀 가져와라!"

나는 그에게 가급적 좋은 말로 말했다.

"영업은 저녁 6시부터 시작합니다. 그리고 혹시 미성년자 아
니십니까? 미성년자에게는 술을 팔지 않습니다."

하지만 그는 막무가내였다. 게다가 수중에 돈이 없으니 학생
증을 맡기고 술을 먹겠다고 억지를 부렸다. 그가 내민 학생증을
보니 나보다 생일이 늦은 동갑내기였다. 나는 내 주민등록증을
보여주며 말했다.

"나이도 같으니까 꼬마라고 부르지 마세요. 그리고 돈도 없이
학생증으로 술을 달라고 하면 안 됩니다. 더군다나 아직 영업 전
이니 그만 나가 주세요."

그러자 그 대학생은 나를 지하로 내려가는 계단으로 데려
가더니 마구 때리기 시작했다. 덩치 큰 대학생의 주먹질을 고작
40kg의 작은 체구인 내가 어떻게 당해내겠는가. 그는 마구잡이
로 나를 때리고 짓밟더니 그 길로 도망을 가버렸다. 마침 내 비명
소리를 듣고 달려온 동료가 골목길로 도망치는 대학생을 쫓아가
붙잡아 왔다. 그리고는 바로 그를 파출소로 넘겼다.

얼굴이며 눈이며 시뻘겋게 든 피멍으로 나는 꼴이 말이 아니
었다. 그래도 폭력을 휘두른 놈을 잡아서 파출소에 넘겼으니 그
나마 다행이라고 생각했다. 그런데 문제가 그리 간단한 것이 아

니었다. 같이 근무하던 형들 중에 나를 아껴주던 형이 있었는데, 그 형이 웬일인지 어두운 얼굴로 나를 골목으로 데리고 가는 것이었다. 그러더니 심각한 목소리로 말했다.

"저 가해자 학생의 삼촌이 우리 업소의 단골손님이란다. 그래서 벌써 사장님한테 연락을 한 모양이야. 없었던 일로 해달라고 말이지. 잘못하면 치료비도 못 받게 생겼다."

말을 마친 형은 내 어깨를 몇 번 토닥이더니, 결심이 선 듯 단호하게 말했다.

"눈 꼭 감아라."

어안이 벙벙한 나는 형이 시키는 대로 눈을 감았다. 그러자 곧이어 눈앞에 번쩍하고 별이 보였다. 형이 내 얼굴에다 자신의 머리를 서너 차례 들이박은 것이었다. 온 얼굴이 피멍 투성이던 나는 너무나 고통스러워 소리를 질렀다. 몇 번이고 박치기를 하던 형은 안 되겠는지, 이번에는 펜치를 가지고 왔다.

"형, 치료비는 못 받아도 좋아요! 제발 살려주세요!"

겁에 질린 내 간청에도 불구하고, 형은 펜치로 내 앞니를 조금 부러뜨렸다. 피멍에 앞니까지 부러진 내 모습은 정말 눈물 없이 볼 수 없을 만큼 가관이었다.

그날, 사장이 나를 부르더니 이렇게 말했다.

"3일만 여관에서 치료 받으며 숨어 지내라. 그 학생 삼촌이 단골손님인데 없던 일로 해달라고 사정을 하는 통에 나도 곤란

한 입장이야. 내가 너 연락도 없이 사라져버렸다고 할게. 그러면 그 학생을 경찰서로 넘겨야 하는데 네가 나타날 때까지 파출소에 붙잡아 두면 합의하자고 나올 거다."

나는 사장의 아이디어에 놀라워하며, 그가 시킨 대로 사흘 동안 여관에 숨어 지내면서 치료를 받았다. 사흘이 지나니 피멍이 더욱 심해져 얼굴이 엉망이었다. 나는 여관에서 나와 파출소로 향했다. 가서 조서를 꾸미니 가해자의 삼촌 되는 단골손님이 와서 합의를 해달라며 종용했고, 나는 치료비로 20만 원을 받고 합의해 주었다.

그렇게 그 사건은 일단락되는 듯했다. 그런데 합의가 끝난 그날 저녁, 그 손님이 친구들과 함께 술을 마시러 와서는 나를 룸으로 불렀다. 그러더니 다짜고짜 욕설을 퍼붓는 것이었다.

"이 개새끼, 너 오늘 내 손에 죽어봐라!"

그때부터 그는 나를 구석에 몰아넣고는 주먹으로 때리고 발로 밟기 시작했다. 나는 꼼짝 못하고 계속 맞았다. 그렇게 한참을 때린 후, 내 얼굴이 피범벅이 되고 나서야 그는 나가라고 소리쳤다. 나는 초주검이 되어 엉금엉금 기어 나왔다.

정말이지 그 순간엔 주방에서 식칼을 가지고 와 그들을 찔러 죽이고 싶었다. 그러나 그럴 수 없었다. 나를 아껴주던 형과 지배인, 주방장이 모두 와서 나를 부축하여 빈방으로 데리고 갔다. 그리고는 소파에 눕혀놓고 물수건으로 피를 닦아주며 참으라고 했다. 너무나 속상하고 억울했다. 잘못은 자기 조카가 저질렀는데, 합의한 것 때문에 이렇게 사람을 만신창이로 만들어놓다니. 몸에 난 상처도 아팠지만 자존심과 마음에 생긴 상처가 더 크고 아팠다.

지금 돌이켜 생각해보면 그때 참은 것이 잘한 것 같다. 만약 그 순간 참지 못하고 칼부림이라도 했었다면, 나는 평생 씻을 수 없는 더 큰 상처를 입었을 것이다.

그렇게 험난한 우여곡절을 겪으며, 나는 '인터무드'라는 술집에서 2년 정도 일했다. 그때 업소에서 30분가량 떨어진 곳에 교회가 하나 있었다. 대구 서성로의 중앙교회였는데 나는 그곳에 매일 새벽기도를 다녔다. 고향 마을에서 내가 존경하던 김영원 장로님의 동생분이 그 교회를 다니고 있었기 때문에 중앙교회는 더욱 정이 가는 곳이었다.

하루도 빠짐없이 새벽마다 교회에 가서 기도를 드리던 중, 놀라운 일이 벌어졌다. 나의 믿음이 흔들리거나 신앙이 나태해지려고 할 때마다 마치 예정되어 있었던 것처럼, 업소에 문제가 생겨 영업 정지를 당하는 것이었다. 그렇게 몇 주간 업소가 문을 닫게 되면, 교회에서는 때마침 부흥회가 열렸고 나는 마음 편히 교회에 가서 기도를 드릴 수 있었다. 뿐만 아니라 업소가 내부수리 때문에 영업을 못하게 될 때에도 어김없이 교회에서 부흥회가 열려 나는 은혜를 받고 믿음을 충전할 수 있었다.

업소에 영업 정지를 내리고 내부수리를 하도록 하여 나를 은혜의 자리로 이끄신 분은 바로 하나님이신 것 같다. 손님에게 억울하게 맞고 몸도 마음도 상처투성이였던 그 시절, 교회의 부흥회에 참석하여 은혜 받고 타락하지 말라는 하나님의 뜻이 아니었을까?

결코 끝날 것 같지 않은 폭력과 설움 속에서 나는 더욱 기도에 매달렸다. 오직 기도만이 내 마음의 깊은 상처를 지우고, 숨을 쉬게 하는 통로였다.

경주 코오롱 호텔 나이트클럽의 웨이터 보조

아무리 기도를 하며 하나님께 의지해도, 하루가 멀다 하고 손님에게 얻어맞아야 하는 술집 생활은 더 이상 견디기 힘들었다. 더욱이 술 취한 사람들의 심부름을 더는 하고 싶지 않았다. 나는 결국 업소를 그만두고 월세 5만 원짜리 방을 한 칸 얻었다. 1층을 슈퍼로 쓰는 건물의 2층 다락방이었다.

살 집을 구했으니, 다음은 먹고 살 방법을 모색해야 했다. 고민하던 끝에 생각해낸 것이 바로 풀빵 장사였다. 나는 곧바로 풀빵 장수를 따라다니며 어깨 너머로 풀빵 굽는 법을 배웠다. 그것만으로는 부족하여 약간의 돈을 주고 기술을 익혔다.

코오롱 호텔 나이트클럽 웨이터 시절.

그렇게 나름 만반의 준비를 마치고, 그동안 모은 돈을 털어 리어카를 하나 구입했다. 드디어 풀빵 장사라는 내 사업을 시작한 것이었다. 하지만 희망을 갖고 시작한 이 작은 사업은 생각처럼 순탄치 않았다.

단속반의 삼엄한 단속이 가장 큰 문제였다. 단속반원들은 눈에 띄는 족족 리어카를 트럭에 싣고 가버리거나 적지 않은 벌금을 먹이기 일쑤였다. 단속을 피해가며 6~7개월 정도 풀빵 장사를 했지만 수입이 형편없었다. 추운 겨울에는 그나마 조금씩이라도 팔렸지만 날씨가 더워지면 도무지 장사가 안 되는 것이었다.

어쩔 수 없이 리어카를 처분하고 이번에는 짐자전거를 구입했다. 그러고는 두부공장에 가서 두부 두 판을 샀다. 짐자전거에 두부를 싣고 이른 새벽, 골목마다 돌아다니며 두부를 팔았다. "두부 사세요, 두부 사세요!" 하는 내 목소리가 새벽하늘을 쩌렁쩌렁 울려댔지만 장사는 영 시원치 않았다. 풀빵에 이어 두부 장사마저 실패였다.

하는 수 없이 짐자전거도 헐값에 넘기고 '판 코리아' 업소에 다니던 시절에 나를 아껴주던 김인환 형님을 찾아갔다. 형님은 포정동의 한 유흥업소에서 지배인으로 일하고 있었는데, 그 형님의 소개로 나는 경주 불국사 앞에 막 오픈한 코오롱 호텔 나이트클럽에서 웨이터 보조로 근무하게 되었다.

코오롱 호텔에서 근무하던 약 2년 동안 난 또다시 폭력을 마주하게 되었다. 나이트클럽을 자주 찾았던 조직 폭력배들끼리 집단 패싸움을 벌이기도 했는데, 그럴 때마다 나는 덜덜 떨며 어찌할 바를 몰랐다. 조직 폭력배들은 술을 마시고 술값을 주지 않는 경우도 많았다. 계산을 요구하면 나의 뺨을 때리고 발로 걷어차기 일쑤였다. 나는 점점 그곳이 싫어졌다. 술과 폭력이 싫었다. 하지만 딱히 갈 곳 없는 처지여서 선뜻 그곳을 떠날 수도 없었다.

그래도 2년 동안 안 좋았던 기억만 있던 것은 아니었다. 평소 존경하던 박정희 대통령을 아주 가까이서 볼 기회도 있었다. 박 대통령이 신정 연휴 때 코오롱 호텔에서 사흘간 휴가를 온 것이었다. 저녁 시간에 박 대통령이 잠시 나이트클럽에 내려왔는데, 그때 가수 김정구 씨가 '눈물 젖은 두만강'을 비롯해 여러 노래를 불렀고 대통령이 좋아하며 박수를 쳤던 기억이 난다.

코오롱 호텔 나이트클럽에서 웨이터 보조로 일하면서도 나는 신앙생활을 열심히 했다. 나이트클럽은 저녁 6시부터 시작하여 새벽 4시에 문을 닫았다. 나는 일이 끝나는 대로 바로 불국사역 앞에 있는 교회에 가서 새벽 기도에 참석했다. 그리고 타락의 길로 빠지지 않게 해달라고 간절히 기도했다.

내가 그토록 타락하지 않으려 안간힘을 썼던 것은 아버지와 세 분의 형님들 영향이 컸다. 나는 알코올 중독자였던 아버지와 형님들처럼 살고 싶지 않았다. 그러기 위해서는 오직 신앙생활을 하는 것밖에 방법이 없다고 생각했던 것이다.

생맥주집, 레스토랑, 유흥업소, 나이트클럽을 전전하며 나는 수많은 사람들을 만났다. 그들의 공통점 가운데 하나는 바로 술에 자신의 영혼을 맡기고 있다는 것이었다. 나의 동료들도 마찬가지였다. 그들은 힘겨운 삶을 술이나 도박으로 위로 받으려 했다. 때로는 돈으로 여자를 사기도 했다.

나에게는 두 가지 신념이 있었다. 첫 번째는 신앙생활을 충실히 하자는 것과 또 한 가지는 바로 술과 담배, 도박, 여자를 멀리 하자는 것이었다. 어릴 때부터 지금까지 이런 것들이 얼마나 사람의 마음을 황폐해지게 하는지 뼈저리게 느낄 만큼 보아왔기 때문이다.

　이러한 신념 때문인지 나는 자연스레 남들보다 더 성실한 사람으로 비춰졌던 것 같다. 업소의 사장들과 동료들이 가급적 나를 도우려고 애써 주었던 것도 이러한 이유 때문이 아니었을까? 가진 것도, 특별한 재주도 없던 나를 살아가게 한 힘, 그것은 바로 '기도'와 '나 자신에 대한 약속'이었다.

Part
3

방위병 생활과 힘겨운 나날들:
고향 면소재지의
방위병 생활

전투
방위병

나는 평소, 남자라면 군대는 당연히 갔다 와야 되고 평생 간직할 군번이 있어야 한다고 생각했었다. 어느덧 내 나이도 군 입대를 할 시기에 이르렀지만, 당시 나는 몸이 너무 허약한데다 몸무게는 겨우 45kg 정도였다. 45kg 이하면 군 면제 판정이었다. 나는 군대에 가기위해 신체검사를 앞두고 일부러 평소보다 훨씬 더 많이 먹었다. 그러자 어느 정도 효과가 있었는지 검사 결과, 방위 근무 대상자로 판정을 받게 되었다.

경주에서 다시 대구로 올라온 나는 동인동에 작은 전세방 한 칸을 얻었다. 방위 근무를 하는 18개월 동안 낮에는 근무를 서

힘들었던 방위병 시절(사진 맨 뒤가 필자).

고 밤에는 야간 업소에서 일할 생각이었다. 그렇게 하려면 출퇴
근 시간이 정확한 동사무소 근무가 유리했다.

'인터무드'에서 근무할 당시, 육군 대위인 단골손님이 있었는
데 나는 그를 찾아가 동사무소에서 일할 수 있도록 도와달라고
부탁했다. 그러자 그는 30만 원 정도의 돈이 필요하다고 했고 나
는 큰 맘 먹고 돈을 주었다. 정당한 일은 아니었지만 생계를 위
해 어쩔 수 없었다.

그리고 나서, 나는 머지않아 대구 성서 지역에 있는 50사단
훈련소에 입소하여 3주 동안 방위병 훈련을 받았다. 훈련소에서

지내는 동안 주일마다 교회에 갈 수 있었는데, 기도를 하면 왜 그렇게 눈물이 쏟아지던지…. 기도하는 내내 어린 시절부터 객지에 나와 겪었던 모든 일들이 주마등처럼 스쳐 지나갔다.

21일간 훈련을 받을 때, 고향에서 근무하기 원하는 사람들은 미리 고향 주소를 적어내라는 지시가 몇 차례 있었다. 하지만 나는 미리 동사무소에서 근무할 수 있도록 손을 써놓고 들어왔기 때문에 그 지시를 따를 필요가 없었다.

훈련 기간 동안 내무반장은 줄곧 "훈련소와 가까운 31경비대대와 32경비대대는 현역병 부대보다 훨씬 더 군기가 세고 자살하는 사람도 많다"라며 으름장을 놨다. 그때마다 나는 나와는 상관없는 일이라고 생각하며 그냥 흘려들었다.

그렇게 21일이 지나고 자대 배치를 받았는데, 이게 어찌된 일인가! 내가 바로 그 악명 높은 31경비대대에 배치된 것이었다. 상황파악이 채 되기도 전에 31경비대대 인솔자는 우리를 집합시키더니 곧바로 군기를 잡았다. 바닥을 기어 부대까지 가는데 그야말로 눈앞이 깜깜했다.

그날 밤, 집으로 돌아오자마자 아는 형들에게 어떻게 된 것인지 알아봐 달라고 부탁했다. 그러자 내가 교육 받던 사이에 그 장교가 돈을 떼먹고 제대를 한 후 사라졌다는 것이었다. 억울하고 기가 막혔지만 이제 와서 어쩔 수 없는 일이었다.

나는 친구에게 부탁을 하여 고향으로 주소를 퇴거시키고, 2주 후에 전입신고서와 신주소지 확인서를 떼어 경비대대 본부에 전출을 신청했다. 그 고되다는 부대에서 근무를 하며 먹고 살 방도를 찾는다는 것은 도저히 엄두가 나지 않았기 때문이었다. 부대 인사계 상사는 왜 진작 하라고 했을 때는 하지 않고 이제 와서 고향에 보내달라고 하느냐며 사정없이 때렸다. 내가 얼떨결에 그 얘기를 미처 못 들었다고 거짓말을 하자 더욱 심하게 때렸다.

　　정신없이 맞다가 기합을 받고 있는데, 한참 후 상사가 일어나라고 했다. 그러더니 볼펜과 사인펜을 한 손에 쥐고서 고르라는 것이었다. 고향으로 보내줄지 말지는 내가 어느 것을 뽑느냐에 따라서 결정하겠다면서 말이다. 나는 잠시 속으로 기도하고 사인펜을 뽑았다. 그러자 상사는 이렇게 말했다.

　　"이 새끼 보내줘야겠구먼. 이 새끼 전출 보내줘!"

고향의
면 중대의 방위병 근무

그렇게 해서 나는 고향에서 20리 떨어
진 의성군 춘산면 예비군중대에서 군 생활을 시작하게 되었다.
그때가 바로 1978년 8월 중순이었다. 전출신고를 하니까 중대장
님이 와서 자신이 전에 살던 집이 한 채 있는데 도무지 팔리지 않
는다며 거기서 사는 게 어떻겠냐고 제안을 했다. 지낼 곳이 마땅
치 않았던 나는 선뜻 그렇게 하겠다고 했다.

그 집이 있는 동네는 면 소재지에서 걸어서 10분 정도 떨어진
곳에 있었고, 15가구 정도가 모여 살고 있었다. 내가 살게 될 집
은 'ㄷ'자 형태의 기와집 세 채로 되어 있었는데 몇 년 동안 비어
있던 곳이라 마당에는 풀이 어른 키만큼 자라 있었고 당장이라

도 뱀이 튀어나올 것처럼 음산한 분위기를 자아내고 있었다. 나는 방 한 칸을 청소하여 짐을 푼 뒤 옆집에서 낫을 빌려다 마당의 풀을 베어냈다.

귀신 나온다는
빈집에서의 자취

다음날, 새벽에 일어나 면소재지에 있는 교회에서 새벽기도를 마치고 돌아왔는데 그 이른 시간에 중대장이 오토바이를 타고 와서는 이렇게 묻는 것이었다.

"야, 박용배! 너 무섭지 않더냐?"

아마도 빈집에서 혼자 지내는 게 무섭지 않았느냐는 말인 것 같았다.

"전 예수님을 믿기 때문에 무섭지 않습니다."

그랬더니 중대장은 "그래? 알았다" 하고는 그냥 가버리는 것이었다.

중대에 출근하니 방위 선배들이 30여 명 정도 있었고 나는

귀신의 집.

신고식을 했다. 고향 마을이라 낯익은 얼굴들도 꽤 많았다. 분위기도 편하고 대구의 전투방위부대에서 고생하다가 이곳에 오니 천국이 따로 없었다.

그런데 이튿날 새벽, 중대장이 또 오토바이를 타고 와서는 내게 묻는 것이었다.

"너 진짜 무섭지 않더냐?"

내가 "저는 겁내지 않습니다"라고 대답하자 중대장은 이번에도 별다른 대꾸 없이 가버렸다. 그제야 나는 아무래도 이상한 생각이 들어 방위 선배에게 물었다.

"중대장님이 두 번씩이나 새벽에 와서 무섭지 않느냐고 하는데 무슨 이유가 있는 겁니까?"

그러자 선배는 모르는 게 낫다며 대답을 회피했다. 궁금증이 더 커진 내가 계속해서 캐묻자 그제야 선배는 마지못해 대답을 해주었다.

"그 집에 원래는 묘가 있었는데 그 무덤을 파내고 집을 지은 거야. 예전에 어떤 사람이 살았는데 귀신이 나타나서 엄청 시달렸대. 또 오래전에 살던 어떤 사람은 귀신 때문에 정신이 돌았대. 그래서 그 집은 아무리 팔려고 내놓아도 팔리지 않는 거야."

그 소리를 들었을 때 당장은 괜찮았는데 밤이 되니까 슬슬 무서워지기 시작했다. 밤이 되면 들리는 부엉이 우는 소리나, 새소리, 짐승 소리가 괴기스럽게 느껴졌다.

어느 날 밤엔 태풍 때문에 천둥 번개가 치고 밤새 소나기가 내렸다. 내가 지내는 방 옆에 마루가 있고 그 건너편에 큰 방이 있었는데, 그 방문이 바람에 연신 열렸다 닫혔다 했다. 건넌방에서 귀신이 나와 저벅저벅 걸어서 내 방으로 오는 것만 같아 도저히 잠을 이룰 수가 없었다. 그렇다고 그 밤에 당장 일어나서 마루를 건너가 그 방문을 걸어 잠글 용기도 없었다.

두려움에 벌벌 떨며 뜬 눈으로 밤을 지새우고 날이 밝자마자 큰 방에 가서 문을 걸어 잠근 후 다신 열리지 않도록 끈으로 꽁꽁 묶어버렸다.

나의 방위 생활은 하루하루가 바쁘게 지나갔다. 먼저 중대에 출근하여 군부대에 전령으로 보고서를 가지고 가는 업무가 주어졌다. 지역면의 중대에 근무하는 방위병이 군부대의 보고서를 가지고 가면, 부대 정문에서부터 신고 인사를 해야 했고 그때마다 부대에 근무하는 방위병들은 공연히 군기가 빠졌다면서 호된 기합을 주곤 했다.

같은 방위병인데도 군부대에 근무하는 그들은 지역에 있는 방위병들을 괴롭히는 일이 다반사였다. 사무실에 가서 보고서를 내고 지시 전달 전통문을 받아 내려오면, 군부대 대대 식당에 근무하는 방위병들이 대기하고 있다가 우리를 붙잡았다. 그러고는 식당에서 몇 시간씩 온갖 궂은일을 다 시켰다.

그렇게 방위 생활을 하는 동안, 날마다 어김없이 밤이 찾아왔지만 귀신은 결국 나타나지 않았다.

모든 것이
없어졌을 때

방위 생활을 할 때 내 수중에는 돈이 없었다. 대구에 살았을 때 얻었던 전세방의 보증금이 있었지만 방이 빠지지 않아 돈을 받지 못한 상태였다.

나는 20리 밖에서 양복점을 운영하시는 둘째 형님에게서 3,000원을 빌렸다. 그리고 그 돈으로 밥을 지을 석유곤로 하나와 냄비, 보리쌀 두 되를 샀다. 반찬으로 먹을 멸치와 고추장도 샀다. 그러고 나니 또 돈이 떨어졌다.

당시 셋째 형님이 20리 떨어진 고향 마을에서 농사를 지으며 살고 있었는데, 어느 날 갑자기 셋째 형수가 중대로 찾아왔다. 오랜만에 본 형수는 제정신이 아닌 사람 같았다. 형님이 뭐 좀 물어보고 오라고 했다는 둥 횡설수설하면서 내 자취방에 같이 가야겠다며 고집을 부렸다. 근무 중이라 집에 갈 수 없으니 그냥 여기에서 얘기하라고 아무리 말해도 소용없었다.

할 수 없이 상급자에게 허락을 받은 후, 형수와 함께 자취방에 갔다. 형수는 한참 동안 유심히 내 방 안을 살펴보더니 엉뚱한 질문을 했다.

"왜 텔레비전이 없어요?"

하루하루 근근이 먹고 사는 내 형편에 텔레비전이 있을 리가 없었다. 원래 텔레비전이 없다고 하자 이번에는 더욱 기가 막힌 말을 하는 것이었다. 형님이 내게 가서 텔레비전을 얻어 오라고 했다는 것이었다. 나는 너무 어이가 없어 더 이상 뭐라 할 말이 없었다. 그러자 형수는 텔레비전이 아니라도 좋으니 무엇이든지 좀 달라고 했지만 나는 줄 것이 없었다. 한참을 엉뚱한 말을 내뱉던 형수는 또 오겠다는 말을 남기고 집으로 돌아갔다.

그로부터 며칠 뒤, 이번에는 양복점을 운영하는 둘째 형님이 만취한 모습으로 나를 찾아왔다. 전에 빌려간 돈 3,000원을 왜 안 갚느냐며 입에 담을 수 없는 욕설을 마구 퍼붓기 시작했다. 그렇게 한참을 고성방가 하던 형님이 돌아가고 나자, 보다 못한 동료 방위병들이 3,000원을 모아 빌려주면서 당장 갚아 주라고 했다. 그리고는 무슨 형이 동생을 도와주지는 못할망정 저렇게까지 하냐며 혀를 찼다.

그렇게 가족으로 인해 상처를 받을 때마다 나는 더욱 외로워졌다. 마치 세상에 나 혼자 남겨진 것 같았다. 근무를 마치면 교회에 가서 기도하고 텅 빈 자취방으로 향했다. 외로움과 싸워야 했던 그때가 내 인생에서 가장 힘든 시간이었다.

그 시절 나는 안이숙 여사의 저서, 《죽으면 죽으리라》를 읽으며 큰 감명과 위로를 받았다. 일제 강점기 때 신앙의 선조들이 믿음을 지키기 위해 모진 고문을 당하고 순교까지 했던 것에 비하면 지금 내가 하는 고생은 아무것도 아니었던 것이다.

그렇게 책을 통해 큰 힘을 얻고, 하나님께 기도했다.

그때 누나는 울산 현대자동차 구내식당의 주방에서 일하고 있었는데 가끔씩 누나와 편지를 주고받았다. 힘들었던 그 시절, 나를 위로해 주는 것은 하나님과 누나의 존재였다.

방위 생활을 하는 동안에도 나는 어김없이 가난했다. 코오롱 호텔 나이트클럽 웨이터로 근무하면서 손님들에게 받아 기념으로 가지고 있던 달러와 엔화를 우리 돈으로 바꿔 급한 데 쓰는 게 고작이었다. 아직도 방위병 생활이 16개월이나 남았는데 그 기간 동안 먹고 살 길이 막막하기만 했다.

엎친 데 덮친 격으로 친구에게 대구의 전세방 보증금을 빼달라고 부탁했더니, 그 친구가 보증금을 가지고 도망을 가버렸다. 무려 10년 동안 제대로 먹지도 않고 입지도 않고 모은 전 재산이 한순간에 사라져 버린 것이었다. 너무나 암담했다.

하지만 내가 할 수 있는 일은 교회에 가서 기도하는 것밖에 없었다.

"16개월 동안 방위 근무를 해야 하는데 돈이 한 푼도 없습니다. 하나님의 자녀이니 하나님이 도와주세요."

그렇게 기도하고는 가진 돈을 10원짜리까지 몽땅 털어서 헌금으로 드렸다.

내 고향 의성은 마늘이 특산물인 고장이다. 그러다 보니 가끔 나를 찾아오는 친구들은 반찬 하라며 죄다 마늘을 가져오곤 했다. 하지만 마늘은 내게 별로 큰 도움이 되지 못했다. 그동안 업소에서 일하면서 하루 한 끼로 버텨온 터라 위장이 남아나지 않았던 것이다. 그래서 조금만 매운 음식을 먹으면 속이 아파 견딜 수가 없었는데, 이런 나에게 생마늘은 반찬이 될 수 없었다.

나는 보리쌀 조금에다 물을 잔뜩 붓고 끓인 보리죽으로 끼니를 때웠다. 그러다보니 몸무게는 나날이 줄어가고, 몸은 더욱 허약해져 심한 빈혈까지 생겨버렸다. 빈혈 때문에 자리에서 일어날 때마다 천천히 일어나야 했고, 일어나서는 문고리 같은 것을 붙잡고 한참 동안 눈을 감고 있어야 어지러움이 겨우 물러갔다.

함께 근무를 서는 선배 방위병들은 나의 사정을 딱하게 여기고 친절하게 대해 주었다. 하지만 어떤 선배는 술만 마시고 들어오면 각목으로 후배들을 때렸고 나도 예외는 아니었다. 그런 날은 허약한 내 몸이 남아나질 않았다.

그렇게 한 달 정도 근무를 하고 나자 마침내 수중에 있던 돈도 바닥이 나고 식량도 떨어져 버렸다. 인근에 형님들이 있었지만, 모두 알코올 중독이 되어 전혀 도와 줄 수 있는 형편이 아니었다. 또 10리 밖에 외사촌도 있었지만 차마 먹을 것을 구하러 찾아갈 염치가 없었고, 40리 떨어진 곳에 살고 있는 장로님이신 막내 삼촌에게도 도움을 청할 수가 없었다.

어느 누구에게도 도와달라고 요청할 수가 없는 상황이었다. 그래서 나는 교회에 가서 무릎을 꿇고 기도를 드렸다.

"전지전능하신 하나님! 저는 하나님의 자녀입니다. 지금 너무 힘들고 어렵습니다. 저를 도와주세요."

기도를 드리고 나자, 배는 여전히 고팠지만 마음만큼은 평안해졌다.

그리고 그 후, 기적 같은 일이 벌어졌다.

평소 나를 굉장히 아껴주던 중대장이 의성의 대대 본부와 안동의 연대 본부를 찾아가서 나의 사정을 호소한 후 근무 보직 변경을 허락 받아 온 것이다.

나는 당초 중대의 전령 요원으로서 면사무소의 예비군중대와 의성읍의 대대 사이에서 보고서를 전달하는 업무를 수행하고 있었다. 하지만 중대장 덕분에 이틀에 한 번, 그것도 야간에 잠깐씩 면에 있는 지서의 무기고 경비를 서도록 보직이 변경된 것이다. 그뿐 아니라 낮 동안 지서의 급사로 일하면서 매월 약간씩의 월급도 받을 수 있었다. 중대장이 너무나 고마웠다.

기적은 여기에서 끝나지 않았다. 먹을 것이 아예 다 떨어지자, 마치 기다렸다는 듯이 어릴 적 다니던 고향 마을의 교회에서 쌀 한 말과 약간의 돈을 보내주었다. 외갓집에서도 쌀을 보내왔다. 거기다 서른 명이 넘는 방위병 동료들이 각자 쌀 한 되씩을 모아서 서너 말 이상의 쌀을 가져다주었다.

또 면사무소에서 근무하는 방위 선배가 생활 보호 대상자들에게 매월 면에서 보내주는 식량 중에 남는 것을 모아 조금씩 주기도 했다.

그런 도움의 손길로 모인 쌀이 무려 두 가마나 되었다. 단 한 톨의 보리쌀도 없던 나에게 정말 기적과 같은 일이 일어난 것이다.

덕분에 나는 더 이상 굶지 않고 배불리 먹을 수 있었다. 비록 반찬은 고추장과 멸치 몇 개가 전부였으나 그것이 내겐 천하에 부러울 것이 없는 진수성찬이었다.

나는 이 모든 것을 베풀어주신 하나님께 너무나 감사했다.

세상에는 수많은 길이 있다. 그 길들이 그냥 저절로 생겨난 것은 아닐 것이다. 누군가가 발견하고 만들고, 그 뒤의 많은 사람들이 따라 걸어올 수 있도록 닦아놓은 길들이다. 이렇게 앞서 길을 터준 사람들 덕분에 사회는 발전하고 역사는 진보한다.

사람의 인생도 마찬가지 아닐까? 자신의 인생임에도 남이 사는 대로 따라 사느라 급급한 사람이 있는가 하면, 스스로 자신의 삶을 만들어가는 사람도 있다. 후자는 항상 자신감이 넘치고 도전하는 것에 두려움이 없다. 설사 실패를 한다 하더라도 새로운 길을 찾아 나설 용기가 있는 것이다.

방위병 생활에 이르기까지 20여 년간 나는 스스로의 길을 만들기는커녕 한치 앞도 내다볼 수 없는 구렁텅이 속으로 빠져들고 있었다. 육성회비를 내는 것은 고사하고 점심 도시락 한 번 제대로 챙겨 가 보지 못한 채 초등학교를 졸업했다. 알코올 중독자인 아버지와 형들의 폭력에 시달리느라 미래를 그려볼 여유조차 없었다.

초등학교를 졸업하자마자 생계를 위해 대구로 나와 양복점, 만두집, 중국집, 유흥업소를 전전하며 보낸 나의 청소년기는 하루하루가 버거운 고난의 연속이었다. 오늘 끼니를 때우면 내일의 끼니를 걱정해야 하는 형편이었고, 술 취한 손님들의 이유 없는 폭언과 폭력에 몸과 마음이 성할 날이 없었다. 그래서 나는 가까스로 눈앞의 생존의 길을 찾기에만 급급했고, 나의 길을 만들어 갈 아무런 여유나 의지를 가질 수가 없었다.

방위병 생활을 하는 대부분의 시간 동안 나는 군복을 입고 생활했다. 군복을 입은 내 모습을 볼 때마다 업소에서 일할 때가 떠올랐다. 업소에서 일할 때도 나는 흰 와이셔츠에 넥타이를 매는 유니폼을 입었었다. 당시 저녁 8~9시경에 담배 심부름을 하느라 시내 거리를 나가 보면 가벼운 캐주얼 차림의 가족이나 연인들의 모습을 볼 수 있었다. 그들이 정답게 쇼핑을 하거나 식당에서 식사를 하는 모습, 서로 손을 잡고 웃으며 걷는 모습을 볼 때마다 나는 너무나 부러웠고 내 신세가 더욱 처량하게 느껴졌다.

'나는 언제쯤 업소에서 정해준 똑같은 옷을 벗어던지고 저 사람들처럼 자유롭게 살아 보려나…'

언젠가는 나도 남들처럼 자유로운 삶을 마음껏 누려보리라는 마음은 억척스럽게 벌어 모았던 전세 보증금마저 친구에게 떼이는 바람에 순식간에 사라지고 없었다. 성경의 〈학개〉서에 보면, '아무리 우리가 모아놓아도 하나님이 불어버리시면 순식간에 날아가 버린다'라는 구절이 있다.

나도 십일조와 헌금 생활을 하고, 일요일에는 교회에 가서 예배를 드리며 신앙생활을 하고 싶었다. 그러나 방위병이 되기 전까지는 마음 놓고 교회에 가서 기도를 해 본 적이 그리 많지 않았다.

나의 방위병 생활은 신앙생활에 있어서만큼은 큰 전환점이 되었다. 규칙적인 방위병 생활을 하면서 어느 때보다 기도를 많이 하게 되었고 교회생활도 더 잘하게 되었다. 극동방송 라디오를 통해 조용기 목사님의 설교를 들으며 은혜를 받고 기도하곤 했다. 그것이 나에게는 처음으로 나의 길을 만들어 가는 과정이었음을 꽤 시간이 흐른 뒤에야 알게 되었다.

하지만 나 또한 그 시절에는 피 끓는 청춘이었는지라 어쩔 땐 시간이 너무 안 가 죽을 맛이었다. 전역일자를 달력에 표시해 놓고 하루하루 지날 때마다 며칠이 남았는지 세어 보곤 했었다.

그렇게 방위병 생활 중 1979년, 박정희 대통령이 시해된 10.26사태가 벌어졌다. 불과 며칠 전, 코오롱 호텔에서 가수 김정구 씨의 노래를 들으며 박수 치던 대통령의 모습이 불현듯 떠올랐다. 그리고 이듬해 5월에는 광주 민주화운동이 일어났고 시국은 한치 앞을 알 수 없을 만큼 뒤숭숭했다.

그런 사회 분위기 속에서, 나는 지서에서 급사로 일하며 심부름과 청소를 했다. 그리고 밤에는 이틀에 한 번씩 예비군중대 무기고에서 경비를 섰다. 함께 방위병 근무를 서던 동료들 모두 나를 도와주고 아껴주는 가운데 시간이 흐르면서 어느덧 나도 고참이 되었다.

주야간으로 바쁜 일과 속에서도 나는 중대 인근의 춘산교회에 출석하며 성가대와 주일학교에서 봉사하고 신앙생활을 지속했다. 그러는 동안 기도하고 성경을 읽는 시간도 많아졌다. 방위병 생활은 내게 가장 힘들고 어려움이 많았던 시간이었지만 하나님의 따뜻한 손길을 가장 많이 느낄 수 있었던 시간이기도 했다.

이집트를 빠져나온 이스라엘 백성들이 광야에서 하나님의 능력을 가장 많이 체험했던 것처럼, 나에게는 방위병 시절이 그런 광야 길과 같았다. 당시 난 찬송가에 나오는 이 구절을 수시로 읊곤 했다.

'메마른 땅을 종일 걸어가도 나 피곤치 아니하며 저 위험한 곳 내가 이를 때면 큰 바위에 숨기시고 주 손으로 덮으시네.'

그렇게 나는 하나님의 은혜를 느끼며 비로소 내 인생의 길을 스스로 만들어가기 시작했다. '길은 그냥 따라 걷는 것이 아니라 스스로 만들어가는 것'이라는 지혜를 조금씩 얻어가고 있었던 것이다. 그런 가운데, 제대를 2개월 정도 앞둔 어느 수요일 밤, 내 인생은 새로운 국면을 맞이하게 되었다.

Part
4

새로운 길:
과수원 농가의
장로님과 여전도사님
부부와의 만남

양자가
되어 달라!

수요예배를 마치고 성가대원들이 남아서 주일 찬양 연습을 했다. 연습이 끝나고 교회를 나서는데 여 집사님 한 분이 할 얘기가 있으니 남아달라고 했다.

"우리 교회에 김쌍금 전도사님이 계시는데, 23년 전 대구에서 이곳으로 시집을 와 딸아이 하나를 낳은 후, 아들을 낳게 해 달라고 계속 기도를 드렸다고 하네요. 그랬는데 '때가 되면 믿음의 아들을 주신다'라는 응답만 쭉 받아왔대요. 그런데 며칠 전 새벽 한 시께 남편 이재훈 장로님과 함께 기도하러 나와서 교회당의 불을 켰다가 박 선생이 엎드려 기도하는 것을 보았답니다. 그때 '때가 되면 믿음의 아들을 주겠다고 했던 그 아들이니 믿음

의 아들로 받으라'는 성령의 감동을 받았다더군요. 그런데 두 분이 직접 말을 못하고 고민하기에 제가 대신 그 전도사님의 응답을 전달해 보겠노라고 했어요."

말을 마친 후, 그 집사님은 내게 놀라운 제안을 했다.

"이 장로님 댁에 아들이 없는데 혹시 양자로 들어갈 생각 없어요?"

나는 생각지도 못했던 제안에 뭐라 대답해야 할지 몰라 기도해 보겠다고 얼버무린 뒤 황급히 자취방으로 돌아왔다.

그날 나는 밤새 뜬눈으로 고민을 하기 시작했다. 이제 2개월

쯤 지나 제대하고 나면 대구에 나가 열심히 돈을 벌어야겠다고 생각했는데 갑자기 이 씨 집안의 양자로 들어오라니…. 16개월 전, 그 여전도사님이 예배 때 대표 기도를 하셨던 것이 떠올랐다. 그때 얼마나 간절하게 기도를 하시던지 그 믿음에 깊은 감명을 받았었다. 그리고 저런 분의 자녀라면 얼마나 행복할까하고 부러워했던 적이 있었다.

나는 밤잠을 설치며 무릎을 꿇고 하나님께 기도하기 시작했다.

"하나님의 계획은 무엇입니까? 나를 향하신 하나님의 계획은 무엇인가요?"

사실 나는 그런 중요한 문제를 함께 상의할 수 있는 사람도, 조언을 구할 사람도 없었다. 가까운 곳에 사는 가족이라고는 알코올 중독자인 형님들뿐이었고, 진솔하게 대화할 친구도 없었다. 이 사실을 털어놓고 대화할 수 있는 분은 오직 하나님밖에 없었다.

며칠을 고민하며 기도하던 끝에 드디어 결론을 내렸다.

"하나님의 뜻이면 따르겠다."

무슨 일이든지 아무리 노력하고 애써도 하나님의 축복이 아니면 안 된다는 것을 알기 때문에 이런 결론을 내린 것이었다.

그때부터 나는 혹시 내 양부모가 될 지도 모를 장로님과 여전도사님을 쳐다볼 수가 없었다. 심지어 교회에 예배드리러 갔다

가도 목사님이 마지막 기도를 하실 때면 미리 빠져나와버릴 정
도였다.

그렇게 한 달 정도 지났을 즈음이었다. 그날도 나는 목사님이
폐회기도를 하실 때 먼저 교회당 문을 열고 밖으로 슬그머니 빠
져나왔다. 그런데 나보다 더 먼저 교회당을 나온 분이 있었다. 바
로 그 여전도사님이었다. 전도사님은 나에게 그날 저녁에 잠깐
볼 수 있겠냐고 물으셨고, 나는 딱히 거절할 말을 찾지 못해 응
할 수밖에 없었다.

장로님과 전도사님은 내 앞에 앉아 심각하게 이야기를 꺼내
셨다. 특히 전도사님의 말씀은 진정 가슴 속에서 우러나오는 듯
진실하게 느껴졌다.

"이곳으로 시집 와서 무남독녀 딸 하나 낳은 후 아들을 달라
고 아무리 기도해도 때가 되면 믿음의 아들을 주시겠다는 응답
만 받았어요. 그런데 아무리 기다려도 그 응답이 오지 않아서 한
번은 고아원에서 남자 아이를 하나 데려왔죠. 그런데 농번기에
마을 사람들이 모두 들에 일하러 나가고 없으면 그 아이가 집집
마다 다니면서 자꾸만 도둑질을 하는 거예요. 그리고 나서부터
집집마다 물건만 없어졌다 하면 전부 그 아이가 훔쳐갔다고 하
는 통에 더 이상 아이를 데리고 있을 수 없었어요. 그런데 한 달
전, 교회에 기도하러 가서 불을 켜는데 박 선생이 마룻바닥에 엎

드려 기도하는 모습을 보게 되었지요. 그때 성령께서 '언젠가 주리라 하신 믿음의 아들이니 아들로 받으라'는 응답을 드디어 주셨답니다. 저는 '이제 딸을 시집만 보내면 전도하다가 천국 가기를 원합니다' 하면서 싫다고 했어요. 그런데 일주일가량 잠을 잘 수가 없는 거예요. 버티고 버티다가 '하나님의 뜻이면 아들로 받고 순종하겠습니다' 했더니 그제야 잠을 잘 수 있었어요. 우리도 뭐 지금 와서 새삼 양자를 받는다는 게 썩 내키는 건 아니지만 하나님의 뜻이라면 받아야 한다는 생각입니다. 그래서 친구 집사를 통해 얘기만 꺼내놓고 박 선생의 대답을 기다리고 있었는데 한 달 동안 자꾸 피하기에 오늘은 직접 말씀을 드려야겠다고 결심한 거예요."

전도사님의 말씀을 듣는 동안 하나님의 성령은 나에게 순종하라는 마음의 응답을 주셨다. 그래서 며칠만 더 시간을 달라고 하고 집으로 돌아왔다.

그날 이후 나는 더욱 기도에 매달렸고, 지서의 근무가 끝나면 곧바로 교회당으로 가서 마룻바닥에 무릎을 꿇고 앉아 기도했다.

"하나님의 뜻은 무엇입니까? 제가 어떻게 해야 하나요?"

계속 기도를 드릴 때마다 '순종하라'는 성령의 음성이 마음에 울려 퍼졌다. 나는 더 이상 머뭇거릴 수 없었다. 하나님의 뜻이라면 내가 아무리 고민한들 무슨 소용이 있겠는가.

장로님의 무남독녀 이경희의 여고 시절.

제대를 한 달가량 남겨두고, 나는 리어카를 빌려 남은 쌀과
간단한 짐을 싣고 장로님 댁으로 들어갔다. 결국 양자가 되기로
결심한 것이었다. 이러한 나의 선택을 두고 방위 동료들과 교회
사람들, 이웃 주민들 모두가 수군거렸다. 그러나 나는 주변 사람
들이 뭐라고 하든 전혀 개의치 않았다. 누구도 거역할 수 없는 분
의 뜻이기 때문이었다.

거처를 옮긴 후 밤마다 가정 예배를 드리는데 하루는 전도사
님, 즉 나의 양어머니가 이렇게 말씀하셨다.

"우리 딸 경희는 음대에 가서 성악가가 되고, 성악가에게 시
집을 가는 게 소원이란다. 그렇게 알고, 넌 우리 아들이지 사위

가 아니니까 절대 다른 오해는 없길 바란다."

그 말은 곧 우리 딸은 절대 넘보지 말라는 일종의 주의사항 같은 것이었다. 나는 정색을 하고 딱 잘라 말했다.

"그런 생각이 있었으면 들어오지도 않았을 것입니다."

내 대답을 들은 전도사님은 그제야 안심하는 표정으로 말했다.

"이제 너를 아들로 삼고 아들이라 부를 테니 너도 우리를 아버지, 어머니라고 불러다오."

그렇게 하여 나에겐 전혀 생각지도 못했던 부모가 생겼다.

양아들로서의
새로운 삶

나는 그렇게 이 씨 집안의 양아들이 되었다. 방위 근무 기간 중에 일어난 갑작스럽고도 큰 변화였다.

4살 때 어머니를 잃고, 그때부터 알코올 중독자인 아버지 밑에서 자라온 나에게 장로님인 아버지와 전도사님인 어머니는 모든 방면에서 든든한 존재였다. 그래서 나는 주위의 시선 따위는 아랑곳하지 않고 양부모에 대해 가급적 빨리 많은 것을 알아가려고 노력했다.

양어머니인 김쌍금 전도사님은 대구에서 나고 자랐다. 철저히 불교와 유교를 섬기는 부모님 슬하에서 3남 3녀 중 다섯째로 태어났고, 일제 강점기에 초등학교만 졸업했다. 어릴 때 잠시 교회를 다녔지만 부모님의 반대로 더 이상 신앙생활을 지속할 수 없었다고 한다. 그러다가 열여덟 살 때엔 부모님이 교회에 가지 못하도록 대문을 걸어 잠그면 담을 넘어서까지 교회에 갔다.

어머니가 다니던 교회는 서현 교회라는 곳이었는데 매일 새벽기도를 다녀오면 그때마다 집에서는 외할아버지의 불호령과 매가 기다리고 있었다고 한다.

스무 살이 되던 해에 외할아버지는 어머니를 한 청년과 선을 보게 하셨고, 강제로 약혼식까지 하게 했다. 그때 어머니는 예수님을 믿지 않는 사람과는 결혼할 수 없다면서 목사님 사택으로 피해 몇 달을 숨어서 지냈다. 결국 그렇게 연락을 끊으니 그 약혼은 자연스럽게 파혼으로 끝이 났다.

파혼 후에도 어머니는 부모님의 강요로 다른 사람과 선을 보고 또다시 약혼을 하게 되었다. 그러나 이번에도 교회로 피하여 몇 달 동안 연락을 끊어 파혼을 당했고 결국 외할아버지로부터 심한 꾸지람과 매를 맞으며 집으로 돌아왔다.

그러던 어느 날, 시골에서 친척 한 분이 찾아왔다. 그분은 교회에 다니는 신자였는데, 그 친척에게 외할아버지가 한숨을 내쉬며 넋두리를 늘어놓았다는 것이다.

"우리 딸년이 예수에 미쳐 가지고 좋은 혼처가 나와서 약혼을 시켜도 두 번씩이나 도망을 가는 바람에 혼사가 다 깨졌지 뭔가. 예수 안 믿으면 시집을 가지 않는다고 버티는데 이를 어쩌면 좋은가." 그러자 친척이 시골 마을에 독실한 기독교신자인 총각 집사가 있다며 중매를 섰다. 어머니는 예수 믿는 총각이라는 말에 선도 보지 않고 결혼 날짜까지 잡아버렸다.

그렇게 하여 어머니는 의성군으로 시집을 왔다. 어머니에게 의성군은 한 번도 와 본 적 없는 낯선 곳이었지만, 믿음의 사람을 배필로 만났다는 것만으로 충분하다고 생각했다고 한다. 그런데 현실은 어머니의 생각과 많이 달랐다. 막상 시집을 와서 보니 신랑은 교회에만 겨우 출석할 뿐이고 믿음이 미미했다. 거기다 집안 어른들은 전부 불교를 믿고 있었던 것이다.

내 양아버지가 된 이재훈 장로님은 경주 이 씨 가문의 6남매 중 둘째로 태어났다. 한국전쟁 직전 의성읍 내에 하나밖에 없는 고등학교인 의성공고를 다녔는데 공부를 워낙 잘해 전교 수석에 총학생회장이었다고 한다.

그런데 한국전쟁이 일어나 70리 밖 고향 마을로 피난을 오게 되었다. 그러던 중에 총학생회부회장이 아버지를 만나러 왔다 간 일이 있었고, 곧이어 여기저기에 공산당을 선전하는 포스터가 나붙기 시작했다. 그리고 얼마 후, 집에 형사들이 들이닥쳐 아버지를 경찰서로 끌고 갔다. 공산당을 선전하는 삐라를 붙였다는 죄목이었다.

그때부터 한 달 동안 모진 고문이 계속되었다. 아버지는 당연히 전혀 모르는 일이었기 때문에 계속 모른다고 대답할 수밖에 없었다. 한 달 후, 아버지의 집에서는 시체를 찾아가라는 형사 측의 연락을 받았다. 가보니 어찌나 심하게 고문을 당했는지, 아버지는 겨우 목숨만 붙어 있는 상태였다고 한다.

부모님의 정성 어린 치료로 몸은 점차 호전이 되었지만, 완전히 회복하진 못했다. 다리를 조금 절게 되었고, 손도 한쪽이 부자연스러워졌다. 아버지는 그때부터 교회에 나가기 시작했다. 자신에게 갑자기 들이닥친 고통을 잊고 싶어서였다.

어머니는 시집을 오자마자 고된 농사일과 시골생활에 적응하는 일이 힘들었지만, 스스로 선택해서 온 길이라 누구를 원망할 수도 없었다. 그런 가운데 아버지는 석 달이 지나도록 어머니의 손도 한 번 잡아주지 않았다. 결혼을 하긴 했지만 장애자라는 열등의식이 뿌리 깊이 박혀 있어 부인 앞에 설 자신이 없었던 것이다. 그래서 어머니를 일부러 멀리하며 심지어 흉을 보고 다녔다.

그렇게 아버지가 어머니의 잘잘못을 흉을 보고 다니는 통에 그것이 시어머니 귀에까지 들어가게 되었다. 그로 인해 고부갈등은 더욱 심해질 수밖에 없었고, 시어머니의 잔소리와 고된 시집살이로 어머니는 마침내 한계에 도달했다.

그렇다고 친정으로 되돌아갈 수도 없는 노릇이었다. 집안의 반대에도 불구하고 스스로 선택한 결혼이었기 때문이었다. 어머니가 할 수 있는 일은 오직 하나님께 필사적으로 매달려 기도하는 것뿐이었다.

그렇게 아버지와 어머니는 서로에게 벽을 만든 채 석 달을 보냈다. 어머니가 임신을 하지 않자, 시어머니는 어머니를 구박하며 아들을 새장가 보내야겠다고 으름장을 놓았다. 어머니는 아버지를 설득하여 같이 병원에 가서 검사를 받아 보았다. 그러자 어릴 때 받은 심한 고문으로 아버지가 생식기를 다쳐 불구자가 되었고, 결국 임신하기가 어려울 것 같다는 의사의 진단을 받았다. 그 결과를 알게 되자 시어머니는 더 이상 어머니를 구박할 수가 없었다고 한다.

어머니는 힘들고 외로운 시집살이와 농촌생활을 신앙으로 이겨냈고, 교회에서의 봉사활동에도 전념했다. 그리고 하나님께 울부짖으며 기도했다. 성경에 나오는 한나의 기도처럼 어머니의 기도는 간절하고 진실했다.

"내게도 사무엘 같은 아들을 주시면 나실인처럼 하나님의 일을 하는 사람으로 드리겠으니 아들을 주옵소서."

그렇게 기도하며 하루하루를 보내던 중 그동안 아무리 노력해도 되지 않던 부부관계가 한 번 이루어지면서 임신이 되었다. 이후 어머니의 관심은 온통 태중의 아기에게 집중되었고, 하나님께 서원한대로 아들이면 사무엘같이 하나님의 일만 하는 주의

종으로 키우겠다고 쉬지 않고 기도하였다.

그러나 어머니의 기대와는 다르게 딸을 낳았고, 다시 아들을 낳게 해달라고 기도했으나 두 번 다시 부부관계가 이루어지지 않았다. 다만 때가 되면 믿음의 아들을 주시리라는 응답만 감동으로 받았다고 한다.

이후 무남독녀로 얻은 그 딸을 가슴에 안고 키우면서 어머니는 지금까지 사윗감을 놓고 기도하였다. 어쩌다가 키가 크고 잘생긴 남자를 보면 "하나님, 사윗감으로 키는 저 정도면 되겠습니다"라고 기도했고, 믿음이 좋은 사람을 만나면 "주여, 사윗감의 믿음은 저 정도면 되겠습니다" 하면서 22년간 사윗감을 위해 기도해 왔다.

그러는 한편 어머니는 가난한 농촌의 실태에 충격을 받고 의식을 일깨워야겠다는 신념이 생겼다고 한다. 그래서 도박과 술, 가난에 찌든 사람들을 집집마다 찾아다니며 마을회의를 열었고 토론회를 하기도 했다.

어머니는 가난에서 벗어나기 위해서는 마을에 새마을 금고를 만들어 저축을 하고, 근검절약을 해야 한다고 주장했다. 어머니의 이런 노력을 통해 사람들은 하나둘씩 저축에 동참하게 되었고, 마을 구판장을 만들어 공동구매와 공동판매로 수익을 창출했다.

또한 어머니는 농번기에 어른들이 논과 밭으로 일하러 나가면, 어린 아이들이 하루 종일 방치되어 있는 것을 늘 안타깝게 여겼다. 그래서 처음에는 당신의 집에다 탁아소를 열었다가 이후 마을 회관을 지어서 어린이 돌봐주기 운동에 앞장섰다.

또 마을에는 비가 오면 하천이 범람하는 문제가 늘 주민들의 골칫거리였다. 이에 어머니는 비 피해를 막기 위해 주민들을 설득하여 하천 제방공사를 시작하기도 했다. 이밖에도 새마을운동과 4H운동을 통한 청소년 지도에 애썼다.

어머니의 이러한 노력은 군 단위의 봉사활동으로 이어졌고, 의성군 부녀회장을 거쳐 대통령으로부터 새마을훈장 노력장을 받기도 했다. 이어 내무부장관상, 경상북도 도지사상, 군수상 등 각종 상을 받게 되었다.

어머니는 봉사활동뿐만 아니라 교회 일에도 늘 최선을 다했는데 이런 헌신을 귀하게 보신 목사님이 어머니를 전도사로 임명하였다. 어머니는 전도사가 된 후에도 시골 구석구석을 찾아다니며 봉사활동과 새마을운동을 계속하였다.

또한 20년간 무보수로 교회를 섬기며 어려움을 당하는 가정이 있으면 물불을 가리지 않고 찾아다니며 기도하고 힘을 주었다. 어머니는 이렇게 지역과 교회를 위해 한평생을 헌신한 분이었다.

장모님이 사역하시는 교회.

내가 양자가 되자, 어머니는 기회가 있을 때마다 이렇게 말씀하셨다.

"하나님이 너에게 신학 공부를 하도록 해서 목회자로 세워주라는 말씀을 계속 하시는구나. 신학교에 가서 목회자가 되는 게 어떻겠니?"

그러면 나는 두 가지 이유를 대면서 절대 그 길을 갈 수 없다고 잘라 말했다.

첫째, 목사는 말을 잘해야 하는데 나는 언변이 턱없이 부족하다. 더욱이 사람들 앞에만 서면, 사시나무 떨듯 떠는데다가 얼굴까지 붉어지기 일쑤인데 어떻게 목회자가 되겠는가.

둘째, 고등학교를 졸업해야 신학대학을 갈 수 있는데 나는 초등학교밖에 나오지 못했다. 이러한 이유들로 신학교에 갈 수도 없고, 목회자도 될 수 없다고 거듭 말씀 드렸지만 어머니의 뜻은 매우 완강했다.

"그래도 길이 있지 않겠니? 하나님의 뜻이면 지금이라도 중학교, 고등학교에 가서 공부하면 되잖니?"

하지만 나 또한 조금도 내 생각을 굽히려 하지 않았다.

"농사나 과수원 일은 좀 힘들더라도 참고 할 수가 있지만, 신학교에 가서 목사가 되는 것은 절대로 내가 갈 길이 아니니까 그 일은 아예 생각도 하지 마세요."

내가 이렇게까지 나오자 어머니도 더 이상 목회자가 되라는 권유를 계속할 수 없었다.

얼마 후, 어머니는 조심스럽게 또 다른 이야기를 꺼내셨다. 혹시 애인이 있는지, 사귀는 사람이나 결혼을 전제로 만나고 있는 사람이 있으면 말해 달라는 등의 이야기였다. 나는 없다고 대답했다. 돈을 벌어놓고 어느 정도 자리를 잡고 난 후에, 서른 살이 넘어서 결혼할 생각이었기 때문에 결혼은 아주 먼 얘기였다. 그러자 어머니는 나의 결혼 상대를 고르는 일을 부모님께 맡겨줄 수 있겠냐고 물으셨고 나는 흔쾌히 그렇게 하시라고 대답했다. 양부모님과 나는 새벽 4시에 일어나 함께 새벽기도를 다녀왔는데, 어머니는 나를 위해 집중적으로 기도하셨다.

"이제야 아들을 주시니 감사합니다. 이제 며느리를 주시옵소서. 믿음이 좋은 며느리를 주시옵소서."

한편, 양부모님은 '밀양 박 씨'인 내 성을 '경주 이 씨'로 바꿔 실제 호적상으로도 아들로 만들기 위해 백방으로 알아보는 것 같았다. 그런데 동성동본이 아니면 양자 입적이 불가능하다며 여러 번 퇴짜를 받으셨다.

그때부터 어머니는 법을 바꿔서라도 법적으로 양자가 되게 해달라고 간절히 기도했다. 하지만 정작 당사자인 나는 호적이 뭐 그리 중요한가 생각하며 호적 올리는 일에 시큰둥했다. 그러는 가운데 어느덧 나는 제대를 했고, 본격적으로 양부모님의 과수원 농사를 돕기 시작했다.

사위가 되어야 한다는 부모님

나는 열심히 과수원 일을 도왔다. 신앙심 깊은 부모님이 생기니, 그토록 간절히 바라던 대로 교회에 가서 마음껏 기도하고 예배를 드릴 수 있어 기뻤다.

그런데 언젠가부터 나를 대하는 어머니의 태도가 달라졌음이 느껴졌다. 예전보다 나를 조심스러워하는 눈치였다.

그러던 어느 날, 어머니는 내게 전혀 예상치 못한 이야기를 꺼내셨다.

"과수원에서 사과를 수확하면서 기도하는데, 자네랑 우리 딸이 결혼하는 환상을 보았네."

나는 깜짝 놀랐다. 양부모님의 무남독녀 외동딸이자 나에겐 여동생이 된 경희와 결혼이라니? 어안이 벙벙한 내 얼굴을 보자 어머니는 이렇게 덧붙였다.

"물론 나도 이렇게 기도를 했어. '아들로 받으라고 하셨으면서 왜 사위입니까? 음대 졸업하고 성악가한테 시집가는 것이 소원인 딸이 그 뜻에 순종할까요?' 하고 말이야."

어머니는 이미 마음을 굳힌 것 같았다. 그 말을 꺼낸 지 얼마 되지 않아 영주로 달려가 경희를 데리고 와 버린 것이었다.

그 당시 경희는 음악대학 입시에 두 번 연이어 떨어지자, 1년간 복음간호보조학원에 다닌 후 영주기독병원에서 간호보조원으로 근무하며 간호사 시험을 준비하고 있었다. 그러면서 한편으론 다시 대학에 도전해보겠다는 계획도 가지고 있었다. 그런데 어머니는 간호사 시험을 보지 않아도 된다며 막무가내로 경희를 데려와 버렸다.

얼마 전에도 부모님을 잘 부탁한다며 편지를 보내왔던 동생이었다. 그런데 그런 동생과 결혼하라고 하시니 나는 도무지 마음의 갈피를 잡을 수가 없었다.

며칠 뒤에 새벽기도를 갔다가 집에 돌아왔는데 부모님과 경희가 서로 부둥켜안고 소리 내어 울고 있는 것이었다. 무슨 일인가 싶어 방에 들어갔다가 난 얼른 도망치듯 그 자리를 피했다. 무거운 분위기 속에 오가는 얘기가 심상치 않았던 것이다.

어머니는 딸을 앉히고는 이렇게 물었다.

"하나님이 너와 저 아들이 결혼하라고 하신다. 혹시 애인 있니? 결혼을 약속한 사귀는 사람 있어?"

그러자 경희는 울면서 이렇게 대답했다.

"엄마, 나 음대 가서 성악가한테 시집가고 싶단 말이야. 당장 사귀는 사람은 없지만 내가 왜, 뭐가 부족해서? 친구들한테 보이기도 창피하게, 왜 부모도 없는 저런 못난 사람이랑 내가 결혼해야 돼?"

나는 마루에 우두커니 앉아 그런 대화들을 고스란히 들었다. 축 처진 어깨로 방에 돌아오자 왠지 서러운 생각이 들었다. 나는 왜 부모님이 안 계실까? 갑자기 하염없이 눈물이 쏟아지기 시작했다.

결혼 얘기가 나오면서부터 나는 경희를 피하게 되었다. 부끄럽기도 하고 얼굴을 마주하기가 불편했다.

그러나 부모님에겐 우리의 결혼이 이미 기정사실화된 상황이었다. 그때 내 나이가 스물네 살이었는데 1년 뒤쯤 농사를 지어 번 돈으로 결혼을 시키겠다고 하셨다.

그렇게 나는 이 씨 집안의 양아들에서 사위가 되면서, 길이 완전히 바뀌어 버렸다. 내 의지와 전혀 상관없이 만들어진 길이었다.

셋째 형님의
협박과 고통

집안에서 혼담이 오가는 동안, 내 앞
엔 또 다른 험난한 고생길이 펼쳐져 있었다. 우선 20리 떨어진
고향 마을에서 농사를 짓고 계신 셋째 형님이 문제였다. 고향 마
을 교회의 장로 한 분이 형님을 찾아가 엉뚱한 소리를 한 것이
화근이었다.

"용배는 믿음도 좋고 착실한 아이인데, 춘산면의 이재훈 장
로의 딸과 결혼한다는구먼. 근데 이 장로는 혈통이 안 좋은 문
둥병자 집안이야. 그래서 손도 잘 못 쓰고 다리도 절뚝거리는데,
왜 그런 집안에 장가를 보내려 하나? 자네가 나서서 결혼 못 하
게 막아야 되지 않겠어?"

알코올 중독자인 형님이 이 말을 듣고 가만히 있을 리가 없었다. 당장 내게 전화를 걸더니 그길로 손에 소주병을 든 채 집 앞으로 찾아왔다. 잔뜩 취한 형님은 큰 소리로 고래고래 고함을 질렀다.

"용배, 너 어서 나와! 안 나오면 내가 들어가서 죽여 버린다! 네가 왜 문둥이 딸과 결혼을 해? 만일 이 장로 딸과 결혼하면 예식장에 똥물을 확 뿌려버리겠다!"

그 소리를 들은 경희는 나와 절대 결혼하지 않겠다며 울면서 집을 나가 며칠 동안 연락이 없었다. 나는 너무나 속이 상했다. 형님도 원망스러웠지만 고향 교회의 장로가 더 야속했다.

왜 나를 이렇게 힘들게 할까? 예수 믿는 사람이 말조심 해야지, 왜 함부로 틀린 말을 해서 이렇게 사람 마음에 피멍이 들게 할까?

나는 잔뜩 화가 나 소리를 지르는 셋째 형님을 데리고 술집으로 가서 울음을 터뜨렸다. 형님이 나를 측은하게 봐주길 바랐다. 하지만 형님은 계속 술을 마시며 결혼하면 가만히 있지 않겠다고 으름장을 놓은 뒤 술값만 뜯어갈 뿐이었다.

그렇게 몇 달이 흘러갔다. 양아버지의 형님 댁은 열심히 불교를 믿는 집안이었다. 큰집에 방문한 어머니가 결혼 자금이 없어 1년 정도 준비해서 결혼시킬 계획이라고 하니까 큰집에서 결혼 자금을 빌려주겠다고 한 모양이었다.

그러자 어머니는 아예 결혼날짜까지 정해 오셨다. 겨우 2개월 남짓 남겨둔 1981년 3월 25일, 국회의원 선거일이 바로 우리의 결혼식 날이었다.

　어머니는 친정에서 반대하는 결혼을 하는 바람에 친정과는 20년 이상 인연을 끊다시피 지내오셨다고 했다. 생전 연락 한 번 없이 지내다가 딸 결혼한다고 갑자기 연락하는 것은 예의가 아니라며, 나와 경희를 데리고 부산 동래에 있는 외삼촌댁에 인사를 드리러 가셨다.

　외삼촌댁에 갔더니 바로 옆집에 살고 있는 경희의 외사촌 언니 부부도 와 있었다. 당시 나는 방위병 근무를 마친 지 얼마 되지 않아 머리카락이 짧은 데다 체중이 줄어 몸집까지 왜소한 상태였다. 그래서 가뜩이나 볼품없는 외모가 더욱 초라해 보였다.

　인사를 드리고 작은 방에 앉아 있는데 옆방에서 경희의 외사촌 형부의 말소리가 들렸다.

　"처제는 너무 예쁘고 괜찮은데 왜 하필 저런 사람과 결혼시키려고 합니까? 초등학교밖에 나오지 못한 무식한 사람과 어떻게 살라는 거예요? 오늘밤 우리 집에 제사가 있는데 청와대에서 사람을 보냈어요. 제가 누굽니까? 집안 제사에 청와대 특사가 올 정도로 연줄이 많습니다. 조금만 알아보면 배경도 있고 학벌 좋은 사람을 데려올 수 있는데 왜 저런 무식하고 못생긴 사람이랑 결혼시키려고 하세요? 결혼식을 좀 연기하고 제가 중매할 수 있도록 기회를 주세요."

경희의 외사촌 형부는 전 씨였는데, 당시 청와대에는 전두환 대통령이 계셨다. 제사에 청와대 특사가 참석할 만큼, 그의 전 씨 집안이 배경이 있다는 얘기였다.

나는 또 한 번 마음에 상처를 받았다. 어디를 가도 나를 인정해 주는 사람은 없었다. 이런 것이 내 운명인가 싶어 눈물이 핑 돌았다. 이제 곧 장모님이 될 어머니의 단호한 말이 그나마 위로가 되었다.

"그런 소리 하지도 말게나. 저 아이가 외모는 볼 것 없고 학력도 없지만 너희들이 모르는 믿음을 가지고 있는 사람이고, 나는 이미 사위로 맞이하기로 결정했어. 그러니 더 이상 이 일에 왈가왈부하지 말게."

우리의 결혼을 두고 안팎으로 말이 많은 가운데 교회도 예외는 아니었다. 우리의 결혼 소식을 접한 교회 사람들은 "처녀, 총각이 한 집에 있더니 전도사님 딸이 임신한 모양"이라거나, "그래서 처음에 양자로 얘기하더니 급히 결혼시키는가 보다"라며 수군거렸다.

셋째 형님의 폭언도 계속되었다. 걸핏하면 전화를 걸어 결혼하면 죽여 버리겠다느니, 결혼식 날 예식장에 똥물을 끼얹을 거라는 둥, 차마 입에 담지 못할 말들을 퍼붓는 것이었다. 너무나 속상하고 마음이 아팠다. 그 당시 통신 시스템은 다이얼을 돌리면 자동으로 연결되는 전화가 아니라, 우체국에서 교환원들이 중간에서 연결해주고 양쪽의 통화 내용을 들을 수 있는 시스템이었다. 그래서 형님의 폭언이 우체국 교환원들 귀에도 고스란히 들어갔고, 이 때문에 우리의 결혼은 또다시 구설수에 올라야 했다.

나는 나약했다. 가슴은 찢어질 듯 아팠다. 하지만 늘 그렇듯이 내가 할 수 있는 것은 오직 기도뿐이었다.

결혼과
신혼여행지에서의 아픔

결혼 날짜가 다가오는데, 아내가 될 경희에게 반지라도 하나 해주고 싶었지만 내 수중에는 돈이 없었다. 그러다가 예전에 선미 만두집에서 일하고 있을 때 월급날만 되면 막내 형님이 찾아와서 돈을 빌려갔던 것이 생각났다.

막내 형님은 내가 둘째 형님의 양복점에 있을 때, 쉬는 날마다 찾아와서 자전거에 나를 태우고 시내의 번화가에서 짜장면도 사주고, 극장 구경도 시켜주고, 약간의 용돈도 쥐어 주곤 했었다. 그리고 중국집과 만두집에 나의 일자리를 마련해 주었던 고마운 형님이었다. 그런 형님이 몇 년이 지나자, 내가 힘들고 어려울 때 형이 일하는 곳으로 찾아가면 도무지 만나주지를 않는 것이었다. 그 뒤로도 몇 번이나 형님을 찾아갔지만, 그때마다 형님이 자리를 비웠다는 동료 직원의 말에 실망하고 돌아서야 했다. 그리고 언젠가부터 형님이 일부러 나를 만나주지 않는다는 사실을 알게 되었고, 나는 그것이 몹시 서운했었다.

나는 부산 서면의 어느 호텔 전기실에서 근무하는 형님을 찾아갔다. 그곳에는 형님의 친구도 같이 근무하고 있었는데, 이번에도 역시 형님 친구가 오더니 형님이 직장을 옮겼다고 거짓말을 하는 것이었다. 나는 그에게 형님이 지금 여기에서 근무하고 있다는 사실을 알고 있다고 말했다. 그리고 나를 만나주지 않는다면 내가 직접 들어가서 형님을 꼭 만나고 가겠다고 딱 잘라 말했다. 그러자 그는 왜 형을 꼭 만나야 하느냐고 물었다. 나는 조금 있으면 결혼을 해야 하기 때문에 그렇다고 했다. 그랬더니 잠시 후 형님이 마지못해 나왔다.

나는 너무 서운했다. 어떻게 멀리서 찾아온 동생을 얼굴도 보지 않고 문전박대 할 수 있을까. 나는 형님에게 한 달 뒤에 있을 결혼 날짜를 알려주고, 신부에게 반지라도 하나 선물해야 하니 10여 년 전에 형님이 빌려간 돈을 갚아 달라고 요구했다.

형은 알았다면서 하루 정도 기다려 달라고 했다. 나는 여관에서 하룻밤을 묵고 다음날 형님을 다시 찾아갔다. 형님은 몇 십만 원의 돈을 넣은 봉투를 내밀었다.

나는 그 돈으로 경희에게 줄 결혼 예물인 반지와 시계를 구입할 수 있었다.

　우여곡절 끝에 결혼식 날이 다가왔다. 양 부모님은 내게 양복 한 벌을 선물해 주었다. 나는 새 양복을 차려입고, 구두를 깨끗하게 닦아 신고는 예식장으로 향했다. 친척과 친구들, 방위 시절의 선후배들이 하객으로 결혼식에 참석해 주었고, 혼주 석에는 막내 삼촌이 앉아 계셨다. 두 살 위인 막내 형은 동생이 먼저 결혼할 때 장가를 안 간 형은 참석하지 않는 것이라며 결혼식장에 나타나지 않았다.

　그런데 문제는 신랑 측 앞쪽에 자리 잡은 형님들이었다. 형님들의 얼굴은 완전히 일그러져 있었다. 그리고 너무나 익숙한 알코올 중독자들의 모습. 아마 어젯밤에도 모여서 밤새도록 술을 마시고 서로 주먹다짐을 했던 모양이다. 세 형님 모두 술에 절어 흐트러진 행색이었다. 형님들을 보자 불안한 마음이 엄습해 왔다. 셋째 형님이 정말 똥을 뿌리진 않을지, 걱정이 이만저만이 아니었다. 나는 마음을 졸이며 계속 속으로 기도 했다.

　'하나님, 셋째 형님의 손발을 묶어주세요. 제발 사고 치지 않게 해주세요.'

　교회 목사님의 주례가 끝나고, 나는 아내의 손가락에 반지를 끼워 주었다. 다행히 결혼식은 무사히 끝났다. 예식이 모두 끝나고 가족사진을 찍는데 눈에서 눈물이 흘러내렸다. 만감이 교차

결혼식.

했다. 돌아가신 부모님이 그리웠고, 하나님의 사랑에 감사했다.

감사와 서러움으로 복받치는 감정을 주체하지 못하고 장모를 껴안고 하염없이 울었다.

그러자 하객들이 손수건으로 눈물을 닦아주며 여기서는 울면 안 된다고, 웃으라고 했다. 평생 잊지 못할 1981년 3월 25일이었다.

신혼 여행지는 부산이었다. 버스에 몸을 싣자, 긴장과 걱정이 풀리면서 여러 가지 상념에 잠겼다. 친 부모님, 특히 어머니가 살아계셨더라면 얼마나 기뻐하셨을까 생각하니 마음이 울컥했다. 나는 옆에 앉아 있는 아내에게 격려의 인사를 건넸다.

"수고했어요."

그러자 아내는 딱딱하게 굳은 얼굴로 인상을 쓰며 이렇게 말했다.

"아무 말도 하고 싶지 않으니 말 시키지 마세요."

아내는 차갑게 한마디 내뱉고는 눈을 감아 버렸다. 바로 옆자리에 앉았지만 행여 몸이라도 닿을까 떨어져 앉으려고 애쓰는 기색이 역력했다. 해가 지고 어둠이 내려앉은 저녁이 되어서야, 우리는 부산 고속버스터미널에 도착했다.

터미널 근처의 어느 여관으로 숙소를 잡았다. 점심을 먹지 않아서 나는 몹시 배가 고팠다. 그래서 저녁을 먹고 오자고 아내에게 말했더니, 아내는 싸늘한 목소리로 이렇게 대꾸했다.

"나는 정말 결혼하고 싶지 않았는데 하나님의 뜻인 것 같아 억지로 결혼한 거예요. 하지만 내 마음은 오빠를 받아들일 준비가 전혀 되어 있지 않으니 마음의 준비가 될 때까지 가까이 오지 말아줘요."

말을 마친 아내는 세수를 하고 잠옷으로 갈아입은 후 침대 한 쪽에 등을 돌린 채 누워 버렸다.

나는 텔레비전을 켜놓고 국회의원 선거 개표결과를 지켜보았다. 마음이 복잡했다. 이대로 결혼 첫날을 보내면, 앞으로의 결혼 생활도 이런 식일 것 같았다. 나는 어떻게든 분위기를 돌려보려고 잠옷을 입고는 이불 속으로 들어가 아내의 손을 잡았다. 그러자 아내는 벌레라도 만진 듯 벌떡 일어나 앉아서 이렇게 쏘아붙였다.

"오빠가 무식하고 못 생겨서 친구들한테 보이기도 창피해요. 가까이 오지 마세요. 소름끼치고 싫으니까. 내 몸에 털끝 하나라도 대면, 가만히 두지 않겠어요."

그러더니 두 손으로 할퀴겠다는 경고의 몸짓까지 보이는 것이었다. 나는 어안이 벙벙했다. 그토록 많은 야속한 일들과 외로움 속에서 울며 몸부림치다 이제 결혼을 하면 행복해질 수 있을까 기대했는데 그 꿈이 완전히 산산조각 나버리는 순간이었다.

아내는 그런 내 마음에 온갖 상처 주는 말들을 비수같이 꽂아댔다.

"꼴도 보기 싫고, 속상해요. 결혼한 것이 얼마나 후회되는지 모르죠? 오빠같이 무식하고 못생긴 사람이 내 남편이라니, 정말 소름끼쳐요."

아내의 모진 말 한마디, 한마디가 온몸에 전류가 휘감는 것처럼 와 닿았다. 너무나 쓰라리고 아팠다. 머리가 핑 돌고 쓰러질 것만 같았다.

아내는 할 말을 다 마쳤는지, 다시 벽에 바짝 몸을 대고 돌아누웠다. 나는 뭐라 할 말이 없었다. 아내의 폭언들로 마음이 만신창이가 된 채, 그저 하염없이 눈물만 흘릴 뿐이었다. 소리라도 지르고 싶었고, 이 상황에서 차라리 미쳐버렸으면 속이 편하지 않을까 하는 생각마저 들었다.

나는 옷을 갈아입고 밖으로 나왔다. 그러고는 하염없이 길을 걷기 시작했다. 거리는 네온사인으로 번쩍거렸고, 바삐 오고 가는 사람들의 발걸음은 가벼워 보였다. 그러다 팔짱 낀 다정한 연인들의 모습도 눈에 들어왔다. 부산의 밤은 제법 쌀쌀했다.

결혼 전날 밤, 장모님이 해주신 말씀이 떠올랐다.

"너는 내 아들이고, 내일이면 내 사위가 된다. 너는 나의 보배야. 자, 이리 와서 어머니 팔을 베고 자거라."

그날 나는 장모님의 팔을 베고 누워 이런저런 이야기를 나누었다. 단 한 번도 어머니의 체온을 느껴본 적이 없었지만, 따뜻하고 포근한 장모님의 품이 마치 어머니처럼 느껴졌다. 밤새 그렇게 장모님과 도란도란 이야기를 나누다 새벽기도를 다녀왔다. 그때까지만 해도 앞으로 펼쳐질 행복한 나날들을 그리며 기대에 잔뜩 부풀어 있었는데….

이게 뭐란 말인가. 결혼식 날 하루 종일 굶은 데다 아내에게 선 온갖 모진 말을 듣고, 지금은 혼자 낯선 거리를 헤매고 있다.

한참 길을 걷다가 길가의 어느 나무 아래 앉아서 소리 내어 실컷 울었다. 목구멍 깊숙한 곳에서 친어머니를 부르고 사랑하는 누나를 애타게 불러 보았지만 아무런 대답이 없었다.

온갖 생각이 꼬리에 꼬리를 물고 머릿속을 어지럽혔다.

'나 혼자 어디로 가버릴까? 간다면 어디로 가지? 그러면 시골에 계신 장인, 장모는 어떻게 될까? 이웃들은 뭐라고 수군거릴까?'

그렇게 몇 시간을 방황하다가 축 늘어진 어깨로 여관방에 돌아왔다. 아내는 여전히 벽 쪽으로 돌아누워 있었다. 나는 잠을 이룰 수 없을 것 같아 아예 잠자리에 들지 않았다. 텔레비전을 켜놓고 밤새 국회의원 개표 방송을 지켜보다가 아침 7시경 집으로 돌아가자며 여관을 나섰다. 아내에게 아침식사를 하겠냐고 물으니 역시나 돌아오는 대답은 "싫다"였다.

부산 고속버스터미널에서 대구로 가는 고속버스에 몸을 실었다. 나와 아내의 사이에는 무거운 침묵만이 흘렀다. 경주를 통과할 때쯤, 아내에게 말을 걸었다.

"부모님과 주례하신 목사님 선물을 마련해서 가야 하지 않겠어요?"

그러자 아내는 기다렸다는 듯이 매섭게 쏘아붙였다.

"말 시키지 말라고 했잖아요. 왜 자꾸 귀찮게 굴어요? 나는 오빠랑 말 섞고 싶지 않다고요. 이제 더 이상 아무 말도 하지 말아 주세요. 무식한 사람하고는 말 하고 싶지 않아요."

그쯤 되자 나도 더 이상 아내에게 대화를 시도하는 건 무리라는 생각이 들었다. 지쳐 포기상태에 이른 것이다. 그리고 속으로 다짐했다.

'그래. 다신 말하지 않을게. 그렇게 싫으면 결혼하기 전에 싫다고 했어야지, 왜 이제 와서 이러는 거냐. 아무튼 이제 나도 됐다.'

나도 아내에게서 마음의 문을 닫아버리기로 결심한 것이었다.

동대구 고속버스터미널에 도착했다. 나는 버스에서 내린 후 혼자서 바로 택시를 타고 성당동 시외버스터미널로 갔다. 숨 막히는 아내에게서 벗어나 어디라도 혼자 가 버리고 싶어서였다. 잠시 생각한 끝에 경남 창녕의 부곡 온천행 버스에 올라탔다. 7년 전에 알고 지내던 최석열 아저씨와 함께 다녀온 기억이 떠올랐기 때문이었다.

버스를 타고 가는 내내 마음이 괴로웠다. 차창에 머리를 기대고는 계속해서 눈물만 흘렸다.

부곡 온천에 도착해서 어느 여관방에 들어갔다. 그때부터 사흘간 일절 음식에 입을 대지 않고 금식 기도를 시작했다.

'하나님! 저 이 결혼을 인정하고 싶지 않아요. 취소해 주세요. 제가 꼴도 보기 싫고 소름 끼친다는 사람과 어떻게 한평생 같이 살 수 있나요? 저 시골 처갓집에도 안 들어갈래요. 어디론가 잠적해 버리고 싶어요. 하나님, 너무 슬픕니다. 하나님의 계획은 어디에 있습니까?'

그렇게 울부짖으며 사흘 동안 방안에서 한 걸음도 움직이지 않았다. 사흘째 되던 날 이런 생각이 들었다. 이미 결혼식은 올렸고 어쨌든 처부모님도 계시니까 전화라도 드리고 나서 끝내야겠다는 생각이었다.

시외전화를 걸자 면소재지에 있는 우체국 여직원이 처갓집으로 전화를 연결해 주었다. 장모님이 전화를 받았다. 나는 장모님께 너무 속이 상해 집에 들어갈 수 없다고 말했다. 그냥 사라질 테니 나머지는 알아서 하시라고 했다. 장모님은 이 전화는 교환원들이 다 듣는다고 일단 만나서 얘기하자고 했다.

"경희는 결혼한 다음날 바로 와서 집에 있네. 자네는 어디 갔느냐고 물으니까 선물 사러 갔다고 했어. 여기 친척과 이웃들한테도 자네가 선물 사러 갔다가 친구 만나느라 늦어진다고 해놨으니 일단 집으로 오게. 정리하고 나서 그때 어디든 가더라도 가란 말일세."

전화를 끊고 어떻게 할 것인가 한참 생각하다가 결론을 내렸다.

'아직 혼인신고도 하지 않았으니 일단 들어갔다가 조용히 빠져 나오면 되겠지. 어른들에게 인사나 드리고 나와서 돈 벌고 성공해야겠다.'

이렇게 마음을 정리한 후 밥 한 그릇으로 허기진 배를 채웠다. 현기증으로 비틀거리는 몸을 겨우 추슬러 대구로 향하는 버스에 몸을 실었다.

대구 성당터미널에서 북부정류장을 거쳐 밤이 되어서야 시골에 도착했다. 버스정류장에서 경희의 6촌 언니가 약방을 하고 있었는데, 나를 보자 달려와서는 어찌된 일이냐고 물었다. 경희는 사흘 전 혼자 버스에서 내리더니 걷지도 못하고 부축을 받아 집으로 갔다고 했다.

나는 아무 말도 하지 않고 무거운 발걸음으로 처갓집에 들어갔다. 방에 들어가자 장인장모는 아내를 내 앞에 무릎 꿇게 해놓고 뺨을 몇 차례 때리며 소리쳤다.

"어서 박 서방에게 잘못했다고 빌어!"

아내는 기어들어가는 목소리로 말했다.

"잘못했어요. 다시는 그런 일 없을 거예요. 용서해 주세요."

나는 어떤 말도 하고 싶지 않았다. 어서 짐이나 정리해 대구로 가서 직장을 잡고 싶은 생각뿐이었다.

그러나 이런 내 마음을 붙잡은 건 장인장모였다. 어른들께서 잘못했다며 대신 용서를 구하시는데 나로선 어찌할 도리가 없었다. 나는 좀 더 지켜보기로 했다.

하지만 아내와 나의 상황은 좀처럼 달라지지 않았다. 아내는 방에만 들어가면 태도가 돌변했다. 신혼 여행지에서 했던 모진 말들도 거침없이 퍼부어댔다. 나는 당장이라도 뛰쳐나가고 싶은 마음이 굴뚝같았다. 하지만 건넌방에 계시는 부모님들이 괴로워하실 것을 생각하면 참아야 했다.

나는 잠이 오지 않았다. 아무리 잠을 청해도 소용없었다. 그동안 쌓인 피로감에 눈은 벌겋게 충혈되어 있었다. 다음날 나는 집에 있기 싫어서 마을 건너편 산에 올라갔다. 언덕에 올라가서 고향 마을의 어머니 산소를 생각하며 또 눈물을 흘렸다.

'어떻게 해야 할까? 대구로 나가서 취직을 해버릴까? 말없이 사라져 버릴까? 아니면 산 아래 낭떠러지로 뛰어내려 이대로 죽어버릴까?'

그런 생각에 잠겨 괴로워하는 나는 이미 살 의욕을 잃은 상태였다.

땅거미가 내렸을 때에야 처갓집에 들어왔다. 부모님 앞에서는 말 몇 마디라도 정중하게 건네는 아내였지만, 우리 방에만 가면 달라졌다. 내가 싫다는 말 한마디 한마디가 가슴을 후벼 파며 더 깊은 상처를 내었다. 소름이 끼쳤다. 잠옷 차림으로 부엌에 가서 찬물을 끼얹으며 울분을 삭였다. 죽어버리고 싶었다.

다음날 다시 앞산으로 올라갔다. '죽어버리자' 생각하고 있는데 저 멀리 언덕 아래 과수원에서 장인이 혼자 일하는 모습이 보였다. 그 누구보다 무남독녀 외동딸이 결혼해서 잘 살기를 바라실텐데…. 순탄치 못한 딸의 결혼 생활에 괴로워하는 표정이었다. 내가 죽으면 저 어른들은 어떻게 될까 생각하니 차마 뛰어내릴 수가 없었다.

그렇게 아내와 보이지 않게 다투기를 몇 주간 계속했다. 끊이지 않는 아내의 멸시에 내 인격은 짓밟힐 대로 짓밟혔고, 마음은 이미 갈기갈기 찢어진 지 오래였다. 이제 나는 내 길을 선택해야 했다. 그것은 바로 죽음이었다.

자살을 결심하고

사람은 누구나 살면서 크고 작은 문제에 부딪히게 된다. 그러나 그 문제에 대한 반응은 모두 다르다. 남이 봤을 때 감당하기 힘든 큰 문제도 아무렇지 않게 넘기는 사람이 있는가 하면, 별 것도 아닌 일에 끙끙대는 사람도 있다.

문제는 그 상황이 당사자의 어떤 정체성과 관련되어 있느냐 하는 것이다. 온몸이 상처투성이인 사람이 있다. 그 사람을 누군가가 아무리 따뜻하게 안아준다고 해도, 그 어루만지는 손길조차 상처에 닿으면 쓰라리고 아픈 법이다. 즉, 아무리 사소한 문제라도 그 사람의 극도로 예민한 감정과 기억에 연관이 되면 그건 쉽게 넘길 수 없는 심각한 문제가 되어 버린다는 것이다.

아내는 내게 부모도 없고, 못생긴 데다, 가진 것도, 배운 것도 없다고 면박을 줬다. 이런 말들에 대해서 다른 누군가는 "그럼 너는 얼마나 잘났는데?"라고 응수를 할 수도 있을 것이다. 하지만 문제는 나 자신이었다. 아내의 그런 말들이 나에게는 지난 세월 동안 내 가슴을 무겁게 짓누르고 있었던 치명적인 상처였던 것이다.

나는 한 번도 부모님에게서 부모다운 사랑을 받아본 적이 없었고, 형들에게는 폭력과 괴롭힘만 당해왔었다. 45kg에 불과한 왜소한 몸에 생김새도 변변치 않아 남의 호감을 사 본 적도 없고, 그나마 간신히 졸업한 초등학교는 6년 내내 단 한 번도 제때 수업료를 내 본 적이 없었다. 늘 나를 따라다닌 것은 가난이었고, 배운 것이 없으니 초등학교를 졸업하자마자 만두집과 중국집을 거쳐 술집 종업원으로 객지를 떠돌았다.

이러한 어두운 기억들이 내 마음 깊은 곳에 짙게 깔려 있었고, 아내의 모진 말들은 그 기억들을 수면 위로 떠올리게 만든 것이었다. 어찌됐건 목사님 앞에서 평생을 함께하기로 약속한 부부인데, 어쩌면 그렇게 남편의 아픈 상처만 골라 찌르고 부비고 헤집어 놓을 수 있는 걸까? 거기에 별다른 저항도 하지 못하고 그저 참고만 있는 나 역시 사람이 할 짓이 아니었다. 자존감이 짓밟힐 대로 짓밟혀 버린 나는 점차 스스로를 인간 이하로 여기게 되었다. 이쯤 되자 극단적인 길을 선택할 수밖에 없었다. 인간으로서 지니고 있던 이성을 이미 잃은 상태였기 때문이었다.

　나는 죽어버리기로 결심하고 장인장모님께 유서를 한 장 썼
다. 죄송하다는 말과 함께 그간 베풀어주신 따뜻한 사랑에 감사
드린다고 몇 자 적었다. 그리고 울산에 있는 누나에게도 편지를
한 통 썼다.

　'누나에게 잘 사는 모습 보여 주려고 했는데…. 미안해. 너무
괴로워서 더는 살고 싶지 않아. 누나, 먼저 갈게.'

　누나와 함께 큰 형님의 폭력을 피해 서로 부둥켜안고 울었던
기억이 떠올랐다. 술에 취해 길바닥에 쓰러진 아버지를 싣고 누
나와 함께 끌었던 리어카가 생각났다. 만약 누나와 함께 끄는 그
리어카에 술 취한 아버지가 아닌 남들처럼 농사지은 쌀가마니를
실을 수 있었더라면 얼마나 좋았을까.

　나는 창고에서 농약 한 병을 가지고 방으로 돌아왔다. 그리고
자고 있던 아내를 깨웠다. 그 앞에다 농약병을 내놓으니까 아내
는 놀라는 눈치였다. 나는 담담하게 말했다.

　"우리 농약 먹고 같이 죽읍시다. 우리가 계속 싸우니까 부모
님이 저렇게 괴로워하시고 울부짖는 거 아닙니까? 그러니 더 이
상 살아서 뭐하겠소. 같이 죽읍시다."

　장인어른과 장모님은 정말 우리 때문에 괴로워하셨다. 한 번
은 우리가 다투는 모습을 본 장인어른이 넥타이로 목을 매고 죽

으려 하신 적도 있었다. 아내는 내 말을 듣더니 얼른 농약을 뒤로 감추어 버리고는 한 풀 꺾인 목소리로 말했다.

"저도 노력해 볼 테니 조금만 더 기다려줘요."

그러나 나는 아내의 말을 그대로 믿을 수 없었다. 이제까지 남 앞에서는 고분고분하다가도 둘이만 있으면 돌변하여 나를 개똥 보듯 하던 아내가 아닌가. 정말 내가 농약을 마시기라도 할까봐 당장의 상황만 피하고 보자는 심사가 분명했다. 죽음을 선택하겠다는 내 결심은 아내의 그런 태도에도 조금도 흔들리지 않았다.

어느덧 새벽녘이 되어, 나는 농약을 마시려고 자리에서 일어났다. 그때였다. 장모님이 방 안으로 들어오시더니 나를 끌어안고 울기 시작했다. 밤새 교회에서 우리 부부를 위해 기도하다 내가 죽기로 결심했다는 것을 알게 된 것이다. 장모님은 나를 붙잡고 당신이 살아온 생애를 눈물로 되새겼다.

"나는 결혼식 때 주례자 앞에서 죽음 외에는 결코 헤어지지 않겠다고 한 약속 때문에 파란만장한 삶 속에서도 24년을 살아왔는데, 자네는 고작 그 몇 주도 못 견디고 죽으려고 하나? 온갖 어려움 속에서 무남독녀로 22년간 애지중지 키운 딸을 자네에게 맡겼는데 어떻게 결혼하자마자 이럴 수 있나?"

장모님은 하염없이 눈물을 흘렸다. 그리고 내 손을 잡고 하

장모님과 함께.

소연을 했다.

"무남독녀로 자기밖에 모르고 자란 애가 고집이 왜 없겠나? 자네가 좀 더 참고 기다려주게. 나는 한평생 하나밖에 없는 딸을 지극정성으로 돌보며 키우는 일에만 매달려 왔네. 그런 딸이 잘 살아주기를 바라는 마음이야 오죽하겠나?"

물론 내가 넓은 마음으로 대수롭지 않게 여기며 느긋하게 기다릴 수 있다면 좋겠지만, 그 당시 나의 마음은 아내의 무시와 멸시를 견디기가 너무나 괴로웠다. 아내가 건드리는 상처는 날마다 덧나고 곪아터져서 더 이상 그 고통을 감당할 수가 없었던 것이다.

장모님이 부둥켜안고 우는 동안 나도 소리 내어 함께 울었다. 그렇게 한참을 우시더니 장모님은 나를 붙잡고 기도를 하기 시작했다. 그 기도 중에는 내가 신학교에 가서 하나님의 종이 되어 목회자로서 하나님의 일을 할 수 있도록 해달라는 내용이 포함되어 있었다.

그 얘기는 장모님을 처음 만났을 때부터 들어온 것이었다. 그때 장모님은 내게 신학교에 가라고 권유했었고 나는 가고 싶어도 학력이 부족해서 갈 수가 없다고 딱 잘라 말씀 드렸었다. 신학교에 가려면 고등학교를 나와야 하는데 나는 초등학교만 간신히 졸업한 상태였다.

설령 신학교에 가서 목사가 될 수 있다 하더라도, 목사는 기본적으로 말을 잘해야 하는데 나는 내성적인 성격인 데다 말재주가 전혀 없었다. 즉 나에게는 목사가 될 만한 자질이 전혀 없다고 판단 내린 것이었다. 나의 단호한 태도에 장모님은 더 이상 목사가 되라는 권유를 하지 않으셨다.

그 이후, 애초에 나를 아들로 데려온 것이라며 못 박아 말했던 것과 다르게 내가 사위가 되자 장모님은 이렇게 말했었다.

"하나님이 너를 처음 우리 집에 보내실 때 사위로 삼으라고 했으면 순종하지 않았을 거다. 왜냐하면 하나뿐인 딸의 사윗감에 큰 기대를 걸고 있었기 때문이야. 하지만 하나님이 아들로 받으라고 해서 순종했고, 그 후 정이 들고 믿음이 두터운 것을 확인하니 사위로 받으라는 말씀에도 순종할 수 있게 된 거지."

그때부터 나의 운명이 삐걱거리게 된 것이다. 만약 내가 양자에서 사위로 바뀌게 된 것이 하나님의 뜻이라면, 그것은 나뿐 아니라 모두에게 감당하기 어려운 가혹한 시련을 안겨준 일일 것이다. 이제 장모님도 그 순종과 결정이 문제가 있었다는 사실을 깨닫고, 내게 다시 신학교에 가서 목회자가 되어야 한다고 권유하고 있는 것이 아닐까?

하나님의 종이 되라는 장모님의 말씀에 나는 잠시 흥분했던 마음을 가라앉혔다. 죽기로 결심한 마당에, 만약 지금의 이 고통을 덜 수 있는 길이 오직 그 길이라면 나 또한 순종하지 않을 까닭이 없었다. 장모님의 기도와 권유를 들은 나는 마음속으로 간절히 기도했다.

'하나님! 장모님을 통해서 간접적으로 명령하시지 마시고 저에게 직접 말씀해 주세요. 제가 비록 학력도 안 되고 말주변도 없지만, 만약 그 길이 진정 하나님의 뜻이라면 순종하겠습니다. 어떤 식으로든 저에게 하나님의 뜻이라는 증거를 주십시오.'

그날부터 나는 농약을 먹는 대신 금식 기도를 시작했다. 일주일 동안 식음을 전폐하면서 성경을 읽고 또 읽고, 기도하고 또 기도하고, 묵상하고 또 묵상하였다.

그때까지도 내 체력은 허약하기 그지없었다. 특히 심한 빈혈

증세 때문에 자리에서 일어날 때면 무언가를 붙잡고 눈을 감은 채 한참을 서 있어야만 했다. 급한 마음에 그냥 자리에서 벌떡 일어났다가 어지러워 쓰러진 적도 한두 번이 아니었다. 그런 허약한 몸으로 일주일 동안 아무것도 먹지 않고 견디자니 무척 힘에 겨웠다. 그러나 죽음까지 각오했던 극단의 상황에서, 무언가 돌파구를 찾을지도 모른다는 막연한 기대감에 나는 이를 악물고 견뎌낼 수 있었다.

Part
5

전혀 새로운 길:
신학교와
전도사 생활

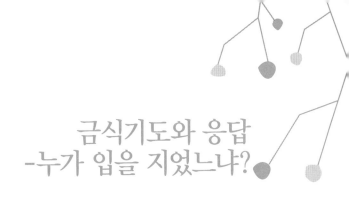

금식기도와 응답
-누가 입을 지었느냐?

금식 기도를 한 지 일주일째 되는 날이었다. 잠깐 잠이 들었는데, 비몽사몽인 가운데 이런 음성이 들렸다.

"출애굽기 3장과 4장을 읽어보라!"

깜짝 놀란 나는 자리에서 벌떡 일어나 서둘러 성경을 펼쳤다. 출애굽기 3장과 4장에는 하나님이 모세에게 애굽으로 가서 종살이하고 있는 이스라엘 백성들을 이끌어내어 가나안 땅으로 인도하라고 명령하신 내용이 기록되어 있었다. 그러자 모세는 하나님께 자신은 입이 뻣뻣하고 혀가 둔하여 갈 수 없다고 말하며 보낼 만한 자를 보내시라고 한다. 이에 하나님은 이렇게 말씀하셨다.

"누가 사람의 입을 지었느냐? 내가 너와 함께 있을 것이다."

그러고는 기어코 모세를 출애굽의 지도자로 사용하셨다.

성경을 읽으면서 나는 놀라지 않을 수 없었다. 지금 나의 상황과 성경 속 모세의 상황이 너무나 비슷하다는 생각이 들었기 때문이다.

모세는 자신은 입이 뻣뻣하고 혀가 둔하여 애굽으로 가서 하나님이 원하시는 일을 할 수 없다고 변명하고 있다. 그런데 나 또한 학력이 부족하고 말 주변이 없다는 핑계를 대며 목회자가 될 수 없다고 계속 거부하고 있지 않은가.

나는 출애굽기 3장과 4장을 계속해서 읽었다. 그리고 아예 출애굽기를 처음부터 끝까지 읽어보고, 모세가 죽을 때까지의 생애가 기록되어 있는 출애굽기, 민수기, 신명기를 읽으며 깊은 생각에 잠겼다.

나는 일주일 동안 하나님께 이렇게 기도했다.

"장모님을 통해서 신학교에 가라고 하지 마시고, 저에게 직접 확신을 주시면 신학교도 가고 목사도 되겠습니다."

그렇게 기도하고 금식을 하며 말씀을 기다렸다. 마침내 하나님께서는 나에게 응답을 주셨다. 나는 모세의 이야기를 통해 성경 말씀으로 응답을 확인한 것이었다. 입이 뻣뻣하고 혀가 둔하여 갈 수 없다는 모세의 변명이 하나님께 정당한 이유가 될 수 없었듯이, 학력이 부족하고 말재간이 없다는 것 또한 나의 억지스러운 변명에 불과했던 것이다.

나는 가슴이 뭉클했다.

'아! 하나님이 이렇게 응답하시는구나!'

이제 더 이상 변명의 여지가 없었다. 하나님의 살아계심을 믿고 있었지만, 이렇게 말씀으로 확신을 주시니 더 이상 변명이나 핑계를 댈 수가 없었다. 나는 장인장모께 이 사실을 알렸다.

"금식 기도를 한 결과 신학교에 가라는 응답을 받았습니다."

그렇게 말해 버리고나니 마음이 편했지만 한편으론 걱정도 되었다.

초등학교에 다닐 때 공부를 잘하지도 못했고 결석을 밥 먹듯이 했으며 더욱이 6학년 때는 거의 학교에 가지 못했던 터라 내게 학업적인 기초가 있을 리 없었다. 그런 내가 과연 신학교에 갈수나 있을까?

교회에 좀 늦어 목사님이 설교를 하고 계시면 부끄러워서 아예 교회 안으로 들어가지도 못했던 나였다. 그런 내가 많은 이를 하나님의 길로 인도할 목회자가 될 수 있을까?

일주일의 금식 기도 끝에 하나님께 응답을 받아놓고도, 정작 내 자신에게는 이 길을 가는 게 맞는지 확신할 수가 없었다. 과연 할 수 있겠느냐는 스스로의 질문에 선뜻 대답할 준비가 되어 있지 않았던 것이다.

성경학교에서의
성경공부와 검정고시

신학교 진학과 목회자의 길에 대해 아직 확신을 갖지 못했던 나는 밤마다 잠을 설쳐야 했다. 그리고 잠을 이루지 못할 때면 일어나 기도하며 하나님께 매달렸다. 당시 그 밤은 내 인생에 있어서 가장 긴 밤이었을 것이다.

고민 끝에 나는 다니던 교회의 담임 목사님께 상담을 받으러 갔다. 그때가 5월 초순인 어느 날이었는데, 3월에 결혼한 이후로 처음 찾아뵙는 것이었다.

나는 목사님께 신학교에 가라는 하나님의 응답을 받았다고 말씀드리고 사람들이 모여 있는 곳에 가서 같이 어울리며 공부하는 것이 두렵다고 털어놓았다. 그러고는 이런 부탁을 드렸다.

"목사님께서는 노회에서 운영하는 대구신학교 의성분교 교장이자 성경학교장이시니까 학교에서 강의하신 내용을 녹음한 게 혹시 있지 않으십니까? 그러면 제가 학교에 가는 대신 집에서 그 녹음 내용을 듣고 숙제를 제출할 방법은 없을까요?"

그러자 목사님께서 이렇게 대답하셨다.

"그런 녹음테이프도 없거니와, 그렇게 공부하는 방법도 불가능해요. 그러니까 내일 나와 함께 성경학교에 가보고 다시 의논하도록 해요."

다음날 나는 목사님을 따라 성경학교에 찾아갔다. 나는 단지 학교 분위기를 보고 다시 목사님과 의논할 생각이었는데, 목사님은 학생들 앞에서 나를 신입생이라고 소개했다. 놀라고 당혹스러워 하는 내게 목사님은 잘라 말했다.

"오늘부터 성경학교 기숙사에서 지내면서 공부에 전념하세요."

그렇게 하여 나는 아무 생각도 할 겨를이 없이 떠밀리듯 성경학교 기숙사에 머물게 되었다. 가뜩이나 부족한 나인데, 새 학기는 이미 3월초에 시작되어 두 달이나 지나 있었으니 그것부터가 걱정이었다.

그러나 악몽 같은 결혼 생활에서 벗어날 수 있다는 것만으로도 나는 새로운 세상을 만난 듯했다. 더욱이 밤낮으로 성경을 공부하고 기도를 계속할 수 있다는 것은 내가 그토록 바라던 일이 아니었던가.

그동안 만두집과 중국집, 유흥업소를 전전하면서 단 한 번이라도 마음 편히 교회에 가고 성경을 읽을 수 있다면 좋겠다는 소망을 버린 적이 없었다.

그 소망이 이루어졌다는 생각으로 스스로를 위로하며 늦은 공부를 따라가기 위해 열심히 노력했다. 나와 함께 공부하는 학생들은 성경학교 학생이 서른 명, 신학과정을 밟고 있는 학생이 서른 명이었다. 그중 대부분이 집에서 통학하는 학생들이었고 나처럼 기숙사에서 생활하는 학생은 불과 스무 명 남짓이었다. 나는 동급생들의 노트를 빌려 옮겨 적으면서 성경학교 일과에도 서서히 적응해가고 있었다.

그렇게 바쁜 일정 속에서도 지난 신혼생활의 아픔은 쉽게 지워지지 않았다. 날마다 계속되던 아내의 독설이 떠오르면 도무지 공부하는 내용이 머리에 들어오지 않았다. 신혼여행 때 홀로 걸었던 부산 거리에서부터 농약을 마시려 결심했던 그날의 풍경, 그리고 금식기도에 이르기까지 지난날들이 너무나 긴 시간처럼 여겨졌다. 그런 생각에 잠기면 아직 아물지 않고 그대로 남아있는 상처 때문에 숨죽인 채 눈물을 흘렸다.

기숙사 생활을 시작한 지 한 달이 지나 6월 초가 되어 첫 방학을 맞이하였다. 방학이 되자 학생들 대부분이 집으로 돌아갔지만 나는 그럴 겨를도, 마음도 없었다. 이제야 겨우 새로운 생활에 적응했는데, 집으로 돌아가 아내와 부딪히면 또 상처가 덧날 게 뻔했기 때문이다.

나는 방학 기간에도 기숙사에 머물면서 성경을 읽었다. 그리고 검정고시를 준비하기 위해 중학교 교과서를 읽었다. 워낙 기초가 부족해서 초등학교 책을 구해 처음부터 다시 공부해야 할 형편이었다.

여름 내내 지냈던 슬레이트 지붕 아래 기숙사는 너무 더웠다. 그러나 나는 이를 악물고 공부에 전념했고, 그 과정은 나 자신과의 또 다른 싸움이었다.

나는 어릴 때부터 가난과 외로움, 폭력에 맞서 싸워야 했다. 나이가 들어 객지에 나가서도 마찬가지였다. 항상 배가 고팠고, 먹을 것이 떨어질까 노심초사했다.

술 취한 사람들에게 인간 이하의 취급을 받으며 몰매를 맞은 적도 한두 번이 아니었다. 결혼을 하고 나서는 아내로부터 멸시와 모욕을 받아야 했다. 그 과정을 겪어가며 하루하루를 사는 일은 처절한 나 자신과의 싸움이었다.

그리고 이제 나는 새로운 싸움을 시작했다. 가난과 외로움, 폭력과의 싸움이 아니라 스스로 새로운 길을 열어가기 위한 싸움이었다. 하나님이 열어주신 길로 가기 위해 황무지를 지나고 사막을 건너는 긴 싸움이었다.

　농약을 마시고 스스로 목숨을 끊으려던 극단의 순간에서 돌이킨 그 새로운 싸움의 길에서 나는 반드시 이겨야만 했다.

세 형님의 죽음

신학교에 가기 위한 예비 과정으로 성경학교에서 공부를 하는 동안 내가 조금씩 달라지고 있음을 스스로 느낄 수 있었다. 자신과의 싸움에서 늘 피하기에만 급급한 나였는데 어느덧 나 자신과 맞설 용기가 생기기 시작한 것이다. 그렇게 나는 한참 뒤떨어진 학업을 간신히 따라잡을 수 있었고, 언젠가 목회자가 되리라는 다짐도 더욱 굳게 할 수 있었다.

그리고 달라진 것은 비단 나뿐만이 아니었다. 내가 집을 떠나 기숙사에 있는 동안 나를 대하는 아내의 태도가 눈에 띄게 달라진 것이다. 제법 다정한 내용의 편지를 써 보내기 시작하더

아들 요셉과 아내.

니, 결혼 초에 모질게 대한 것이 미안하다며 편지로 사과를 하기
도 했다.

다시 한 학기가 지나고 겨울방학이 되었지만 나는 여전히
기숙사에 머물렀다. 그해 겨울은 유난히 추웠고, 기숙사 건물
은 여름에 푹푹 쪘던 것만큼 겨울엔 살을 에는 듯한 추위가 엄
습했다.

아내의 변화에 이어 우리 가정에도 변화가 생겼다. 해가 바뀌
고 아들이 태어난 것이다. 아들의 이름은 '요셉'이라고 지었다. 아
들이 보고 싶었고, 사랑스러웠지만 나는 계속 기숙사 생활을 고

집했다. 기숙사에서 70리 떨어진 처갓집에는 어쩌다 한 번씩만 먹을거리를 가지러 다녀왔다. 내가 줄곧 기숙사에 머물렀던 이유는 우선 공부에 전념해야 한다는 생각 때문이었다.

그보다 더 큰 이유는 아내와 얼굴을 맞대기 싫어서였다. 가끔 볼 때마다 아내는 나에게 미안해하는 눈치였고, 친절하게 대하려 애썼다. 하지만 나는 쉽게 마음을 열지 못했다. 그만큼 내 마음속에 남아있는 응어리가 컸고, 상처도 너무 깊었다.

따지고 보면 나만큼 처갓집 신세를 많이 진 사람도 드물 것이다. 그 점은 지금도 감사하게 생각하고 있지만, 당시 아직 어린 마음에는 그 또한 힘든 일이었다. 요즘이야 처갓집에 사는 일이 대수롭지 않은 일이지만, 그때만 해도 처가살이는 스스로에게 흉이 되는 일이었기 때문에 늘 눈치를 보고 공연히 주눅이 들 수밖에 없었다. 오죽하면 옛말에 '보리가 서 말이면 처가살이는 하지 말라'는 말이 있겠는가.

물론 장인어른과 장모님은 나를 한 식구로 따뜻하게 대해 주셨지만 그래도 처가살이가 힘든 건 어쩔 수 없었다. 그것이 학기 중이든 방학 때든 가급적 기숙사에서 지내려 했던 이유 중 하나였다.

아내의 얼굴을 떠올리는 것보다 더욱 간절히 피하고 싶었던 일은 바로 형님들의 소식을 듣지 않는 것이었다. 그러나 핏줄이기 때문에 어쩔 수 없이 간간히 소식이 들려왔다. 물론 좋은 소식일 리는 없었다.

처갓집으로부터 20리 떨어진 곳에서 양복점을 하는 둘째 형님 댁 형수님은 평소 건강이 좋지 않았는데, 심장판막증 수술을 받던 중 세상을 떠났다고 했다. 큰 형님은 둘째 형님이 양복점을 하던 마을인 가음면 지서에서 순경으로 근무하다가 술 때문에 사직을 하고, 처남이 근무하는 탄광에서 일한다며 강원도 태백으로 갔다.

가음면은 성경학교가 있는 의성에서 춘산의 처갓집을 오갈 때 마다 꼭 거쳐 가는 곳이었다. 대구 태평로에서 이사를 와서 그곳에 살던 둘째 형님은 늘 술만 마셨고 형수님마저 세상을 떠나니 양복점은 될 대로 되라는 식으로 내팽개쳐 둔 상태였다.

조카 셋 중 큰 조카는 객지에 나가 있었고, 내가 객지에 처음 나와 형님 댁에서 1년 동안 일하며 생활할 때 업고 돌보던 둘째와 셋째 조카는 각자 중학교와 고등학교에 다니고 있었다. 형님은 심한 알코올 중독 상태였고, 형님의 장모님은 몸도 불편하신데 외손주들을 돌보느라 늘 양복점에 와 계셨다.

나는 처갓집에서 장인께 학비나 약간의 용돈을 받으면 아껴 두었다가 형님 댁에 들러 조카들에게 조금씩이라도 용돈을 주었다. 그리고 나면 생활하기가 어려웠지만 그래도 조카들을 조금이라도 돕고 싶은 마음에서였다.

그러던 어느 날, 결국 끔찍한 소식이 들려왔다. 둘째 형님이 익사를 했다는 가음지서의 연락이었다. 성경학교에서 나와 급히 달려갔더니 20리 밖에 사는 삼촌이 와 계셨다. 못가에 건져 올린 시신은 가마니로 가려져 있었는데, 이미 물속에서 퉁퉁 부어올라 처참한 모습이었다. 평생 술에만 의지하고 살다 간 인생의 마지막 모습이었다.

익사한 과정을 들어보니 그 또한 기가 막혔다. 둘째 형님이 갑자기 집을 나서기에 조카 남매가 조금 떨어져서 아버지 뒤를 따라갔다고 한다. 워낙 술을 많이 드시니 환상과 환청 현상을 겪고 있었고, 종종 금단 현상도 심상치 않게 보이는 등 형님의 정신 상태가 좋지 않았기 때문이다.

그런데 면소재지를 벗어난 곳에서 저수지를 에둘러 걷던 형님이 갑자기 물에 뛰어들었다. 어린 남매가 어떻게 손을 써 볼 겨를도 없이 형님은 금세 물속에 잠겨 나오지 않았다고 했다. 조카들은 바로 눈앞에서 아버지의 죽는 모습을 지켜봐야 했던 것이다.

죽은 연유야 어찌됐건 장례를 치러야 하는데 참으로 암담했다. 경황이 없어 빈소를 마련하거나 며칠씩 장례를 치른다는 것은 엄두도 낼 수 없었다. 다른 형제들과는 연락할 겨를도 없었고 연락을 한다 해도 올 사람이 있는 것도 아니었다. 유일하게 울산에서 이발소를 운영하는 넷째 형님이 연락을 받고 달려와서 함께 장례를 치렀다.

나는 가음지서로 찾아가 지서장과 예비군 중대장에게 방위
병들을 몇 시간만 지원해 달라고 간곡히 요청하여 허락을 받았
다. 방위병 10여 명을 고향 마을 입구의 문중산으로 데리고 가서
아버지 산소 아래에 무덤을 파달라고 부탁했다.

그때가 벌써 오후 3시경이었다. 방위병들이 열심히 구덩이를
팠다. 나는 그들에게 빵과 술, 음료수를 대접하며 오늘 중으로 장
례식을 마쳐야 한다고 부탁했다.

그리곤 1톤 트럭을 빌려 관에 형님의 시신을 모셨는데, 물에
불은 시신 때문에 관이 터져버려 닫히지 않았다. 다행히 여름이
라 해는 길었다. 겨우겨우 시신을 묻고 장례를 마무리할 무렵, 객
지에 나가있던 형님의 큰 아들이 도착했다.

나는 돈을 구해 방위병들에게 식사비를 건네고 중대장과 지
서장에게 고마움을 표한 후 기숙사로 돌아왔다. 그 후 고아로 남
겨진 세 조카들을 돌보아 줘야 했지만 나로선 도울 길이 없었다.
그저 내 용돈 가운데 얼마씩을 나누어 주는 게 전부였다. 나 또
한 가난한 신학생이었고 장인어른께 몇 천 원씩 받아 쓰는 형편
이었다.

그로부터 한두 해가 지났다. 어느 날, 강원도 황지에 사는 조
카에게서 전화가 왔다. 큰 형님이 갑자기 돌아가셨다는 것이다.

급히 황지에 도착하니 종합병원 장례식장에 큰 형님의 시신이 안치되어 있었다.

큰 형님이 돌아가신 사연도 둘째 형님 못지않게 황당했다. 아침에 일어나서 창문을 열어놓고 밖을 내다보면서 하품을 하는데, 벌 한 마리가 입안에 들어와서 식도 부분을 쏘았다고 했다. 급히 병원으로 옮겼지만 결국 숨을 거두셨다는 것이다.

이번에도 넷째 형님이 오셔서 함께 장례를 치렀다. 큰 형님의 시신은 화장하여 아버지 산소 아래에 묻었다.

그리고 얼마 지나지 않아 이번에는 고향 마을에서 농사를 짓고 있던 셋째 형님이 별세하였다는 연락이 왔다. 그야말로 줄초상이었다. 셋째 형님은 술을 너무 많이 마셔서 끝내 알코올 중독으로 돌아가셨다고 했다.

이렇게 경찰관이었던 첫째 형님과 양복점을 하던 둘째 형님에 이어 농사를 짓던 셋째 형님마저 돌아가셨다. 세 형님 모두 알코올 중독이었다. 아버지도 술 때문에 인생의 쓰디쓴 실패를 맛본 채 운명하셨다. 나는 그놈의 술이 정말 지긋지긋했다.

이제 남은 혈육은 넷뿐이었다. 부산에 계시다가 울산에 와서 이발소를 운영하는 넷째 형님, 역시 울산에 사는 누나, 그리고 인천 검단에서 문구점을 하는 막내 형님이 유일하게 남은 가족이었다.

그렇게 나는 차례로 형님들을 잃었다. 형님들에 대한 기억

누님과 형님들.

은 모두 괴롭고 아픈 것들뿐이었지만, 가족은 가족이었다. 나
는 죽은 형님들의 남겨진 자녀들, 나의 조카들을 위해 간절히
기도했다.

1983년, 나는 마침내 대구에서 고입 검정고시에 응시하였다.
검정고시는 1년에 두 번, 4월과 8월에 한 번씩 있었고 총 아홉
과목에서 평균 점수가 60점 이상이어야 합격할 수 있었다. 또한
한 과목이라도 40점 이하가 있으면 과락으로 불합격 판정을 받
았다. 첫 해에는 우선 몇몇 과목을 쳐서 합격해놓고, 이듬해인
1984년에 나머지 과목에 응시한 결과 종합적으로 합격 통지를
받았다. 너무나 기뻤다. 나 자신과의 싸움에서 처음으로 들어보
는 승전보였다. 합격자 명단을 확인하자마자 장인장모님께 전화

아들 요셉과 딸 한나.

를 드려 기쁜 소식을 알렸다. 그리고 기숙사에 돌아와서는 혼자 조용히 하나님께 감사의 예배를 드렸다. 그리고 남은 대입 과정에도 합격할 수 있도록 힘을 달라고 기도했다.

그해 2월에는 예쁜 딸 한나가 태어났다. 당시 처갓집이 너무 낡아 과수원 한편에 새 집을 지었는데 요셉이와 한나는 그 집에서 잘 자라주었다.

그 다음해인 1985년, 나는 대구에서 대입 검정고시를 치렀다. 결과는 합격이었고, 성적도 좋았다. 정말 날아갈 듯이 기뻤다. 그렇게도 중학교에 가고 싶었지만 가난 때문에 갈 수 없었던 지난날들이 떠올랐다. 친구들이 교복 차림에 가방을 들고 학교에 가는 모습이 부러워 남몰래 얼마나 울었던가.

그런데 이제 중학교와 고등학교를 모두 졸업했다는 자격이 생겼으니 도무지 믿기지가 않았다. 나에겐 기적과도 같은 일이었다. 그것도 성경학교와 신학교 과정에 다니면서 얻은 결과였기 때문에 더욱 기뻤다. 특히 당시에 전도사로 교회를 섬기고 있었는데 여러 바쁜 업무를 보는 가운데 검정고시에 합격까지 하다니! 나 자신이 생각해도 스스로가 무척 기특했다.

나는 처갓집에 전화를 드려 합격 소식을 알리고 하나님께 특별 감사헌금을 드리며 기도를 했다. 그리고 새로운 꿈을 꾸기 시작했다. 그것은 바로 대학에 진학하는 꿈이었다.

고입 검정고시를 치른 1983년 초봄이었다. 나는 검정고시 이외에도 또 다른 길을 걷기 시작했다.

내가 공부하던 경중노회 사무실과 학교 옆에는 의성읍 교회가 있었다. 600여 명의 성도들이 모인 그 교회는 읍 단위의 교회 치고는 규모가 꽤 큰 편이었다. 그 교회의 담임 목사님이셨던 최병태 목사님께서 어느 날 나에게 뜻밖의 제안을 했다. 의성읍 교회의 전도사로 오라는 것이었다. 그 소식을 들은 친구들은 축하한다며 기뻐해 주었다. 사실 신학생들에게 그 지역에서 제일 큰 의성읍 교회의 전도사가 된다는 것은 더할 나위 없이 좋은 기회였다.

하지만 나는 마냥 기뻐할 수가 없었다. 오히려 두려운 마음이

전도사 시절 주일학교 인형극을 준비하는 모습.

앞섰다. 바로 허약한 몸 때문이었다.

어릴 때부터 어머니가 안 계시고 아버지는 항상 술만 찾으시니 집안 형편은 늘 가난했고 제대로 먹고 자랄 수가 없었다. 그래서 다 성장한 후에도 키가 고작 161cm에 불과했다. 게다가 객지에서 자취 생활을 하면서부터는 끼니를 잘 챙겨먹지 못한 탓에 위장이 약해졌는지 조금만 매운 음식을 먹어도 배가 아팠고, 빈혈도 너무 심했다.

그래서 신학 공부를 하면서 이런 기도를 자주 했었다.

"하나님! 고깃국에 고기반찬으로 한 달만 실컷 밥을 먹게 해주세요."

이렇듯 몸은 허약했지만 그것이 전도사 일을 하지 못할 이유가 될 수는 없었다. 모세의 뻣뻣한 입과 둔한 혀가 하나님의 일을 하는 데 변명이 될 수 없었듯, 나 또한 부족한 학력과 형편없는 말재주가 목회자의 길을 마다할 핑계가 될 수 없음을 일찍이 깨닫지 않았는가.

얼마 후, 목사님께서 나에게 주일 저녁 설교를 하라고 하셨다. 어찌나 긴장을 했던지 온몸이 덜덜 떨리고, 입술은 자꾸만 바짝바짝 말라 타들어가는 것 같았다. 그날 밤 예배에는 400여 명의 성도들이 출석한 것 같았다.

설교 시간이 되어 강대상에 올라서니 앞이 캄캄하고 아무것도 보이지 않았다. 시편 23편을 본문으로 하여 '여호와는 나의 목자'라는 설교를 했는데, 뭐라고 했는지 나 자신도 알 수가 없었다. 10분 정도 횡설수설하며 설교를 하고는 후들거리는 다리를 이끌고 겨우 강대상을 내려왔다. 담임 목사님은 처음이라 긴장한 것 같다며 앞으로 잘할 거라고 격려해 주셨다.

쥐구멍에라도 숨고 싶은 심정이었다. 그날 예배가 끝나고 방에 돌아와서 겨우 진정을 하고 텔레비전을 켰는데, 마침 장정구 선수의 세계 선수권 타이틀매치 권투 중계가 방영되고 있었다. 장정구 선수가 세계 챔피언이 되는 것을 보고 난 후, 나는 곧바로 교회에 가서 엎드려 기도했다.

"하나님! 저는 말을 잘하지 못해서 목회자가 되지 못할 거라고 하지 않았습니까. 이렇게 떨리는데 어떻게 설교를 하겠어요?"

그렇게 몇 시간을 기도하다가 조용히 묵상을 하고 있는데 내 심령 속에서 성령님이 내게 이런 질문을 던졌다.

"너 아까 장정구 선수가 권투하는 것 봤지?"

나는 속으로 대답했다.

"네, 봤어요."

그러자 다시 성령님의 음성이 마음속에 울려 퍼졌다.

"장정구 선수는 고작 열아홉 살의 소년이지만 3,000명이 넘는 사람들 앞에서도 떨지 않고 담대히 싸워 세계 챔피언이 되었는데 너는 왜 400명 앞에서 그렇게 떠는 거냐?"

나는 다시 대답했다.

"그러면 제가 떨지 않도록 능력을 주세요."

나의 기도에 응답하셨는지, 잠시 후 나의 마음엔 알 수 없는 평안함이 찾아왔다. 앞으로 떨지도 않고, 말 또한 잘할 수 있을 거라는 확신을 얻게 된 것이다.

기도를 통해 치유 받은 것은 비단 마음의 병뿐만이 아니었다. 오랫동안 제대로 먹지 못해 생긴 위장병은 나로선 치료할 방법이 없었다. 돈이 없어 그 흔한 위장약 한 봉지도 사먹을 형편이 못 되었던 것이다. 그런데 금식 기도를 하고, 미음을 먹으며 식사 조절을 하자 갑자기 위장이 아프지도 않고 속 쓰림 현상도 없어졌다.

그러고 나서 고깃국에 고기반찬을 원 없이 먹고 싶다던 바람도 이루어졌다. 의성읍 교회 전도사로 일하는 동안, 목사님이 성도들의 집을 방문하여 예배와 기도를 드리는 '대 심방'이 봄과 가을에 두 차례 있었다. 2개월 이상 매일 심방을 가는 큰 행사였다. 그때 목사님은 나에게 대 심방을 가는 데 계속 동행하라고 분부하셨다.

성도들은 목사님이 아무리 음식을 준비하지 말라고 해도 소용없었다. 매 심방 때마다 정성껏 음식을 차려놓았고, 행여 안 먹고 가면 몹시 서운해 했다. 나는 목사님의 심방을 따라다니며 맛있는 음식을 배불리 먹었다. 일부러 아침도 먹지 않고 주머니엔 소화제까지 챙겨두었다. 그렇게 26년 동안 못 먹었던 한을 다 풀다시피 하며 정말 원 없이 먹은 것 같았다. 한 달만 고기를 먹게 해달라고 기도했는데 계속해서 푸짐한 밥상을 대접받은 것이었다.

그러자 45kg을 웃돌던 체중이 어느덧 74~75kg으로 늘어났고, 빈혈도 씻은 듯이 낫게 되었다. 놀라울 만큼 빠른 속도로 건강을 되찾은 것이었다.

전문대와
신학대 공부

교회 일을 하면서 담임 목사님이 부흥회를 인도하러 출타를 하거나 다른 일로 안 계실 때면 주로 내가 설교를 했다. 물론 서울 사당동에 있는 총신대학원에 재학 중인 선배 전도사님들도 몇 분 계셨는데, 그분들은 월요일에 학교에 가면 금요일 밤에야 돌아왔다. 그리고 여전도사님 몇 분이 더 계셨지만 남자 전도사는 나 혼자였고, 당시 지방 신학 과정을 밟고 있었던 내가 주로 수요예배를 인도하게 되었다.

그러던 중, 나는 마침내 신학교에 진학했다. 대구 신학교에 편입하여 학부 과정을 다니게 된 것이다. 지금 경산에 있는 대신대의 전신인 대구 신학교는 당시 고교 졸업 학력자도 간단한 시험

대구신학교 졸업사진.

에 합격하면 다닐 수 있었다.

　나는 안동에서 학력고사를 치르고, 대구 대명동에 있는 계명 전문대에 입학하였다. 낮에는 전문대에서, 밤에는 대구 신학교 야간반에서 공부하며, 대구에서 의성까지 한 시간 반 동안 시외버스를 타고 통학하는 고된 날들이 이어졌다.

　잠자는 시간은 고작 3~4시간이었고, 새벽 기도를 인도하고, 대구로 버스를 타고 가서 수업을 듣고, 야간에는 신학교로 달려가서 공부하는 강행군이었다. 몸은 피곤했지만 정신력으로 버텨내며 하루하루 나름대로 성실하게 살았다.

　1987년 대구 신학교를 졸업하면서 서울 사당동에 있는 총신

계명전문대 졸업사진.

대학원에 진학하기로 결심했다. 그때만 해도 총신대학원 과정은 연구원 과정과 연수원 과정이 있었다. 연수원은 2년 과정, 연구원은 3년 과정이었는데, 연수원은 중학교 졸업 학력에 성경학교를 졸업하면 갈 수 있었다. 지금은 연수원 과정은 사라지고 연구원 과정만 있는 것으로 알고 있다.

나는 내 수준에 맞추어 보다 쉽게 공부할 수 있는 연수원 입학 원서를 준비하고 교회 업무에 몰두했다. 그런데 선배들 중 총신대학원에 다니는 전도사님들이 교회 사무실에 들를 때마다 반드시 연구원에 입학하라고 한결같이 당부를 하는 것이었다. 며칠 사이에 대여섯 명의 선배들이 마치 서로 약속이라도 한 듯

똑같은 말을 하자 나의 마음속에는 이런 생각이 떠올랐다.

'아, 이것은 하나님의 음성이구나.'

나는 급히 원서를 구해 연구원 과정에 지원했다. 또 연구원 과정을 준비하던 동료 전도사님이 준 시험 준비 자료를 복사하여 일주일 동안 온 힘을 다해 집중하여 공부했다.

그리고 마침내 시험을 보았고, 합격 통지를 받게 되었다. 하나님의 은혜에 너무나 감사했다. 등록금을 납부한 뒤 1년을 휴학하고, 계명전문대를 마쳤다. 1987년 2월에 드디어 졸업을 하게 된 것이다. 계명전문대를 다니는 동안 나에게 관심과 사랑, 배려를 아끼지 않으셨던 이수용 교수님과 박현일 교수님, 최상학 교목님께 깊이 감사드린다. 특히 나에게 많은 힘이 되어주신 이수용 교수님께 고개 숙여 감사드리고 싶다.

그리하여 나는 대학을 졸업했고 대학원 진학을 앞두게 되었다. 초등학교도 겨우 졸업한 내가 대학을 졸업하고 대학원에 진학하다니, 도저히 믿을 수 없는 기적이 일어난 것이다.

초등학교 졸업사진을 찍던 날, 번쩍이던 그 카메라 플래시가 생각났다. 나는 '팡' 하고 비추던 그 빛조차 너무나 서럽게 느껴졌었다.

유흥업소에서 일하며 대학생에게 죽도록 두들겨 맞았던 기억도 떠올랐다. 만약 내가 술집 종업원이 아니라 같은 대학생이었다면 분명 그렇게 막 대하지는 못했을 것이다.

배운 것 없다며 모욕을 주던 아내의 목소리도 귓전에 아련했다. 정말 배운 것이 없어 서러웠던 나에게 그 말들은 얼마나 큰 상처였던가. 그 설움의 끝에서 농약병을 앞에 두고 인생을 끝내려 했던 나였다.

나에겐 먼 일처럼 느껴졌던 성경학교와 신학과정, 고입과 대입 검정고시, 그리고 대학과 신학교 졸업이라는 결실이 맺어진 것이다. 그리고 전도사를 거쳐 신학대학원 진학을 앞두고 있었다.

길은 걷는 것이 아니라 스스로 만드는 것인데, 나는 내게 주어진 길을 두렵다는 이유로 쳐다보지도 않으려 했다. 그러나 기도를 하고 응답을 받은 후에 나는 남이 만들어놓은 길을 그저 따라 걷는 인생을 포기하고, 스스로 만들어가야 하는 길을 선택할 수 있었다. 그 길을 걸어가고 있는 나에겐 더 이상의 두려움도 외로움도 없었다. 이제 건강한 몸으로, 새로운 길을 만들어가야 할 때였다. 그것은 바로 하나님의 일을 하는 길이었다.

Part
6

서울 상경과 신학대학원 공부:
힘겨웠던 순간들

서울 면목동에서의
첫 살림과 네 식구

항상 배우지 못한 설움으로 잔뜩 웅크려 있던 내가 어느덧 기지개를 펴고 대학과 신학교 과정을 마치고 신학대학원까지 진학하게 된 것은 참으로 기적과도 같은 일이었다. 그러나 그것은 절대로 내가 잘났기 때문이 아니었다.

나는 가진 재주도 없고 공부를 잘하지도 못했으며, 외모마저 볼 품 없는 사람이었다. 그런 내가 학업의 성취를 이룬 것은 주변 사람들의 많은 도움과 더불어 전적으로는 하나님의 은혜 덕분이었다.

생면부지인 나를 양자로 들이고 또 사위로까지 삼아주시고, 뒷바라지를 해주신 장인장모님의 은혜는 평생 잊을 수 없다. 망설이고 주저하는 나를 성경학교와 신학과정으로 이끌어 주신 목사님, 의성읍 교회의 전도사로 일할 기회를 주어 자신감을 갖게 해 주신 목사님, 그리고 학업 과정에서 나를 도와준 친구들 모두 내가 평생 감사해야 할 분들이다.

그러나 그 누구보다 가장 큰 은혜를 베풀어주신 분은 바로 하나님이었다. 장모님에게 나를 양자로 삼도록 일러 주신 분도, 신학교에 가도록 인도해 주신 분도 하나님이셨다. 하나님은 새로운 선택 앞에서 망설이고 주저하던 나의 기도에 응답해 주셨고, 가야할 길을 알려주셨다.

한때 농약을 마시고 죽으려 했던 나는 언제 그랬냐는 듯 건강한 몸과 마음을 갖게 되었다. 사람들 앞에서도 더 이상 떨거나 주눅 들지 않는 당당한 자신감을 가지고 소중한 하나님의 일을 심부름할 수 있었다. 죽음 직전의 그 순간부터 총신대학원 합격 통지서를 받고 대학을 졸업하던 그 순간까지, 나는 이전에는 경험해보지 못했던 새롭고 치열한 나 자신과의 싸움을 펼쳤다. 그리고 그 싸움을 이겨냈다.

하지만 그 싸움을 하게 하신 분도, 싸움하는 내내 진두지휘 하시고 나로 하여금 끝까지 버티게 하신 분도 모두 하나님이셨다. 이제 하나님의 일을 본격적으로 시작할 때였다. 그토록 원하던 중·고등학교를 넘어 대학과 대학원에까지 입학하게 된 것은 서론에 불과했다. 그 다음부터가 바로 진정한 시작인 것이었다.

1987년 8월, 나는 의성읍 교회의 전도사를 그만두고 서울로 올라왔다. 의성읍 교회에서 5년 8개월을 재직하는 동안 평생 잊지 못할 고마운 분들을 만났다. 나의 학비와 교통비를 후원해 주셨던 이진수 장로님과 김계향 권사님, 무엇이든 부탁하면 늘 사랑으로 성심껏 도와주셨던 이현구 집사님 등 이 분들은 언제나 내게 특별한 관심과 배려를 아끼지 않으셨다.

나는 대구에서 10년을 살았기 때문에 신학 공부를 마치면 대구로 와서 개척교회를 세워야겠다고 마음먹었었다. 이런 나의 생각을 바꾸어 서울로 올라오게 된 데는 사연이 있었다.

의성의 시골 교회를 시무하시는 목사님이 있었는데, 그 목사님은 교회를 자주 옮겨 다니면서 총회 고시부장이나 재판국장 같은 정치적인 일을 많이 하셨다. 그러다보니 목사님은 교회를 자주 비우셨다고 한다. 그런데 그 목사님이 장인장모님이 계시는 교회로 오려고 하자 장인장모님께서 반대를 하셨다.

이전에 계시던 목사님은 4년 정도 계셨는데, 목사님과 사모님, 그리고 장모님 세 분이 전도를 하여 40여 명에 불과하던 성도가 4년이 지나자 200여 명으로 부흥했다. 그러던 중에 목사님이 일이 생겨 다른 교회로 가시게 되면서 그 문제의 목사님이 부임해 오기로 한 것이었다.

장인장모님의 반대와 우려에도 불구하고 결국 그 목사님은 부임해 오셨다. 그리고 자신이 오는 것을 반대했다는 이유로 사위인 내 앞길을 막겠다며 총신대학원에도 진학하지 못하게 하겠다고 으름장을 놨다.

그때마다 장인장모님은 그분이 워낙 교계의 원로이고 정치적 영향이 크신 분이라 혹시 나의 앞길이 막힐까봐 한마디의 대꾸도 못하셨다. 목사님은 기회가 있을 때마다 장인장모님에게 이렇게 말했다고 한다.

"박용배의 앞길은 내가 막겠어. 당신들 사위인 박 전도사는 내 말 한마디면 신학교에도 못 가."

대구와 경북 일원에 목사님의 영향력이 너무 커서 내가 대구에서 교회를 개척하기는 힘든 상황이 된 것이다. 결국 나는 그 목사님의 영향권 밖으로 벗어나야겠다고 생각하고 서울로 올라갔다. 지금 생각해보니 하나님은 나를 수도권으로 보내시려 했던 것 같다. 그런데도 내가 자꾸 대구 지역만 고집하니까 그 목사님을 통해 서울로 방향을 돌리게 하신 게 아닐까? 내가 서울에 있는 학교에 진학하고 서울에서 목회를 하리라 마음을 정하고 나서 얼마 되지 않아 그 목사님이 소천 하셨다는 소식이 들려왔다. 대구에서 개척 교회를 하겠다는 나의 고정관념을 깨뜨리고 수도권으로 발길을 돌리도록 하는 데에 그분이 쓰임 받은 것 같다.

서울에서의 생활은 너무나 고되었다. 우리 식구는 중랑구 면목동에 위치한 600만 원짜리 전세방 한 칸에서 서울 생활을 시작했는데, 전세금 600만 원은 처가에서 구해준 것이었다.

1981년에 결혼한 후 아내와 아이들은 처갓집에서, 나는 성경학교 기숙사에서 생활하면서 서로 함께 지낼 시간이 없었는데, 서울로 상경하면서부터 우리 가족은 비로소 한 울타리 안에 함께 거처하게 되었다.

방을 겨우 얻고 나니, 살림살이가 필요했다. 무엇보다 냉장고가 없어 너무 불편했다. 그래서 알뜰매장에 가서 만 원을 주고 크고 낡은 중고 냉장고를 샀다. 하지만 막상 와서 보니 냉장고 문이 안 닫히고 자꾸만 열리는 것이었다. 하는 수 없이 고무줄을 몇 겹으로 묶어 사용하였는데 워낙 오래된 냉장고라 전기요금이 무척 많이 나왔다.

전화기가 없는 것도 굉장히 불편했다. 아내는 이웃집 소개로 여성용 스웨터 앞쪽에 무늬를 수놓는 가내 부업을 했다. 그렇게 부업으로 번 돈을 모아 할부로 전화기를 놓기로 한 것이다. 몇 달을 고생하여 마침내 전화기를 구입하고 나니 큰 부자가 된 것 같았다. 여섯 살인 아들과 네 살 난 딸은 교회의 선교원에 다녔고, 나는 집 근처 교회에서 전도사 사역을 했다.

그러나 냉장고와 전화기가 생겼다고 해서 고달픈 서울 생활이 나아진 것은 아니었다. 해가 바뀌어 아들 요셉이는 초등학교에 입학했고, 아내는 내 학비를 번다며 밤낮으로 부업을 했다.

내가 다니는 총신대학원은 사당동에 학부 과정이 있었고, 대학원 1, 2학년 과정은 용인군 양지면에서, 3학년 과정은 사당동에서 이수하도록 되어 있었다. 수업은 화요일부터 금요일까지 있었고, 90분 수업에 10분 쉬는 식이었는데 마치 고3 수험생의 수업을 방불케 했다.

청량리역 앞에서 아침 6시에 통학버스를 타면 9시 되기 10분 전쯤에 양지 캠퍼스에 도착할 수 있었다. 한 번 학교에 가면 기숙사에서 생활하다 금요일 수업을 마치고 돌아와 곧바로 교회 사역을 했다. 구역 예배 인도와 철야 예배, 청년회 모임 등 교회 일은 항상 바빴지만 교회에서 받는 10만 원의 사례비는 네 식구가 생활하기에 턱없이 부족했다.

그래서 방학이 되면 공사장에 가서 일용직으로 아르바이트를 했다. 이른 새벽, 인력 시장에서 대기하고 있다가 일이 들어오면 나가서 벽돌을 져 나르기도 하고, 모래를 지고 3, 4층을 오르내리기도 했다. 제일 힘든 것은 공사장에서 콘크리트를 치는 작업이었다. 철근을 져 나르다가 레미콘 차가 와서 콘크리트를 치는 날이면 너무 힘들어서 다음날은 아예 일어나지도 못할 정도였다.

인력시장에서 일을 구하지 못한 날은 고물상에 가서 주민등록증을 맡기고 리어카를 한 대 빌렸다. 거기다 강냉이 한 자루를 싣고 가위를 두드리며 이 골목, 저 골목을 다니면서 고물을 수거했다. 하루 종일 고물 장사를 하면 몇 천 원도 벌고 어떤 날은 몇 만 원도 벌 수 있었다. 그렇게 번 돈으로 생활비를 충당하고 학비를 모았다.

처음으로
가 보는 인천

그러던 중 총신대학원 2학년 때 동기
생의 소개로 인천에서 교회 일을 맡게 되었다. 인천 주안동 석바
위 시장 근처의 개척교회를 맡아 목회를 하면서 학교에 다니게
된 것이다. 그렇게 담임 전도사로 시무하고 있던 어느 날, 어떤 집
사님 내외가 내게 찾아와 긴히 부탁할 일이 있다고 했다.

"우리들은 아파트도 몇 채 가지고 있고, 건물도 하나 있어서
더 이상 우리 이름으로는 집을 살 수가 없습니다. 친구가 안양에
서 부동산 중개업을 하고 있는데 넓고 좋은 아파트가 싸게 나왔
다지 뭐예요. 지금 사뒀다가 비쌀 때 팔면 많은 수익을 올릴 수
있는데, 전도사님 명의로 아무것도 가진 것이 없으면 명의를 좀

빌려주실 수 있을까요?"

나는 길게 생각할 것도 없이 곤란하다고 대답했다. 땅 투기를 하는 데 협조하라는 얘기가 아닌가. 하지만 집사님은 쉽게 물러서지 않았다.

"우리 교회가 지금은 이 건물에 세 들어 있지만 앞으로는 땅을 사서 건축도 해야지 않겠어요? 그러니까 전도사님 명의로 아파트를 사뒀다가 비쌀 때 팔아서 수익금이 들어오면 교회에 내놓겠습니다."

나는 몇 번을 더 거절하다가 끝내 명의를 빌려주고 말았다. 내가 마음이 여리고 단호하지 못한 데다, 교회에 헌금하기 위해 그렇게 한다는데 더는 거절할 수가 없었던 것이다. 하지만 마지막엔 결국 고맙다며 80만 원짜리 286컴퓨터 한 대를 선물해 준 것이 전부였다.

나를 인천 주안동 교회에 소개해 준 신학대학원 동기가 바로 내 명의를 빌려간 집사님의 동서였다. 그 동기는 서울에서 목회를 하고 있었는데, 문제는 내가 무슨 일만 하려고 하면 집사님 내외가 서울에 있는 동서에게 허락을 받아야 한다며 사사건건 트집을 잡는 것이었다. 예를 들어 내가 하루 날을 잡아 전도를 하자고 하면 그 동서의 허락은 받았는지 물었고, 허락을 받지 않은 채로는 그 어떤 일도 할 수가 없다고 했다. 나는 생각했다.

'아! 여기는 내가 평생 헌신할 곳이 아니구나. 기도하고 전도하는 것이 하나님의 일인데 그것조차 일일이 집사님 동서의 결재를 받아야 한다면 내가 어떻게 소신껏 목회를 할 수 있겠는가.'

이러한 결론이 서자 나는 곧바로 인천 주안동 하나로 교회에서 사면을 했다.

항상 생활비와 학비에 쪼들리던 나는 한 푼이라도 더 벌어야 한다고 생각했다. 그러나 가난한 신학대학원생이 돈을 벌 수 있는 길은 그리 많지 않았다. 방법은 몸으로 때우는 것뿐이었다. 그것이야말로 밑천 없이 할 수 있는 일거리였고, 내 몸 하나만 고단하면 되는 것이니 탈이 생길 리도 없었다. 공사현장 인부로, 고물장수로 일하던 나는 어느 날 국민일보에서 신문 판촉요원을 구한다는 신문 광고를 보고 전화를 했다. 본사에 들어오라고 하기에 찾아갔더니, 신학생이 아르바이트 하기에는 판촉요원이 괜찮을 거라며 잘해보라고 격려까지 해주었다. 그러고는 나를 부평지국에 소개했다.

마침 2년 정도 담임 전도사로 시무했던 주안동 교회를 그만둔 상태여서, 신학대학원 졸업과 함께 부평 부개1동 산동네 빈민촌으로 거처를 옮긴 후였다. 국민일보 부평지국에서 아르바이트를 하며 한편으로는 새롭게 목회할 준비를 하기 시작했고, 개척할 곳을 달라고 하나님께 기도했다.

사당동 총회신학대학원 졸업사진.

1991년 2월, 나는 드디어 총신대학원을 졸업했다. 그러나 졸업식 날 꽃다발을 받으면서도 왠지 우울한 마음을 감출 수 없었다. 아직 내 모습은 목회자의 길을 가기엔 너무나 부족해 보였기 때문이다. 성경학교 3년, 신학교 4년, 신학대학원 3년, 총 10년 동안 공부했음에도 불구하고 아직 설교하는 일에 확고한 전문성을 지니지 못했다는 생각이 나를 우울하게 했다.

"교회도 많고 목사도 많은데, 하나님은 왜 저를 목회자로 부르셨습니까? 제가 어디서 어떻게 한평생 목회하기를 원하시나요?"

이렇게 일주일 동안 기도하고 나서 이런 결론을 얻었다.

부평지국 소년들.

'내가 어렵게 자랐으니 나처럼 어렵게 사는 사람을 섬기며 돕자.'

빈민을 섬겨야겠다는 결심이 서자, 곧이어 나는 부평 부개1동 빈민촌으로 가게 되었다.

부평지국에는 고아원 출신 소년 8명이 신문배달을 하고 있었다. 우리 네 식구는 지국장 댁에 세를 들어 살면서 그 고아들에게 밥을 해주었다. 나는 그 아이들이 검정고시를 볼 수 있도록 도우며, 믿음으로 이끌어 보리라고 마음먹었다. 그 아이들을 보고 있으면 제대로 배우지도, 먹지도 못한 채 고아로 자란 과거의 내 모습을 보는 듯했다.

지국에는 8명의 고아들뿐 아니라 다른 여러 사람들도 함께 생활하고 있었다. 우리가 세 든 방으로 매 끼마다 2~30명이나 되는 사람들이 밥을 달라고 찾아왔다. 아내는 그렇게 하루 종일 사람들에게 시달리다 너무 힘이 들어 쓰러지기 직전이었고, 끝내는 그 많은 사람들의 식사 수발과 뒷바라지에 못 이겨 몸져눕기에 이르렀다.

이를 보다 못한 지국장이 나에게 이렇게 권유하였다.

"부개1동 산동네 무허가 집을 한 칸 매입해 개척교회를 하면 어떻겠어요?"

그 말을 듣고 나는 바로 마음을 정했다. 개척할 곳을 달라고 하나님께 기도해 왔는데, 부개1동에 살고 있는 어려운 이웃을 보게 하신 데에는 이곳에서 내가 해야 할 일이 있기 때문일 거라는 생각이 들었다. 다만 그 시기를 기다리며 방법을 모색하던 중이었는데 마침 지국장님의 권유를 듣자 그것은 더 이상 미룰 일이 아니었다.

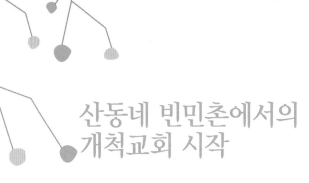

산동네 빈민촌에서의
개척교회 시작

그러나 부개1동에 개척교회를 세우겠다는 결심은 쉽게 이루어지지 않았다. 무엇보다 아무리 조그맣고 보잘 것 없는 교회라도 기둥을 세우고 지붕을 얹을 돈이 필요했던 것이다. 다행히 내 결심을 들은 장인장모님께서 이번에도 결정적인 도움을 주셨다. 두 분 또한 여유자금이 없었기 때문에 가장 중요한 삶의 터전이었던 과수원을 팔아 돈을 마련해 주셨다.

"이것이 우리가 도울 수 있는 마지막 돈이라네."

이렇게 말하며 두 분이 지원해 주신 돈은 3,000만 원이었다. 나는 지국장님과 의논하여 지국장님이 가지고 있던 산동네 무허가 집을 2,500만 원에 매입했다. 그리고 전세금을 뺀 돈을 합해 교회당을 꾸미기 시작했다. 교회를 짓는 데 큰 도움을 주신 지국장님께 지금도 진심으로 감사드린다.

무허가 산동네였지만 집집마다 구청에서 인정한다는 표시로 벽에 숫자가 매겨져 있었다. 따라서 집을 허물어 버리고 다시 건축하는 것은 금지되어 있었다. 나는 내부 수리를 하는 척하며 방 세 칸짜리 집의 벽을 한 칸씩 허물었다. 기둥으로 지붕을 받친 후 벽돌을 새로 쌓고, 다시 한 칸씩 허물며 다시 벽돌을 쌓는 식이었다.

그렇게 수리를 하는데 꼬박 5개월이 걸렸다. 28평 정도 되는 공간이었는데, 작은 방 한 칸을 만들어 전기 패널을 두 장 깔고 그곳에 우리 네 식구가 기거하기로 했다. 그러나 문제는 그 다음부터였다.

교회를 한다는 소문이 퍼지자 이웃들이 소리를 지르고 욕을 하며 야단을 쳤다. 절대로 교회가 세워져서는 안 된다는 것이었다. 나는 시끄럽게 하지 않겠다며 정중히 사과를 했다. 초라하지만 정성들여 음식을 장만해 이웃들에게 대접하고 기회가 있을 때마다 인사를 하러 다녔다.

1991년 5월 17일, 드디어 교회의 간판을 달고 종탑을 세웠다. 한마음 교회의 시작이었다.

산동네 빈민가의 개척교회.

비록 무허가 산동네 집을 고쳐 만든 초라한 교회당이었지만, 가슴이 벅차오르는 것은 어쩔 수 없었다. 내게 있어 그 교회는 이 세상 그 어떤 으리으리한 성전보다 귀한 곳이었다.

교회가 위치한 곳은 빈민들이 밀집해 있는 지역이었다. 바로 옆 산 능선 너머에는 인천에서 제일 큰 규모의 공동묘지와 화장 터가 있었다. 주민 규모는 약 1,000세대로 5,000명 정도 되었다. 통장이 교회에 들러 마을의 특성을 일러주었다.

"전도사님, 이 동네에서는 욕 잘하고 목소리 큰 사람이 이깁 니다. 그러니까 무식하게 욕하고 대드는 사람에게는 같이 무식 하게 대항해줘야 됩니다. 그렇게 못하시려거든 아예 입 다물고

교회 근처 공동묘지.

가만히 계십시오."

그렇게 나는 부평의 한 빈민촌에 첫 교회를 세웠다. 주위에는 가난한 사람들뿐이었지만, 이제 개척교회를 이끌 사명으로 불타오르는 내 마음은 그 누구보다 부자였다. 그리고 이곳은 하나님의 은총으로 가득 찬 은혜의 땅이었다.

죽이겠다고
협박하는 사람들

하지만 통장이 일러준 대로 동네는 항상 시끄럽고 탈도 많았다.

어느 날이었다. 지국장님이 나에게 판촉요원으로 아르바이트를 하던 김 씨를 전도하여 개척교회 일꾼으로 세워주라고 했다. 김 씨는 부천에서 이곳 부개동으로 이사를 왔고, 술을 많이 마셔 만취한 상태에서 가끔 교회에 출석하던 사람이었다. 나는 김 씨를 만날 때마다 술을 끊을 것을 권하며 신앙생활을 착실히 하도록 권면했다.

지국장님은 그에게 한 지역을 3년 정도 관리하게 하여 독자를 늘려주고, 구독료를 받으면 본사에 보낼 돈을 제하고 남는 돈으로 생활하게 하자고 했다. 그러면 판촉 요원으로 일하는 것보다 벌이가 더 나을 것이라고 말이다. 다만 본사에는 알리지 말고 비밀로 하자고 덧붙였다.

그런데 정작 문제는 김 씨였다. 김 씨는 본사에 들어가서 명함을 돌리며 자신이 지국장이 되었다고 큰소리를 쳤다. 그러자 그런 결정을 내린 적이 없는 본사에서 경위를 알아본 뒤 지국을 나누어 맡긴 결정을 취소하라고 통보해 왔다. 일이 이렇게 되자 지국장님도 어쩔 수 없이 그에게 지역 관리를 맡기겠다는 결정을 취소할 수밖에 없었다.

그렇게 지국 일이 취소되자 김 씨는 애꿎은 나에게 분풀이를 하기 시작했다. 내 멱살을 잡고 죽여 버리겠다고 협박도 했다. 나는 그때 목사가 되기 전 과정인 강도사였는데, "강도사 개새끼 죽여 버리겠어"라며 만취한 상태로 교회당에 신발을 신은 채 들어와선 난동을 부렸다.

나는 덩치가 작은 데 비해 김 씨는 체격이 좋고 다부졌다. 김 씨는 6개월 동안이나 내 멱살을 잡고 목을 조르며 죽여 버리겠다고 협박을 했다. 나는 너무나 괴롭고 고통스러웠다.

"나는 폭력 전과 13범이다. 너 이 자식 내 손에 죽어봐라. 내 부하들 풀어서 죽여 버리겠어. 너 때문에 이사 왔으니까 이사 비용 500만 원 내놔!"

이런 행패가 계속되는 가운데 나는 거의 자포자기 상태가 되었다. 게다가 매일같이 술에 취해 비틀거리는 그의 모습이 돌아가신 형님들을 보는 것 같아 마음이 더욱 괴로웠다.

어떻게든 마음잡고 새로운 삶을 살아보라고 권면하고, 예배의 자리로 인도하려 애썼는데 자신의 잘못을 나에게 분풀이하니, 나도 화가 치밀어 오르는 것은 어쩔 수 없었다.

나는 너무 괴로운 마음에 하나님께 기도를 했다. 이후 그는 몇 달을 계속 만취한 상태로 찾아와 속을 썩이더니 어느 날 이사를 갔는지 더 이상 나타나지 않았다.

한 번은 이런 일도 있었다. 교회 근처에서 세 들어 살던 영호(가명)라는 중학생 오빠와 초등학생인 여동생이 교회에 나왔다. 남매의 엄마는 집을 나가버렸고 아빠는 구두점에서 일한다는데, 매일 술만 마시고 일은 잘 나가지 않는다고 했다.

어느 날 학교에 갔을 시간에 영호가 교회 앞에서 놀고 있기에 의아해서 물었다.

"영호야, 너 왜 학교 안 갔어?"

그러자 영호가 힘없이 대답했다.

"학교에 공납금을 내지 못해서요. 선생님께서 돈 가지고 오라고 했는데 돈이 없어서 못 갔어요."

그 말을 듣고, 나는 영호를 봉고차에 태워 학교로 향했다. 그리고 선생님을 찾아뵙고 아이의 밀린 학비를 해결해 주었다.

얼마 후, 영호가 나를 찾아와 부평경찰서에 같이 가 줄 수 있느냐고 물었다. 이유인 즉, 아빠가 경찰서 유치장에 갇혀 있는데 면회를 오라고 연락이 왔다는 것이었다.

나는 영호를 데리고 유치장으로 면회를 갔다. 영호 아빠는 실내 포장마차에서 술을 마시다가 시비가 붙어 컵으로 주인아주머니를 때렸다고 했다. 그 아주머니 쪽에서는 치료비로 200만 원을 요구하고 있는 상태였다.

"전도사님, 돈을 좀 빌려주시면 나가서 두 달 동안 열심히 벌어 갚겠습니다. 그러니 제발 저를 대신해서 합의해 주시고 석방 좀 시켜주세요."

나는 영호 아빠의 사정이 딱했지만 도와줄 만한 형편이 아니었다. 당장 그만한 돈을 어디에서 구한단 말인가. 나는 이리저리 돈 빌릴 데를 알아보며 석방이 될 수 있도록 애를 썼지만 그 사이 영호 아빠는 구치소로 넘어갔다.

당시 나는 영호 남매가 세든 집에 종종 들러 쌀이나 반찬 따위를 가져다 주었는데, 언젠가부터 영호가 보이지 않는 것이었다. 동생에게 물었더니 영호가 아르바이트를 한다고 했다. 그냥 그러려니 하고 돌아갔다가 며칠 뒤에 아내와 함께 반찬거리를 가지고 다시 들렀는데, 그때는 모처럼 영호가 집에 있었다. 나는 반가운 마음에 인사를 했다.

"야! 반갑다. 아르바이트 한다며? 어디서 하고 있니?"

그러나 영호는 아무런 대꾸도 하지 않고 집밖으로 나가려고만 했다. 나는 아내에게 영호와 잠깐 대화를 나눠보라고 하고 동생에게 가서 물었다.

"네 오빠가 어디에 가려고 저러는 거니?"

그러자 영호 동생이 울먹이며 말했다.

"오빠가 자살하겠대요. 오늘 밤에 죽겠다고 지금 마지막으로 나를 보러 온 거래요."

순간 가슴이 철렁 내려앉았다. 나는 영호에게 가서 직접 물어보기로 했다.

"너 정말 죽으려고 했어?"

영호는 이미 작정해버린 듯 대답했다.

"만약 오늘도 취직 못하면 죽어버릴 거예요."

나는 이 두 남매를 그냥 내버려 두어서는 안 되겠다고 생각하고, 싱크대 사업을 운영하는 교회 권사님께 연락을 취했다. 그리고는 영호를 직원으로 써달라고 부탁했고, 권사님은 흔쾌히 승낙해 주었다.

그리고 얼마 후 영호 아빠가 출소를 했다. 그런데 엉뚱하게도 영호 아빠는 나에게 전화를 걸어와 협박을 하는 것이었다.

"네가 아직 학교에 다니는 미성년자를 꼬여 공부도 안 하고 일을 하게 만들었지? 그리고 월급까지 착취해 먹고? 너 같은 목사 새끼는 내 손으로 죽여 버리겠어!"

나는 기가 막혔다. 아이의 밀린 학비를 해결해주고 계속 학교에 다닐 수 있도록 도와주었다. 그리고 본인의 합의를 위해 사방으로 뛰어다니며 애썼고, 일일이 성도들을 찾아다니면서 진정서에 서명을 받아 그가 빨리 출옥할 수 있도록 노력했다. 그뿐만 아니라 취직이 안 되면 죽어버리겠다는 아이를 달래고 취직시켜 저축까지 할 수 있도록 도왔는데, 돌아온 것은 험악한 욕설과 협박이라니.

그리고 나서 얼마 후, 통장님이 지나가다 들렀다며 이렇게 일러주었다.

"목사님, 몸조심 하세요. 영호 아빠가 목사님을 죽여 버릴 거라며 식칼을 들고 밤에 교회 앞 봉고차 뒤에 숨어있는 것을 봤거든요."

나는 너무나 괴로웠다. 도대체 왜 사람들은 진심으로 도움을 주는 사람에게 선을 악으로 갚는 걸까? 기도하는 수밖에 다른 방법이 없었다. 그렇게 계속 기도하던 끝에 영호네 가족이 이사를 갔다는 소식이 들려왔고, 더 이상 그들을 볼 수 없었다.

성도들 중에 할머니가 한 분 계셨는데, 하루는 주일 예배에 보이지 않아 집으로 찾아갔다. 가보니 집안 꼴이 말이 아니었다. 추운 날씨에 연탄보일러는 고장 난 지 오래고, 연탄은 떨어졌으며, 식량도 없고, 유리창은 깨져 있었다. 그 차디찬 냉방에서 며칠을 굶었는지 할머니는 거의 죽어가는 형편이었다. 나는 급히 연탄과 식량을 사다놓고, 깨진 유리창을 갈은 후, 보일러를 고쳤다. 우선 급한 대로 전기장판 한 개를 구해 드리고 나서, 아내에게 부탁해 죽을 끓여드렸다. 그리고 필요한 약도 사서 구비해 놓았다.

그러는 동안 나는 시름에 잠겼다. 저토록 어렵게 생활하는 빈민을 도와야 하는데, 내 능력에는 한계가 있어서 꾸준히 도울 방법이 없는지라 안타까울 뿐이었다.

할머니는 자식이 없어 고아를 한 명 데려다 키웠다고 했다. 남편이 일찍 죽고 아이는 고등학생 때 자신이 고아원 출신이라는 사실을 알고는 칼을 들이대며 모든 돈을 다 빼앗아 집을 나간 후 연락을 끊었다. 그 후 혼자 남겨진 할머니는 하반신이 마비된 시동생 집에 얹혀살다가 빈민촌에 월세방을 얻어 정부의 구호를 받으며 지내고 있는 상황이었다.

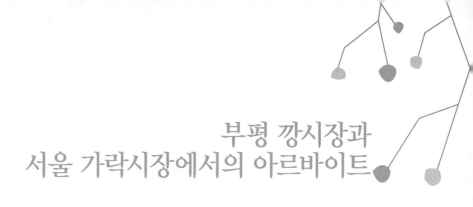

부평 깡시장과
서울 가락시장에서의 아르바이트

그러던 어느 날, 신학생 부부가 교회에 왔다. 부인은 과외를 다니고 전도사님은 부평시장에서 일을 한다고 했다. 이른 새벽, 야채나 과일을 사러 나온 도매상인들이 시장에서 물건을 구입해 놓으면 그걸 주차해 놓은 차에까지 리어카로 실어다 주는 일이었다. 전도사님은 한 번 물건을 나르면 몇 천 원씩 받는데, 새벽 5시부터 오전 10시까지 일하면 몇 만 원씩은 벌 수 있다며 자신과 함께 아르바이트를 하자고 했다.

나는 전도사님의 제안이 너무나 고마웠다. 그리고 그분의 친절한 안내를 받아 새벽마다 시장에 나가 아르바이트를 했고, 그 돈으로 빈민들을 섬길 수 있었다.

그렇게 아르바이트를 하던 중에, 시장에서 만난 어느 부식상점을 운영하는 분이 자신의 사무실에 들러달라며 내게 명함을 주고 갔다. 일을 마치고 그의 사무실로 찾아갔더니 그는 내게 뜻밖의 제안을 했다.

"저는 여러 회사의 주방에 반찬 재료를 납품하는 업자입니다. 새벽 2시에 가락시장에서 물품을 구입해 트럭에 싣고 와서 내려놓고, 부평시장에서 2차로 구입을 하여 각 회사의 주방에 납품을 하는 건데요. 저와 함께 운전을 하고 배달을 해주면 80만 원을 드리겠습니다."

80만 원이라는 큰돈을 준다는데, 이웃을 돕는 일에 단 한 푼이 아쉬운 처지였던 내가 그 제안을 마다할 이유가 없었다. 나는 일단 한 달간만 해보기로 하고 일을 시작했다. 밤 12시에 시작해서 오후 5시가 되어서야 끝나는 아주 고된 일이었다. 서울로 올라와 공사판에서도 일하고 고물장수도 해보았지만 이 일은 도저히 버티기가 힘들었다. 결국 나는 한 달 만에 그 일을 그만 두게 되었다.

대신 밤에 가락시장에서 아르바이트를 했다. 가락시장에는 지방에서 과일이나 야채를 트럭에 가득 실은 많은 상인들이 오고 갔다. 그때 하역 작업을 도와주면 한 트럭 당 5~6,000원 정도의 돈을 받을 수 있었다. 그렇게 밤에 일을 하느라, 나의 생활은 밤낮이 완전히 뒤바뀌어 버렸다.

힘겹게 번 돈으로 교회를 운영하고 어려운 이웃을 돕는 빈민 선교 생활이 2년가량 이어졌다. 서울에 올라오기 전에 아무리 건강이 좋아졌다고 하지만, 아무래도 밤마다 아르바이트를 하고 목회까지 병행하는 건 무리였다. 어느새 나의 몸과 마음은 완전히 지쳐 녹초가 되어 있었다.

영양실조로
쓰러진 아내

그러던 어느 날, 해가 지고 어둠이 내리는 시간이었다. 어느 맞벌이 부부 집에서 구역예배를 드리는데, 아내가 갑자기 입을 가리더니 밖으로 뛰쳐나가는 것이었다. 나는 급히 화장실에 가는 줄 알았다.

잠시 후 밖에서 아내가 두 손으로 입을 가린 채 빨리 나오라고 손짓을 해서 나가보니 경악할 일이 벌어져 있었다. 아내의 입이 돌아가 있는 것이었다. 나는 아내를 봉고차에 태우고 급히 산동네를 내려와 동네 입구에 있는 약국에 들렀다. 약국 주인은 신앙인으로 한 때 아내가 오전 시간에 그 약국에서 아르바이트를 했던 적이 있었기 때문에 서로 알고 지내는 사이였다. 약국주인은 아내의 얼굴을 보더니 한의원으로 가라고 했다.

그날이 토요일 저녁이라 한의원이 문을 닫지는 않았을까 걱정하며 갔더니 다행히 아직 문을 닫기 전이었다. 원장은 아내에게 침을 놓고 간단한 치료를 하고 나서, 한약 다섯 봉지를 주었다. 그리고 월요일에 다시 오라고 했다. 절대 찬바람을 쐬거나 찬물에 손을 넣지 말고 몸을 따뜻하게 해야 한다고 당부했다. 나는 원장에게 아내가 왜 저런 증상을 보였는지 원인을 물었다. 원장은 아내의 입이 돌아간 것이 '영양실조'에 '신경성 질환' 때문이라고 했다.

집으로 돌아오면서, 나는 미안한 마음에 죄책감마저 들었다. 그동안 아내에게 너무 신경을 쓰지 못한 것이 후회스러웠다. 결혼할 때도 편안한 마음이 아니었고, 아이들을 낳을 때도 하혈을 많이 했던 아내였다. 그런데 나는 빈민 선교를 한다며 정작 나의 식구들에게는 소홀히 대한 것이다. 그동안 아내의 몸무게가 37kg이 될 정도로 너무나 허약해져 있었는데도 난 전혀 신경 쓰지 못했다.

교회로 와서 아내를 방에 눕히고 빨래를 하기 위해 화장실로 가려던 참이었다. 아내는 여전히 돌아간 입으로 나지막이 말했다.

"저를 위해 기도해 주세요."

나는 아내의 얼굴을 붙잡고 간절히 기도하기 시작했다.

"하나님! 내일이 주일이고 예배도 드려야 하는데 아내가 누워 있으면 되겠습니까? 속히 치료해 주옵소서."

그렇게 10여 분 넘게 간절한 눈물의 기도를 드렸다. 그런 뒤 화장실로 가서 찬물로 한 시간 동안 빨래를 하며 내내 기도를 쉬지 않았다. 그러자 어느 순간, 아내의 병이 나을 거라는 확신이 들었다.

빨래를 끝낸 후 아내에게 걱정하지 말라는 말을 해주려고 방문을 열었는데, 잠들었던 아내가 문소리에 깨어났다. 그런데 놀랍게도 아내의 입이 정상으로 돌아와 있었다. 나는 아내를 일으키며 말을 걸어 보았다. 아내의 말 한마디, 한마디가 다 정상이었다. 나와 아내는 함께 감사 기도를 드렸다. 그리고 다음날 주일에는 아무 일도 없었다는 듯 멀쩡한 모습으로 예배를 드릴 수 있었다.

Part
7

전혀 새로운 전도자의 발걸음:
은과 금을 주지 말고
그리스도의
복음을 주다!

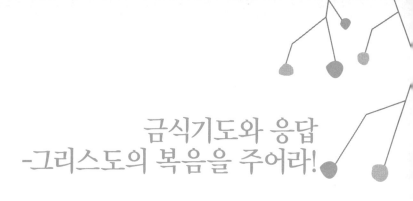

금식기도와 응답
-그리스도의 복음을 주어라!

목사 사모가 예배를 드리다 입이 돌아가
병원에 갔다는 소문은 삽시간에 온 동네에 퍼져 나갔다. 소문을
들은 성도들은 사모님이 말을 너무 함부로 해서 입이 돌아갔다
고 수군거렸다.

당시 우리의 생활은 너무나 어려웠는데, 성도들이 새 냉장고
나 텔레비전 등을 구입해 들여놓은 것을 보면 아내라고 왜 부럽
지 않았겠는가. 그래서 자꾸만 얼마에 구입했는지 물어본 모양
이었다. 이에 성도들은 사모님이 남의 물건을 부러워하고 가격을
물어보고 해서 입이 돌아갔다고 몰아가는 것이었다.

나는 너무 속이 상했다. 자신들의 가족이 그런 일을 겪었어도 그렇게 함부로 말할 수 있을까? 하나님께 혹독한 훈련을 받느라고, 어려운 환경 속에서 힘겹게 살고 있는데, 병원에서는 영양실조와 신경성으로 마비가 왔다는데, 어떻게 믿음을 가졌다는 사람들이 저렇게까지 말할 수 있을까?

그때 우린 너무나 가난했다. 매번 끼니를 걱정해야만 했다. 초등학교에 다니는 아이들의 공책 한 권을 사줄 돈도 없었다. 그러니 나 자신은 물론, 가족의 건강에 신경 쓸 여유가 없었다. 그런 가운데 나보다 더 어려운 이웃들을 돕기 위해 온 힘을 다해 아르바이트를 했지만 정작 나의 가족은 가난 속에 방치되어 있었던 것이다.

나는 마침내 아르바이트와 빈민을 구제하던 모든 사역을 중단하고 기도를 시작했다.

"하나님! 5년 동안 빈민 선교를 하겠다고 했으나 저는 더 이상 이런 생활은 못하겠습니다."

몸과 마음도 지칠 대로 지쳐있었다. 기도하는 그 순간조차 기진맥진한 상태였다.

"전능하신 하나님이 살아계시고 하나님은 창조주이신데 왜 저는 하나님의 종인데도 불구하고 이렇게 밤새워 아르바이트를 해야만 합니까? 더 이상 이렇게는 못하겠습니다."

그렇게 기도하기를 일주일이 지나자, 마침내 나는 응답을 받았다. 그 응답은 성경 사도행전 3장에 있었다.

'나면서부터 앉은뱅이 된 자를 사람들이 업어다가 성전 입구에 내려놓고 구걸하게 하였다. 베드로가 은과 금은 내게 없거니와 내게 있는 것으로 네게 주노니 나사렛 예수 그리스도의 이름으로 일어나 걸으라고 외쳤을 때에 앉은뱅이가 걷기도 하고 뛰기도 하며 하나님을 찬미했다.'

하나님은 나에게 은과 금을 주지 말고 베드로처럼 예수 그리스도의 이름과 그 생명의 능력을 주라고 말씀하셨다. 어떻게 하면 예수 그리스도 이름의 비밀을 줄 수 있을까? 나는 고민하며 기도하고 묵상하기 시작했다. 그리고 마침내 전도하고 제자 삼으라는 말씀이 무엇인지 답을 찾을 수 있었다. 그 답은 바로 성경에 있었다.

성경은 결국 예수 그리스도를 증거하고 있었다. 그리고 모든 인생의 문제는 인간이 하나님을 떠난 데서 오게 되었음을 명백히 밝히고 있었다.

우주 만물은 하나님이 창조하신 것이다. 고기는 물속에서 살아야 하고, 나무는 흙에 뿌리를 박고 살아야 하며, 새는 공중에서 살도록 지음 받았다. 마찬가지로 사람은 하나님의 형상대로 지음 받아 하나님과 교제해야만 살 수 있다.

고기가 물을 떠나서는 살 수 없고, 나무가 흙을 떠나서는 살 수 없으며, 새가 하늘을 벗어나서는 살 수 없듯이 인간 역시 하나님을 떠나면 영적으로 죽은 상태가 되고 만다.

그렇게 하나님을 떠난 인생은 사탄에게 장악되어 버린다. 그리고 하나님이 아닌 타락한 천사인 마귀와 귀신을 평생 섬기며 고통 당한다는 사실을 깨닫게 되었다.

비로소 나의 영적인 눈이 열리게 된 것이다.

어릴 때 아버지는 늘 귀신이 보인다고 하시며 때론 귀신과 대화를 하기도 했다. 그런데 당시엔 그런 일이 이해가 되지 않았다. 아버지와 세 분의 형님들이 알코올 중독자로 살다 돌아가신 것을 바로 옆에서 보면서도 나는 귀신에 대해 무지했다.

하지만 성경에는 귀신 얘기가 수도 없이 기록되어 있었다. 세상의 수많은 책들은 귀신을 섬기는 법을 알려주고 있지만 유일하게 성경에서는 귀신의 권세에서 빠져나오는 방법을 알려주고 있었다.

운명, 사주팔자에서 빠져나오는 이름이 바로 예수 그리스도다.

대구 지하철 화재 참사를 일으킨 사람이 줄곧 이렇게 말했다고 한다.

"내 귀에서 누군가가 불을 지르라고 자꾸만 지시하는 환청이 들렸다."

엉뚱하게만 들리던 이러한 말도 성경 속에서 말하는 귀신의 존재를 알고 나니 더 이상 원인 모를 일이 아니었다.

성경은 타락한 천사인 사탄, 마귀, 귀신에 대해 적나라하게 드러내고 있다. 그리고 이들에 의해 지배당한 사주팔자와 같은 고통스러운 운명 가운데서 빠져나오는 길이 무엇인지도 명쾌한 해답을 내려준다. 바로 예수 그리스도의 복음을 듣고, 믿고, 마음에 예수 그리스도를 믿음으로 받아들이면 모든 악한 영에서 해방된다고 성경에 쓰여 있었다. 예를 들어 북한이라는 세계가 분명히 존재하지만 그곳에서 벗어나 대한민국으로 넘어와 버리면 북한에서 해방되는 것과 같은 이치다.

나는 그제야 지금까지 희미했던 복음이 내 안에 선명하게 정리되고 있음을 느낄 수 있었다. 사탄, 마귀가 어떤 존재이며 그 졸개인 귀신이 어떤 역할을 하는지도 성경을 통해 확실히 알게 되었다. 그렇게 영적인 사실에 눈이 열리고 나니 너무나 기쁘고 감사했다. 내가 왜 지금까지 이토록 고생하며 힘들게 살아왔는지도 알게 된 것이었다.

만약 누군가의 집에 강도가 들어와 모든 것을 빼앗고 훔쳐가서 가난하고 불행해졌다면 그 강도가 얼마나 원망스럽겠는가? 지금까지 나의 가문에는 눈에 보이지 않는 강도가 분명히 존재하고 있었다.

요한복음 10장에 보면, 마귀와 귀신의 세력을 '영적인 강도'라고 표현하고 있다. 마귀와 귀신은 우리에게 잘되게 해준다고 속이고 결국 모든 것을 빼앗아가는 존재다. 굿하고 점을 보러 가면 모든 일이 잘 해결될 거라고 하면서 실제로는 멸망으로 이끌어들이는 것과 같다. 끊임없이 굿에 의지하는 사람치고 무당의 말처럼 정말 잘된 사람을 본 적이 있는가?

새로운 영적 세계와의 만남은 곧 새로운 세상, 새로운 사람들과의 소중한 만남으로 이어졌다. 지금껏 몰랐던 강도의 존재를 알게 되었으니 더 이상 강도짓을 당할 필요가 없어졌고, 영적 강도를 만난 다른 이들을 도울 수 있는 준비도 되어 있었다.

빈민구제운동에서 벗어나서 예수 그리스도의 원색적인 복음만 전파하기로 결론 내리고 이미 앞서 간 전도자 목사님들의 전도 자료를 구해, 보고 들으며 여러 전도 세미나에 참석하여 복음을 정리하기 시작하였다. 그렇게 노력하고 준비하고 나니 새로운 사역이 열리기 시작했다.

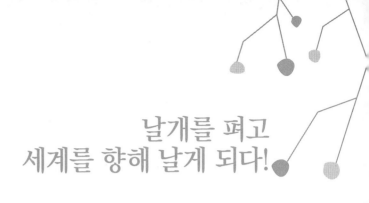

날개를 펴고 세계를 향해 날게 되다!

나는 성경의 비밀을 깨닫게 되면서 잔뜩 움츠려 있던 두 날개를 비로소 활짝 펴게 되었다. '가서 제자 삼으라'는 하나님의 말씀이 내게 본격적으로 성취되기 시작한 것이다. 나는 일단 부평의 학교, 백화점, 세무서, 전력회사 등에 들어가 신우회를 만들었다. 그리고 이미 교회에 출석하고 있는 신자들, 이전에 교회에 다녔으나 구원을 받지 못하고 낙심한 사람들을 찾아다녔다. 그렇게 만남이 이루어진 사람들과 일주일에 한 번씩 함께 모여 성경공부를 했다. 그러면서 복음이 희미한 상태로 교회를 다니던 사람들이 새롭게 은혜를 받고 변화하는 모습을 보면서 이전엔 경험해 보지 못한 큰 행복을 맛볼 수 있었다.

KBS 성경공부 모임.

　　그렇게 1년 정도 사역하고 있을 때쯤, 나는 매주 서울 신문
사 신우회의 예배를 인도하고 있었다. 그리고 KBS 성우 신우회
를 이끌며 일주일에 한 번씩 성경공부를 했다. 아울러 서울시청
에 근무하는 몇 분을 모아놓고 성경을 가르쳤으며, 지하철 공사
에 가서도 말씀을 전했다.

　　이렇게 말씀 운동이 활발하게 일어나는 가운데, 성경공부 모
임을 통해 새로운 사람들이 은혜를 받고 예수를 그리스도로 영
접하는 일들이 이어졌다. 그렇게 새 생명을 얻은 사람들이 구원
의 확신을 갖고 교회에 출석하면서 변화되는 모습을 보자 나는
더할 나위 없이 기뻤다.

두 집사의
갑작스런 죽음

빈민촌 산동네에서 개척교회를 열기
전까지 사역했던 인천 주안동 교회의 한 집사 내외가 내 명의를
빌려 안양에 아파트를 매입했던 일이 있었다. 이후 그 내외는 아
파트를 팔고 서울의 동서가 목회하는 교회 근처로 이사를 갔다
고 들었다.

그런데 그때부터 세무서와 구청에서 취득세와 소득세 등의
세금을 내라는 독촉장이 날아오기 시작했다. 세금을 모두 합쳐
보니 800만 원 정도였다. 나는 그때마다 그 집사 내외가 사업을
하고 있는 서울 청계천 평화시장의 상점으로 찾아가 세금 납부
독촉 고지서를 갖다 주었다.

"집사님이 아파트를 구입했다가 팔아서 몇 천만 원의 이익이 생겼고, 이건 거기에 대한 정부의 정당한 세금이니 세금 정리를 해야 할 것이 아닙니까? 그러니 빨리 정리해 주세요."

내가 매번 이렇게 부탁 아닌 부탁을 했지만 그 집사 내외는 계속 엉뚱한 소리를 했다.

"목사님은 재산이나 저축한 돈이 없을 테니, 목사님 앞으로 독촉장이 나와도 내지 않고 있어도 됩니다. 나중에 세무서에서 목사님의 재산이 있는지 없는지 조사할 텐데, 그때 아무리 조사해 봐도 재산이 없는 것으로 확인되면 3~4년 더 독촉하다 스스로 정리해서 말소시킬 거예요. 그때 가서 우리가 목사님께 몇 백만 원이라도 챙겨 드릴게요. 그러면 되지, 왜 나라에다 쓸데없이 800만 원씩이나 냅니까?"

기가 막혔지만, 그래도 알아듣게 다시 얘기를 했다.

"수익을 남겼으면 세금을 내는 것은 당연한 것 아닙니까? 나는 공연히 나라 세금 떼먹는 사람이나 신용불량자처럼 남는 것이 싫습니다. 그러니 바로 처리해 주세요."

그러자 그 집사 내외는 마지못해 알았다고 했다. 하지만 그때뿐이었다. 2~3개월마다 계속 독촉장과 경고장이 날아왔고, 나는 그때마다 그 집사 내외에게 그것들을 직접 가져다주면서 해결해 달라고 요구했다. 그러나 끝내 그들은 세금을 내지 않았다.

나는 이 문제를 놓고 하나님께 기도하기 시작했다. 그런데 마음속에 이런 확신이 들었다. 그 집사에게 무서운 경고나 책망이 있을 거라는 확신이었다.

다시 독촉장과 경고장을 가지고 그 집사 내외를 찾아갔다. 그리고 나는 기도한 끝에 얻은 확신을 전했다.

"이 문제를 해결하지 않으시면 하나님께서 집사님을 손보실지도 모릅니다. 내게 그런 확신이 왔어요. 그러니 어서 해결해 주세요."

그러나 그들은 어떻게든 세금을 내지 않으려고 버텼다.

"목사님 조금만 더 참으세요. 한참 지나 나라에서 스스로 포기하고 독촉을 하지 않게 되면 그때 목사님 서운하지 않게 잘 챙겨드리겠습니다."

나는 잘라 말했다.

"그런 돈은 싫습니다. 나를 세금 떼먹는 전과자로 남게 하지 마시고 제발 해결해 주세요."

그리고 며칠이 지났다. 이른 새벽, 그 집사의 조카에게서 연락이 왔다. 그 조카는 예전에 인천 주안동 교회에 출석하다가 서울로 이사를 간 집사였다. 그는 다급한 목소리로 내게 말했다.

"목사님, 외삼촌 내외분이 어젯밤에 돌아가셨어요."

나는 깜짝 놀라 물었다.

"어떻게 된 일입니까?"

교통사고라도 난 건가 싶어 물어봤더니, 조카가 전한 집사 내외의 사인은 질식사였다. 그들은 인천 송도 옥련동에 큰 아파트를 한 채 가지고 있었는데, 그곳은 연세 많은 노모가 지내도록 하고 그들은 상점 앞 13평짜리 작은 아파트에 세 들어 생활하고 있었다.

그 세든 집의 옆집이 연탄보일러를 사용하고 있었는데, 연탄가스가 새어 들어와 잠을 자던 집사 내외가 한꺼번에 목숨을 잃게 되었다고 했다.

이 소식을 들었을 때는 일요일 아침이었다. 예배를 다 드리고 오후에 집사 내외가 안치되어 있는 을지병원 영안실에 들러 조문을 했다.

그리고 2~3개월 후에 또 독촉장이 나왔다. 나는 독촉장을 들고 그들의 아들이 운영하고 있는 상점에 가서 세금을 정리해 달라고 했다. 그는 상계동에서 목회하는 목사 부인인 이모에게 전화를 하더니 한참동안 통화를 했다. 잠시 후, 전화를 끊고 그는 기가 막힌 이야기를 했다.

"이모님이 그러는데 우리 엄마아빠가 살아계실 때 목사님께 다 보상을 해드렸다고 하네요. 그러니 앞으로는 우리 가게에 오지 말아주세요."

정말 화가 났다. 명색이 사모라는 사람이 언니가 생전에 세금을 내지 않은 것을 알면서도 조카에게 그런 거짓말을 하다니! 나는 어쩔 수 없이 가게를 나오며 생각했다.

'그래, 잘 먹고 잘 살아라. 그러나 너희들은 복을 받기 힘들 것이다.'

그로부터 10년의 세월이 흐르고, 나는 그 이모라는 사람과 조우하게 되었다. KBS에서 열리는 언론인 월례회 모임에서, 그 목사의 부인이 어느 PD와 연결되어 내가 인도하는 모임에 간증자로 나온 것이다. 그녀는 거리의 노숙자에게 밤새도록 밥을 지어 먹인다는 간증을 하며, 그녀의 이야기가 책으로 출판되었고 모 신문에도 연재된다고 했다. 그리고 그것 때문에 미국 집회에도 다녀왔노라고 간증했다.

나는 그녀의 이야기를 들으며 사람의 인연과 도리에 대해 생각했다. 내가 1989년 인천으로 가게 된 것도 그녀의 남편 분의 소개 덕분이었고, 그와 나는 총신대학원 동기였다. 그리고 조카에게 거짓말을 하여 나를 곤경에 빠트린 사람은 지금 남을 돕는 일에 대해 간증을 하고 있다. 사람의 인연이 참으로 아이러니 하지 않은가.

그날 그녀는 모임 내내 나에게 말 한마디 건네지 않았다.

할 말이 없었던 것일까, 아니면 할 말이 있어도 하지 못했던 것일까.

정부종합청사에서의
예배 인도

내가 성경에 새롭게 눈뜨고 말씀을 전하는 기쁨으로 충만해 있을 때, 평소 나를 아껴주던 김동권 목사님이 오셔서 내 일주일간의 사역 활동에 대해 물어 보셨다. 나는 성심 성의껏 목사님께 나의 사역에 대해 말씀드렸다. 그러자 그는 나에게 과천에 있는 정부종합2청사의 재경부 및 농림부 신우회에서 매주 말씀을 전하라고 하셨다. 재경부와 농림부는 김동권 목사님이 들어가 예배를 인도하던 곳이었다. 나는 선뜻 그 제안을 받아들일 수 없었다.

"저는 못합니다. 저같이 무식한 사람이 어떻게 그런 엘리트들 앞에서 예배를 인도할 수 있겠습니까?"

"자네 신학대학원 나오지 않았나?"

"그건 하나님 은혜로 나온 거고요."

"자네, 거기 가서 정치, 경제 얘기할 거 아니잖나. 가서 복음만 확실하게 전하고 오면 돼."

나는 더 이상 목사님의 부탁을 거절할 수가 없었다.

그래서 그때까지 해오던 부평 지역의 사역을 다른 사람에게 맡기고 나는 정부종합2청사에 들어가기 시작했다.

화요일 정오에는 재경부 신우회에서, 금요일 정오에는 농림부 신우회에서 예배를 인도하며 말씀을 전했다. 그렇게 계속 말씀을 전하자 목요일은 과기부 신우회에서, 수요일은 공정거래 위원회 신우회에서 예배를 인도해 달라고 요청이 들어왔다. 처음에는 점심시간에만 갖던 모임이 아침 7시 30분 출근 시간 기도회 모임으로 이어졌고, 퇴근 후의 모임도 계속되었다.

그렇게 정부종합2청사의 사역을 마치고 집으로 돌아오는 길에 광화문에 있는 세종로 정부종합1청사에 들러 로비에 앉아 커피를 한잔 마시곤 했는데, 그때 나는 이렇게 기도하기 시작했다.

"하나님, 여기 1청사에서도 예배를 인도하게 해주시옵소서."

그렇게 몇 달 동안 기도하고 있었는데, 정부종합1청사에 있는 교육부 신우회에서 예배를 한 번 인도해 달라는 부탁이 들어왔다. 곧바로 가서 말씀을 전했더니, 예배가 끝나자 여의도의 한 교회 집사인 직원이 와서 내 손을 잡으며 말했다.

"저는 교육부에 근무한 지 17년째인데, 그동안 목사님같이 매주 오셔서 성경공부를 해주실 목회자를 보내달라고 기도해왔습니다. 그런데 오늘 그 응답을 받았네요. 당장 다음 주부터 매주 교육부에 들어와 주실 수 있으신지요?"

그리하여 나는 매주 월요일 정오에 정부종합1청사 교육부에 들어가 성경공부를 인도했다. 총리실과 행정자치부를 비롯하여 교육부의 여러 직원들이 나와서 성경공부에 참여했다. 그렇게 말씀을 전하며 바쁘게 뛰어다니는 하루하루가 너무나 즐거웠다.

금요일마다 농림부에서 열리는 성경공부 모임에는 항상 고위층 공무원들이 참석했다. 하루는 차관실에서 차를 한잔하자고 연락이 와서 신우회장과 함께 들렀더니, 그쪽에서 뜻밖의 제안을 했다.

"1년 전 차관보님이 과로로 쓰러져 순직하셨습니다. 순직 후차관으로 승진하고 동작동 국립묘지의 유공자 묘역에 안장되셨는데, 1월 18일에 1주기 추도식이 열립니다. 그때 목사님께서 예배를 인도해 주십시오."

나는 이렇게 물었다.

"농림부에 예배를 인도하러 오는 목사님이 많은데 왜 군이 저한테 그 중요한 예배를 맡기십니까?"

그러자 그는 이렇게 대답했다.

"추도식에는 고인이 되신 차관님의 행정고시 동기생을 비롯하여 고위직에 계신 여러 명의 불신자들이 참석합니다. 그런 자리에서 그분들에게 단 한 번이라도 복음을 들을 수 있는 기회를 주기 위해 어떤 목사님이 좋겠냐는 회의를 했었지요. 그 결과 만장일치로 목사님께 맡기기로 결론이 난 겁니다."

나는 걱정스러운 마음에 집으로 돌아와 기도를 하기 시작했다.

"왜 그렇게 중요한 자리에 저를 보내려 하십니까?"

계속 기도를 하였더니 이런 확신이 왔다.

'그들에게 원색적인 복음을 전하라고 너를 세운 것이다.'

그제야 나는 하나님께서 내게 추도 예배를 맡기신 이유를 알게 되었고, 더 이상 망설일 필요가 없어졌다.

1월 18일, 추도일이 되었다.

나는 고급 공무원들과 함께 차를 타고 차관 묘지로 향했다. 유가족들과 고위층에 계신 분들은 의자의 앞줄에 자리 잡았고, 나머지는 그 뒤에 서서 예배를 드렸다. 날씨는 몹시 추웠다. 나는 마이크를 잡고 추도 예배를 인도하면서 먼저 유가족들에게 깊은 위로의 말씀을 전했다.

"고인께서는 과로 때문에 쓰러지는 마지막 순간까지도 국가에 충성했고, 신앙생활 또한 충실하셨습니다. 특히 순직하면서 여섯 명의 사람들에게 장기를 기증하여 생명을 살리고 천국으로 가셨습니다. 국가를 향한 차관님의 애국심은 영원히 기억될 것입니다."

이렇게 고인의 공로를 되새긴 후, 나는 '인간은 어디서 와서 왜 살며, 어디로 가서 어떻게 될 것인가'라는 질문을 시작으로 원색적인 복음을 증거 하기 시작했다. 말씀을 모두 마친 후 다함께 기도드리는 시간에 이렇게 덧붙였다.

"여러분 중에 교회에 다니다가 낙심하여 신앙생활을 쉬고 있는 분이 계십니까? 교회 다니면서도 구원의 확신이 없는 분은요? 지갑 속에 부적을 가지고 다니지는 않습니까? 운명과 사주팔자가 무엇인지 아십니까? 비록 북한의 간첩으로 한국에 왔을지라도 자수하는 순간 대한민국의 시민이 되듯이, 귀신 섬기던 사람들도 예수님을 믿고 영접하면 구원받아 하나님의 자녀가 됩니다."

그렇게 영접으로 초청하였더니 여러 명의 사람들이 영접 기도를 따라하며 구원을 받고 기뻐했다. 새 생명이 살아나는 시간이었다.

얼마 후 농림부 차관보인 한 집사님이 정부종합2청사 앞의 어느 식당에서 같이 저녁식사를 하자고 했다. 약속 장소에는 농림부 산하 농협중앙회, 수협중앙회, 축협중앙회 등 총 12개 기관의 신우회장단이 초청되어 와 있었다.

집사님은 그들에게 나를 소개했다.

"박용배 목사님은 3년째 우리 농림부에 들어오셔서 말씀을 전해 주시는데, 우리만 듣기 아까워서 여러분들과 함께 은혜를 나누려고 초대를 했습니다."

소개가 끝나고, 나는 그들과 간단한 인사를 나눴다. 그러자 그들은 "언제 우리 중앙회에 들어올 수 있느냐"며 앞 다퉈 명함을 주었다. 나는 곧 연락을 주기로 하고 그들과 헤어졌다.

그러고는 교회로 돌아와 하나님께 기도를 드렸다.

"하나님! 문을 조금씩 열어주셔야지 한꺼번에 이렇게 많은 문이 열리면 제가 어떻게 다 감당합니까?"

그러자 곧이어 내 마음속에 하나님의 음성이 울려 퍼졌다.

'너 혼자서 다 하겠다고 하지 말라. 복음을 이해한 다른 목사들도 이 일을 같이 하게 하라.'

그때부터 나는 동료 목사들과 함께 사역을 하기 시작했다. 조달청과 특허청 신우회에 가서 예배를 인도하고, 건설회관에도 말씀 운동의 문이 열려 들어가 사역을 했다. 그리고 서초동 법원청사 신우회에서도 말씀을 증거 했다.

그러던 어느 날이었다. 방배동의 지하철 공사가 파업을 하는 바람에 지하철을 이용하여 서울을 다녀와야 하는 나로서는 여

청와대 사역을 마치고.

간 불편한 일이 아니었다. 기도하던 끝에 지하철역을 살리라는
응답을 받고, 방배동 지하철 본사에 찾아가 신우회 회장을 만나
게 해달라고 부탁했다. 그랬더니 신우회 총무와 연결이 되었고,
마침내 지하철 본사에서도 말씀 운동이 시작되었다. 그리고 나
니 여러 지역의 역장들이 자신이 근무하는 역에도 와달라고 요
청해 왔다. 친구 목사들 몇 명과 함께 바쁘게 사역을 계속하는
가운데 청와대 신우회 예배에 와달라는 요청이 들어왔고, 나는
청와대에 가서 예배를 인도하기도 했다.

언론사 신우회에서의
예배 인도

나는 언론사 복음화를 위해 계속 기도해왔다. 그 즈음, 어느 목사 부인의 소개로 연합통신사에서 근무하는 유성봉 기자를 만나 복음을 전했다. 그리고 그를 통해 연합통신 신우회에 들어가 말씀을 전하게 되었는데, 이를 계기로 KBS의 손재경 PD를 비롯한 많은 KBS의 PD들과 함께 성경공부를 시작하게 되었다.

전도의 문은 거기에서 그치지 않았다. 한 번은 도매약품업자들이 모이는 '도약선교회'의 요청으로 종로5가에 있는 한국 기독교 100주년 기념관에서 월례회 예배를 인도하였는데, 매주 와서 말씀을 전해달라는 요청이 들어왔다. 나는 그들에게 코리아헤럴

유성봉 기자 내외와 우리 부부.

드 건물 내에 상주하는 사무실이 있다고 일러주고, 그 사무실에
서 매주 목요일 오후 3시에 모이기로 했다. 그래서 목요일 오후 3
시가 되면 코리아헤럴드 건물 12층 사무실에는 20~30여 명의
도매약품업자들이 모였고, 함께 성경공부를 했다.

도약선교회
고진업 장로

그때쯤 도매약품업체 리드팜 주식회사 고진업 장로님을 통하여 MBC에 문이 열려서 이인용 앵커와 다수의 PD와 기자, 방송국 직원들이 연결되면서 MBC에서도 말씀을 전하게 되었다. MBC기자들과 PD들과 말씀공부를 하게 되었는데, 그때 여러 명의 방송인들이 복음을 듣고 그리스도를 영접하였다.

고진업 장로님은 도매약품업계에서는 전설적인 사람으로 알고 있다. 어려운 환경을 극복하고 자수성가한 분으로서 선행과 봉사에 많은 헌신을 하는 분인데 내가 산동네에서 개척교회를 하면서 공무원, 언론인, 연기자, 탈북자들에게 복음전파하며 생

고진업 장로 내외와.

명운동을 할 수 있도록 오랫동안 나의 활동비를 지원해주신 장로님이다. 지면으로나마 깊이 감사를 드린다. 고장로님을 통해 약품업계에 계신 분들 중에서 기독교인들이 모인 도매약품선교회(도약선교회)가 있는데 나는 도약선교회 예배를 오랫동안 인도하였다. 그때 명동 쪽에 있는 코리아헤럴드와 내외경제신문사의 장일영 기자를 알게 되면서, 코리아헤럴드 건물 12층에 사무실을 얻어놓고 매일 저녁 언론인들이 모여서 성경공부를 하게 되었다. 그러던 중 도약선교회 회원들이 부부동반 하여 목요일 오후 3시에 도매약품업자를 위한 성경공부를 인도할 때, 영락 교회에 다니는 집사님께서 군인 친구를 데리고 와서 내게 인사를 시켜

MBC 이인용 앵커와 이문노 기자와 함께.

주었다. 그가 지난주 성경공부에 너무 은혜를 많이 받고 정보사에 있는 친구에게 성경공부에 한번 참석하자고 했더니 친구가 오늘 동행하여 왔다며 소개해 주었다. 그 만남이 있기 이틀 전 그 장소에서 탈북자 중에 고위직에 있다가 온 사람이 미국에 가려는데 우리 정부에서 안 보내준다면서 자살하겠다는 사람을 연합통신의 유성봉 기자가 복음을 전해달라고 데리고 왔는데, 그 탈북자는 하나님이 있으면 보여 달라고 소리쳤었다. 나는 그 탈북자에게 진지하게 복음을 전했고 약2시간 정도 복음을 들으면서 질문하고, 부인하던 그 사람이 결국 예수 그리스도를 영접하고 난 뒤 감격해서 큰소리로 흐느껴 울기 시작하는 것이었다. 목요일 도약선교회 성경공부를 인도하면서 그저께 이 자리에서 이런 탈북자가 하나님이 없다고 강하게 부인하며 자살하겠다고 하다가 복음을 듣고 너무 감격해서 많이 흐느껴 울면서 기뻐했다고 했더니, 그 대령님은 인사를 하면서 아까 목사님께서 말씀하신 그 탈북자를 자신이 데려왔고, 자신이 조사했고, 자신이 관리하고 있는데 말을 잘 안 들어서 일을 안 주고 있었다고 했다. 그런데 그 친구가 복음을 받았다니 참 다행이라고 하면서 "목사님! 저는 탈북자를 관리하는 사람입니다. 혹시 탈북자들을 조사하는 기관에 오셔서 매주 한 번씩 예배를 인도하시면서 이런 복음을 전해줄 수 있겠습니까?" 하는 것이었다. 그때부터 나는 탈북자를 양육하고 선교하는 사람이 되었다. 그 대령님은 나와 매주 성경공부 하며 기도하는 가운데 기적적으로 장군으로 승진하게 되었다. 이런 문들이 고진업 장로님을 통해서 계속 열린 것이다. 감사를 드린다.

한편 정부 기관, 공공 기관, 언론사 등 여러 곳을 다니며 계속 사역을 하다 보니 어느 순간 내가 감당하기 어려울 만큼 사역이 많아지고 방대해졌다. 여기저기서 성경공부를 인도해 달라는 요청이 쇄도했다. 수원에서 목회하시는 정현국 목사님에게 공무원 사역을 전부 맡기고, 나는 언론인들에게 복음을 전하며 하나님이 여시는 새로운 문으로 향하고 있었다.

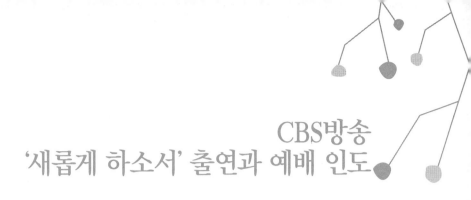

CBS방송
'새롭게 하소서' 출연과 예배 인도

그때쯤 나는 CBS 라디오의 '새롭게 하소서'라는 프로그램에 출연하게 되었고, CBS 사업단에서 직원들 및 아나운서들과 성경공부를 시작했다. 또 언론사에 들어가 PD 모임과 기자 모임을 인도하며 제자를 찾아 세우는 일을 계속해나갔다.

주일 예배 외에는 새벽기도 인도 후 바로 언론사로 달려가 성경공부를 했다. 기도회를 인도하는 일은 매일같이 여러 언론사들을 옮겨 다니며 계속 되었다.

아이 둘을 잃고 몹시 힘들어하던 KBS의 한재호 기자는 복음을 듣고 전도제자로 세워지면서 인생의 큰 변화를 경험했다.

KBS 한재호 기자.

건강한 아이 둘을 새로 얻은 것이다. 지금은 신우회에서 복음을 위해 헌신하는 제자가 되어 전도 운동에 힘쓰고 있다. 한재호 기자는 어떻게든 동료들을 전도하려 애쓰며 복음을 위하여 믿음으로 살아가고 있다.

그를 통해 연결된 박상범 기자 또한 신앙생활을 잘하며 복음을 위해 귀하게 쓰임 받는 전도제자로 세워졌다. 한재호 기자는 이처럼 보도국의 동료들 가운데 어려움에 처해 있거나 힘들어하는 사람들을 전도 대상으로 삼고, 성경공부 모임 때마다 기도해 달라고 기도제목을 내놓곤 했다.

KBS 박상범 앵커.

하루는 그가 매일 아침 6시부터 7시 45분까지 'KBS 뉴스광장'을 진행하는 황상무 앵커를 위해 집중 기도를 해달라고 요청했다. 황상무 앵커의 둘째 아이가 사고를 당해 서울대병원 중환자실에서 깨어나지 못하고 있다는 안타까운 사연을 전해 듣고, 나는 정시기도와 무시기도 때마다 황상무 앵커와 그 아이를 위해 기도했다. 계속 기도를 하던 중, 황 앵커를 만나라는 성령의 감동이 있어서 전화를 하여 약속을 잡았다. "우리 모임에서 앵커님을 위해 기도하고 있습니다. 하나님의 계획은 당신에게 있습니다." 내 말을 들은 황 앵커는, 그 얘기를 자세히 해달라고 부탁했다. 나는 커피숍에서 1시간이 넘도록 황 앵커에게 복음을 전했

KBS 뉴스룸에서 황상무 앵커와.

부평 사랑의 교회 입당식에서 축사하는 황상무 앵커.

다. 그는 진지하게 복음을 듣더니, 마침내 예수님을 하나님 만나는 참 선지자로, 죄 문제를 해결하신 참 제사장으로, 사탄을 꺾으신 참된 왕으로 알고 예수님을 '그리스도' 즉 '기름 부음 받은 자'로 고백하며 영접했다. 그리고 그 자리에서 구원의 확신을 갖고 너무나 기뻐했다. 그 이후 황 앵커는 뉴스가 끝나면 매주 있는 성경공부에 참석하여 말씀으로 힘을 얻고 믿음을 키워나갔다. 한참 후, 중환자실에 있던 둘째 아이를 떠나보내고 그는 뉴욕 특파원으로 나가서 3년간 근무하다가 다시 KBS에 복귀하여 중요한 뉴스 프로를 진행하고 있다.

KBS 기자 신우회와
예배 인도

한때 손재경 PD를 통해 만났던 민경욱 기자는 나를 통해 복음을 듣고 예수를 구주로 영접하면서 자신의 부모님에게도 복음을 전해달라고 부탁했다. 나는 민 기자의 집으로 가서 부모님께 복음을 제시했고, 결국 그의 부모님도 예수 그리스도를 영접하시고 구원을 받았다.

그는 잦은 해외 출타로 보기가 어려웠는데, 한재호 기자를 통하여 얼마 뒤에 다시 성경공부 모임에서 그를 볼 수 있었다. 이후 그는 8시 뉴스 앵커와 워싱턴 특파원으로 바쁘게 활동하면서 신앙생활을 통해 믿음을 키워나갔다. 하나님께서는 그의 믿음이 깊어진 만큼 그를 더욱 귀하게 쓰셨다. 그는 앵커로 밤 9시 뉴스

KBS 뉴스룸에서 민경욱 앵커와.

를 수년간 진행하다가 지금은 청와대 대변인으로 활동하고 있다.

이처럼 말씀이 말씀으로 이어지고, 은혜가 은혜로 이어지는 가슴 벅찬 나날이 계속되었다.

그런 가운데 KBS에서 만난 김덕기 PD와 권혁만 PD는 복음을 정말 순수하게 사랑하는 제자였다. 다큐멘터리 제작의 권위자이신 김덕기 PD는 신실한 기독교인으로 소문난 명 PD였고, '추적 60분'의 스타 PD로 명성을 날린 권혁만 PD 역시 복음의 사람이었다. 또한 예능국의 전진국 PD와 '여섯시 내 고향' 팀의 최 PD 등, 많은 PD들이 복음을 듣고 모여 말씀을 나누며 행복

김덕기 PD.   권혁만 PD.

해했다. 특히 전진국 PD는 예능국장을 거쳐 PD 총국장으로 근무하면서 복음 전파에 귀하게 쓰임 받고 있다.

한편 앞서 소개한 한재호 기자는 그 후에도 여러 동료, 후배 기자들과 PD들을 성경공부 모임으로 안내했다. 한 영혼이라도 구원받게 하려 애쓰고 간절하게 기도하는 모습이 너무나도 아름다웠다. 이런 축복된 만남을 주신 하나님께 무한히 감사드린다.

계속되는
언론사 예배 인도

이때쯤에 매일경제의 이정근 기자를
만났는데, 나는 그를 매주 만나며 말씀으로 양육하고 사내에서
성경공부 모임을 계속 가졌다. 2~3명으로 시작된 성경공부 모임
이 나중에는 무려 20여 명 규모로 확산되었다. 이정근 기자는 편
집국장, 상무, 전무, 대표를 거쳐 고문으로 있다가 매일경제를 사
직했다. 이후 CTS 부사장을 잠시 거쳐 지금은 RUTC 방송국장
으로 헌신하고 있다.

이처럼 복음을 받은 언론인들이 각자 자신이 소속된 부서에
서 소금과 빛, 그리스도의 향기로 제자운동에 쓰임 받는 모습을
보고 있노라면, 나같이 부족한 종을 사용하시는 하나님께 감사

이정근 국장.　　　　　　장일영 목사.

와 영광을 돌릴 수밖에 없다.

　내외경제신문의 장일영 기자는 복음을 들은 후 현재 목사가 되어 전 세계에 복음 신문을 발간하는 문서 선교에 크게 쓰임 받고 있다. 그리고 오래 전, KBS에서 만나 복음을 듣고 영접한 후 영적인 시달림에서 완전히 해방 받은 성창경 기자는 야간 신학대학원을 다녀 목사 안수를 받고 목회자의 길을 걷게 되었다. 그는 이제 KBS 보도국에서 기자 활동을 하면서 동시에 목회자로서 언론인 복음화를 위하여 귀하게 쓰임 받고 있다. 그를 치유하시고 제자의 길을 걷게 하신 하나님께 감사드린다.

　복음의 능력은 언론인들뿐만 아니라 연예인들에게도 전달되었다. 1980년대 '삼태기 메들리'와 '함' 등의 히트곡을 남긴 '강병철과 삼태기'의 멤버였던 정태영 씨가 복음을 받았다. 정태영 형제는 복음을 너무나 잘 알아듣고 점점 영적으로 성숙되어갔다.

정태영 형제를 통해 연결된 목금숙 가수는 '룰루랄라'라는 타이틀곡으로 음반을 낸 가수인데 복음을 듣고 영접하여 제자 훈련을 받았다. 이분들이 스타로서 복음을 위하여 귀하게 쓰임을 받게 되기를 축복하며 기도한다.

가수의 꿈이
이루어지다

나는 가수 정태영 형제에게 작곡가 이범
희 선생님의 전화번호를 알아봐달라고 부탁했다. 1977~78년도
에, 나는 경주 불국사 앞에 있는 코오롱 호텔 나이트클럽에서 웨
이터 보조로 일하고 있었다. 당시 나이트클럽 무대에서 보컬 그
룹 세 팀이 한 시간씩 연주를 했었는데, 이범희 씨는 한국에서
제일 높은 개런티를 받던 조커스 팀의 기타 리더였다. 그는 서울
대 음대를 나와 보컬 팀에서 연주하다가 내가 방위를 다녀오고
나니 어느새 작곡가로 활동하면서 많은 히트곡을 발표하고 있었
다. 이용 씨가 부른 '잊혀진 계절'을 비롯하여 500여 곡의 히트
곡들이 있다.

녹음실에서의 모습.

　정태영 형제를 통해 이범희 선생님께 연락이 닿아 35년 만에 반가운 만남이 이루어졌다. 그는 명지대에서 실용음악학과장과 교수님으로 재직 중이라고 했다.

　이범희 선생님과 예전 코오롱 호텔 나이트클럽에서의 근무 시절 대화를 나누다가, 어릴 적 나의 꿈에 대한 이야기가 나오게 되었다. 내가 어릴 때 가수가 되고 싶었는데, 나이가 더 들기 전에 가수로 음반을 내고 싶다고 하였더니 그가 녹음실에 와서 오디션을 보자고 하는 것이었다.

　그리하여 나는 양재동에 있는 이범희 선생님의 녹음실에 가서 '사노라면'이라는 노래를 불렀다. 그는 즉시 나의 음색과 노래

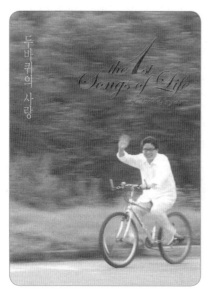

노래 음반 표지디자인.

취향을 알았다면서 작곡을 준비하겠다고 했다. 이범희 씨가 작곡을 하고 내가 작사를 하여 곡들이 완성되었다. 나는 그 곡들을 열심히 연습하였고, 녹음까지 마치자 드디어 음반이 나오게 되었다.

'두 바퀴의 사랑'이라는 자전거 노래를 타이틀로 한 '푸쉬킨의 삶'과 '가을', '미사리의 밤은', '봄이 지난 줄 몰랐어요', '빛을 드릴게요' 등의 노래가 담긴 나의 음반이 탄생한 것이다.

앨범 표지는 사진학과 교수인 문미나 장로님이 작품으로 사진을 찍어주시고, 강원도립대 시각디자인과 교수이신 유성봉 장로님이 디자인하여 아름답게 만들어졌다.

음반이 나오기까지 수고해 주신 이범희 선생님과 두 분의 장로님들께 감사를 드린다.

나는 그 음반을 들고 방송국에 가서 음악 담당 PD들을 만났다. 어떤 PD는 10분 후에 틀어주겠다고 했는데, 내가 차를 몰고 방송국을 나설 때 FM 라디오에 나의 노래를 틀어주었다.

부산 MBC 라디오에서는 성탄절을 앞두고 생방송에 출연해 달라는 요청이 들어와 30분간 대화를 나누면서 나의 노래 4곡도 방송을 타게 되었고, 창원 KBS 라디오와 대구 KBS 방송 등에도 출연하여 나의 노래가 소개되었다. 참으로 감사했다.

나는 어릴 때, 주일 학교 야외 소풍에서 세 가지 꿈을 발표한 적이 있다. 가수, 방송인, 비행기 조종사가 되고 싶다고 했던 기억이 난다.

나는 비행기 조종사는 안 되었지만 비행기를 많이 타고 다니는 사람이 되었다.

또한 방송인은 안 되었지만 방송인들을 제자 삼는 목회자가 되었다.

그리고 가수가 되고 싶다는 꿈은 이루어졌다. 보너스로 작가의 응답도 받았다. 이 모든 응답을 주신 나의 하나님께 감사드린다. 나는 앞으로도 틈틈이 글을 쓸 계획이다. 그리고 그림도 배우고 싶다. 화가처럼은 아니더라도, 취미로 그림을 그리면서 작품을 남기고 싶다.

피터팬 조형물과 함께 나는 모습을 연출해 봄.

나는 참 행복한 전도자다. 수많은 성도들이 나를 아껴주고 사랑해주고 기도해 주기 때문이다.

가장 감사한 것은 정확한 복음을 아는 것과, 이 복음으로 정신적, 육신적, 영적으로 시달리며 고통당하는 사람들을 도울 수 있다는 것이다. 이들이 사명자로, 제자로 세워지는 모습을 보면서 이토록 귀한 일에 나를 사용하여 주시는 하나님께 부끄럽고, 송구하고, 감사할 뿐이다.

검사장님과 가족들이 구원받게 되다

하루는 일본 선교지에서 만난 양 집사님에게서 전화가 왔다. 지금 바로 세브란스 병원으로 와 달라는 것이었다. 집사님의 언니가 수술을 받게 되었다고 했다. 양 집사님의 언니에게 복음을 전하자, 그 자리에 있던 6명의 가족들도 모두 함께 예수 그리스도를 영접하는 일이 벌어졌다. 그분의 남편인 이훈규 검사장님은 그 후에도 계속 성경공부 모임을 통해 믿음을 키워갔다. 그는 현재 차 의과대의 총장으로 재직하면서 의료 선교에 귀하게 쓰임 받고 있다. 또한 양 집사님의 친정아버지가 아산 병원에 입원해 계시다며 와서 복음을 전해 달라고 부탁을 받았다. 나는 병원으로 가서 복음을 전했고, 양 집사님의

이훈규 검사장 내외, 송재호 장로 내외와 함께.

아버지는 예수가 그리스도 되심을 믿고 영접했다. 그는 경남 제약 창업자였는데 예수님을 영접하신 후에 천국에 가셨다. 하나님께 감사드린다.

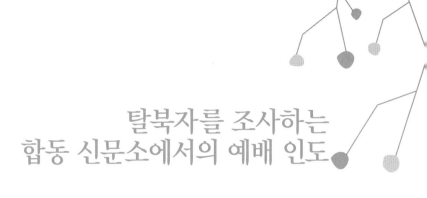

탈북자를 조사하는
합동 신문소에서의 예배 인도

정부 기관, 공공 기관, 언론사 등으로 이어지던 사역의 시간 속에서 어느 날 내게 특별한 기회가 주어졌다. 연합통신의 유성봉 기자가 북한에서 고위층으로 있다가 귀순해 온 '김 선생'이란 분을 모시고 온 것이다. 그분은 한국에 왔다가 미국에 가기로 하고 귀순했지만 정부 당국에서 미국에 보내주지 않자 낙심하여 자살을 시도했다고 했다.

나는 김 선생에게 복음을 전했다. 그랬더니 그분은 "하나님이 어디 있느냐"며 따졌다. 나는 비유를 들어가며 복음을 제시했고, 약 두 시간 만에 그분은 예수 그리스도를 영접하면서 흐느껴 울기 시작했다. 김 선생은 체구가 꽤 큰 편이었는데 은혜를 받고 엉엉 우는 모습이 참으로 인상적이었다.

하루는 약품업을 하시는 영락교회 집사님이 성경공부 모임에 친구를 데려왔다. 그 친구는 정보사령부에 근무하는 대령이었는데, 복음을 듣자 은혜를 받고 무척 기뻐했다.

귀순자에 이어 정보사 대령을 만나게 된 지 얼마 지나지 않아 나는 도약선교회 모임에서 성경공부를 인도하면서 탈북자 김 선생의 이야기를 들려주었다.

"귀순한 어떤 분이 자살하려고 유언까지 써뒀는데, 하나님이 어디 계시냐며 따지다가 두 시간 만에 결국 예수를 영접하고 구원 받았습니다."

마침 그 자리에 있던 정보사의 대령이 내 말을 듣고 나더니 이렇게 말하는 것이었다.

"목사님께서 조금 전에 말씀하신 그 탈북자는 제가 데리고 온 사람입니다. 말씀 듣고 은혜를 받았다니 정말 다행입니다. 탈북자가 넘어오면 몇 달 간 조사하고 대한민국에 적응시키는 기관이 있습니다. 거기에 탈북자 수십 명이 로테이션으로 항상 머물다 가는데 목사님께서 매주 그곳에 가서 예배를 인도하시고 복음을 전해 주십시오."

그리하여 나는 대령의 소개로 매주 수요일마다 탈북자들이 모여 있는 곳에 가서 예배를 인도했다. 그곳은 국정원에서 관리하는 합동 신문소였다. 그 새로운 사역을 계기로 나는 어느덧 탈북자 선교의 길에 들어섰다.

텔레비전과 신문에 탈북자가 몇 명 넘어 왔으며 일가족 몇 명이 귀순해 왔다는 뉴스를 보고나면, 수요일 날 탈북자 예배 모임에서 그 사람들을 모두 만나볼 수 있었다. 나는 그들에게 복음을 제시하며 왜 예수가 그리스도인지, 예수를 믿으면 어떻게 되고 믿지 않으면 어떤 인생을 살게 되는지에 대해 말씀을 전했다. 매주 탈북자들이 들어오고, 나가는 가운데 그들이 복음을 듣고 새 삶을 살게 된 것이 너무나 감사했고 보람을 느꼈다. 그때 만난 탈북자 가운데 지금은 목사가 되어 새터 교회 담임으로 시무하고 있는 강철호 목사님과 작가로 활동하고 있는 림일 탈북 작가가 있다. 이들 외에도 그때 복음을 듣고 영접한 후 우리 교회에서 양육 받던 친구들이 지금은 왕성한 사역 활동을 하고 있으니 참 감사한 일이다.

그때부터 내겐 또 다른 기도 제목이 생겼다.

"한국에 넘어온 탈북자도 중요하지만 중국에 있는 탈북자도 만나게 해주십시오. 식량을 구하기 위해 국경을 넘어오는 탈북자들에게도 말씀을 전하게 해주세요."

물론 중국에는 평소 친분이 있는 선교사들이 여럿 있어 그분들의 안내를 받아 국경지대를 볼 수도 있었다. 하지만 나는 자연스럽게 문이 열리기를 기다렸고, 문이 열리면 하나님의 뜻으로 알고 선교를 위해 들어가리라 마음먹고 있었다. 그렇게 간절하게 기도를 했더니 드디어 응답이 왔다.

국경지대에서
본격적인 탈북자 사역

　　　　　　　KBS PD 모임에서 손재경 PD가 프리랜
서 기자인 조천현 기자를 소개하며 그에게 복음을 전해달라고
했다. 조 기자에게 복음을 전하고, 대화를 나누던 중에 그가 이
런 말을 하는 것이었다.

　"한국에 들어온 탈북자만 돕지 말고 국경지대로 가서 북한으
로 다시 들어가는 탈북자와 중국에서 숨어 지내는 탈북자들도
도와주세요."

　마침 조 기자는 수년째 국경지대에서 탈북자들을 취재하고
방송하면서 이미 수십 명이 넘는 탈북자들을 돕고 있었다. 나는
그때부터 조 기자와 함께 국경지대에 들어가 본격적으로 탈북자

선교를 시작했다. 북한에도 복음이 들어가길 기도하며, 숨 가쁘게 사역에 뛰어들었다.

조 기자는 주로 탈북자들이 양식을 구한 후 다시 북한으로 들어갈 수 있도록 돕고 있었다. 나도 조 기자와 그 일을 함께했다.

조 기자와 나는 국경지대에서 수많은 탈북자들을 만났다. 김일성 사망 후 일명 '꽃제비'라 불리는 북한 어린이들이 먹을 것을 구하기 위해 중국으로 몰려들었다.

길거리에 나가보면 시장에서 구걸을 하거나 쓰레기통을 뒤지는 꽃제비들을 쉽게 만나볼 수 있었다. 그들은 워낙 씻지도 못하고 아무데서나 잠을 자는 통에 온몸이 새까맣게 때가 끼어 있었다.

나는 그 아이들에게 복음을 전하고 준비해 간 음식을 건네주었다. 그러나 국경지대에는 탈북자들이 너무 많아 그들 모두를 돕는 것은 경제적으로 한계가 있었다.

한 번은 탈북자 아이들이 국경지대 한 도시의 신축 중인 건물에서 지낸다는 말을 듣고 가보니 6명이 모여 있었다. 추운 겨울에 종이 몇 장을 깔아놓고 서로 뒤엉켜 누워 있는데 그 모습이 몹시 측은하였다. 그들에게 먹을 것을 사다 주고 복음을 전했다. 또 숨어서 지내는 탈북자 가족들도 많았는데 방세 일부를 도와주며 그들이 믿음 생활을 할 수 있도록 도와주었다.

그들은 내가 몇 주에 한 번씩 갈 때마다 말씀을 듣고 기록한

구호물품을 배낭 가득 지고 전달하는 모습.

것이라며 노트를 펼쳐 보였다. 그리고 오직 예수 그리스도만 믿는다고 눈물로 고백했다.

　나는 그들이 제자 훈련을 지속할 수 있도록 여러 자료들을 가져다주었다. 그들은 내가 말씀을 전할 때마다 많은 은혜를 받으며 제자가 되겠다고 몇 번이고 다짐했다.

　하지만 그 뜨거웠던 믿음이 막상 한국에 들어오면 변질되어 버리는 경우가 많았다. 그들은 한국에 와서 더 많은 지원을 받을 수 있는 큰 교회를 찾아 다녔다. 그럴 때마다 나는 사역의 시행착오를 회개하지 않을 수 없었다. 하지만 그렇다고 탈북자 사역을 중단하거나 포기할 수는 없는 일이었다.

탈북자 미션홈에서의 성경공부.

그때 당시 '이산가족 찾기' 프로그램이 KBS 전파를 탔다. 밤 10시에 시작하여 밤새도록 왕종건 아나운서가 진행하는 이 방송에, 한국 어딘가에 있을 가족을 찾기 위해 북한에서 강을 건너온 동포들이 출연, 현지 연결하기로 되어 있었다. 그들은 국경 도시의 어느 아파트에 모여 대기하고 있었는데, 나도 방송 스텝들과 함께 그 아파트로 찾아가 그들을 만날 수 있었다.

낮 시간에 빈 방에 들어가 혼자 기도를 하고 있는데, 성령님께서 내게 빨리 탈북자들에게 복음을 전하라고 지시하셨다. 나는 즉시 한 명씩 방으로 불러 복음을 전하기 시작했고, 10여 명의 북한 동포들이 모두 예수 그리스도를 영접하게 되었다.

탈북자 사명자와 말씀운동.

"제3국의 현지를 연결합니다. 현지 나와 주십시오!"

드디어 밤 10시가 되자 '이산가족 찾기'가 생방송으로 진행되었다. 그와 동시에 나와 동포들이 있는 아파트도 함께 전파를 탔다. 그들은 신원을 감추기 위해 검은 선글라스와 모자를 쓰고 한국에 있는 가족, 친지를 찾는다며 애절하게 호소하였다.

자정쯤 되어 제3국 현지 생방송이 끝나자, 나는 다시 북한으로 돌아가는 그들과 포옹을 나누며 기도했다. 그리고 약간의 선교비를 전달한 후 또 만날 것을 기약하면서 아쉬운 발걸음을 돌렸다.

꽃제비들과 보트를 타고.

　신원을 보호해야 하기 때문에 이름은 밝힐 수 없지만, 탈북자들 가운데는 지금도 생명을 걸고 국경을 넘나들며 복음을 위해 사역하는 분들이 여러 명 있다. 난 위험을 무릅쓰고 죽을 각오로 복음을 전하러 다니며 제자 훈련을 받는 탈북 사역자들을 늘 가슴 깊이 새기고 있다. 나를 그들과 만나게 하시고, 말씀으로 양육하고 도울 수 있도록 이끌어주신 하나님께 감사드리며 이 사역을 돕는 교회들과 후원자들에게도 진심 어린 감사를 드린다.

　지금은 제3국에 신학교를 세워 북한 복음화를 위한 사명자들을 길러내고 있다. 이 사역을 위해 하나님께서는 계속해서 힘을 주시고 선교의 문을 여실 것이다.

국경지대 곳곳에 숨어있는 탈북자들을 만나 복음을 전하고 생활비와 방세를 지원하는 나의 사역은 계속되었다. 2000년 2월 '그것이 알고 싶다'라는 프로그램에서 '꽃제비들의 강 타기'라는 제목으로 나의 탈북자 사역이 방송된 적이 있다. 탈북자들에게 복음을 전하는 내용은 사정상 방영이 안 되고 그들을 도와주는 내용만 소개되었다.

탈북자 중에는 양식을 구하고 나서 다시 북으로 돌아가는 사람이 많았다. 그 외에 계속 숨어 지내거나 중국 사람과 결혼하여 가정을 꾸린 사람들도 있었다. 각자가 걸어가는 길은 다르지만, 그들이 겪고 있는 고통은 한결 같았다. 한 치 앞도 내다볼 수 없는 참담한 고통이었다.

13세 탈북소녀와
200마리의 회충

1999년 3월 어느 날, 나는 중국 연길에서 활동하는 사역자로부터 한 통의 전화를 받았다. 북한에서 건너온 13세 소녀가 병원에 입원해 있는데 급히 좀 들어와 달라는 내용이었다. 나는 급히 비행기 티켓을 구입하고, 그 다음날 연길로 향했다.

비행기를 타고 한 시간 사십분 정도 가서 연길에 도착하였다. 3월 초순이었지만 아직도 날씨는 살을 에는 듯이 몹시 추웠다. 동료 사역자의 안내를 받아 조그마한 병원으로 갔더니 병실에 한 소녀가 입원해 있었다. 13세 된 소녀라고 하지만, 고작 초등학교 3학년쯤밖에 되어 보이지 않는 왜소한 아이였다.

소녀는 북한의 작은 도시에서 살았는데 부모는 모두 고난의 행군 때 굶어죽었다고 했다. 원래부터 건강이 좋지 않았는데 배급이 중단되면서 병이 더 악화되었고, 아버지는 중풍으로, 어머니는 결핵으로 고생하다 결국 굶주림을 이기지 못하고 운명하고 만 것이다. 부모님을 여읜 소녀는 한 살 아래의 여동생과 함께 꽃제비가 되어 장마당을 다니면서 구걸하는 노숙자 생활을 했다. 그런데 하루는 배가 너무 아파 도저히 견딜 수가 없어 아픈 배를 움켜쥐고 보건 의료 진료소를 찾아갔더니 맹장염이라며 수술을 해야 한다고 했다. 그래서 바로 수술을 하긴 했는데 의약품이 없어 마취제도 없이 수술을 받은 모양이다. 얼마나 고통스러웠을까. 그렇게 맹장은 수술로 떼어냈는데 낡은 수술 도구로 집도하다보니 창자를 건드리게 되었고 별다른 치료 없이 그대로 봉합해 버렸다고 했다.

수술을 마친 후, 마땅히 갈 곳이 없던 소녀는 친척 집에 눈치보며 며칠을 보내다가 여동생과 함께 강을 건너기로 했다. 강을 건너던 중에 물살이 너무 세어 동생이 급류에 떠내려갔고 결국 시신조차 찾지 못했다고 한다. 홀로 겨우 중국에 도착한 소녀는 어느 조선족 집에 들어가 살려달라고 울부짖었고, 그 조선족이 소녀에게 음식을 주고 옷도 갈아입을 수 있도록 도와주었다. 그리고 우리 사역자에게 연락하여 연길로 데려온 것이었다. 그런데 소녀가 갑자기 배가 너무 아프다며 떼굴떼굴 구르다가 수술한 실

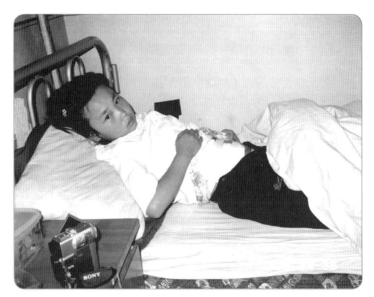
수술 후 안정을 취하는 소녀.

밥이 터져버렸고, 창자가 일부 밖으로 흘러나오는 심각한 상태
에 이르렀다. 연길 사역자는 급히 조선족 의사가 근무하는 작은
병원으로 소녀를 데려가서 수술을 해달라고 부탁했다. 그랬더니
의사는 아이를 진단해보더니 죽을 것 같다며 수술을 해줄 수 없
다고 하는 것이었다. 탈북자이기 때문에 당국 몰래 수술을 해주
는 것도 위험한데 만약 아이가 수술을 받다가 죽어버리면 자신
의 신변까지도 위험해진다는 것이었다.

우리 사역자는 의사에게 끈질기게 부탁했다.

"죽을 아이라면 하나님께서 저 아이를 우리에게 붙여주셨겠
습니까? 만일 죽으면 우리가 몰래 산에다 묻을 테니, 병원 문을

닫고 밤에 수술 좀 해주십시오."

사역자의 간곡한 요청에 의사는 마지못해 수술을 해주었다. 소녀의 배를 열어보니 200여 마리의 회충이 뒤엉켜 있었다고 한다. 회충을 제거하고 창자의 썩은 부분을 잘라내는 큰 수술을 하였는데, 다행히 수술은 잘 되었다.

내가 도착했을 때는 수술을 마친 소녀가 회복 중에 있었다. 나는 그 소녀의 사연을 듣고, 그가 겪었을 고통을 생각하니 너무나 안타깝고 불쌍하여 눈물이 쏟아질 것 같았다. 나는 소녀에게 예수님에 대해서, 왜 그분을 그리스도라고 하는지에 대해서 복음을 풀어 설명했다. 소녀는 복음을 듣고 누운 채로 예수 그리스도를 자신의 주인으로 영접하고 새 생명을 얻었다. 나는 소녀에게 병원비와 생활비를 전달하고 병원을 나섰다.

돈을 삼키고
북한에 들어가는 소년

　나는 국경지대에 갈 때마다 구원받기로
작정된 탈북자들을 만날 수 있었는데, 한 번은 조 기자가 16세
된 소년을 데리고 왔다. 나는 그 소년에게 복음을 전하고 며칠간
함께 지내게 되었다. 소년의 어머니는 병으로 죽었고 병든 아버
지가 홀로 북한 시골 마을에 있다고 했다. 소년은 양식을 구하러
강을 건넌 것이었다.

　우리는 소년에게 음식과 의복을 비롯해 필요한 물품을 사주
고, 약간의 돈을 건넸다. 그러자 소년은 돈을 돌돌 말더니 비닐에
넣고 라이터 불로 완전히 밀봉시키는 것이었다. 그리고는 돈을
비닐째 꿀꺽 삼켜버렸다. 중국 돈 500원을 전부 그렇게 먹어버

돈을 삼킨 소년과 함께

린 것이다. 왜 돈을 먹느냐고 물었더니 소년이 이렇게 대답했다.

"국경을 넘다가 군인에게 붙잡히면 가진 것을 다 빼앗기거든요. 이렇게 먹고 가서 나중에 대변을 봐서 찾아내야 합니다."

너무 마음이 아팠다.

우리는 소년을 데리고 택시를 탔다. 그리고 약 한 시간가량 달려서 국경지대에 내려 해가 질 때까지 기다렸다. 우리는 한동안 말없이 부둥켜안고 울면서 반드시 다시 만나자고 약속했다. 그리고 꼭 하나님을 믿고 예수 그리스도 이름으로 기도하라고 몇 번이나 당부하며 기도를 해주었다.

소년은 옷을 벗어 음식과 함께 머리에 이더니 강을 건너기 시작했다. 3월 초였지만 강물은 차가웠고 곳곳에 살얼음이 끼어 있었다. 두만강 깊은 곳은 물이 가슴까지 차오르는데 소년은 목숨을 걸고 시커먼 강물을 가로지르고 있었다.

나는 너무나 속이 상하고 마음이 아파 호텔로 돌아와 하나님께 엎드려 눈물로 기도했다.

"하나님! 길거리에 나가면 이렇게 많은 탈북자들이 도와달라고 아우성인데 제가 돕는 것은 극히 일부입니다. 마치 바다에 돌을 던지는 기분입니다. 이래가지고야 무슨 도움이 되겠습니까? 너무 마음이 아픕니다. 제가 어떻게 저 사람들을 제대로 섬길 수 있을까요?"

이렇게 울면서 한참 동안 기도하고 있는데, 마음속에 나지막한 하나님의 음성이 들려왔다.

'나의 사랑하는 아들아! 너 혼자 이 일을 한다고 생각하지 마라. 엘리야가 나 혼자 뿐이라고 했을 때 하나님은 7,000명의 제자를 남겨 놓았다고 하셨듯이, 북한 복음화를 위해 일하고 있는 7,000명의 제자들이 이곳에 있다.'

위로의 음성이었다. 나는 그 음성에 큰 힘을 얻고 하나님께 감사의 기도를 드렸다.

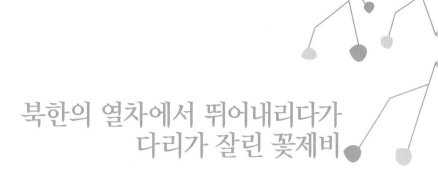

북한의 열차에서 뛰어내리다가
다리가 잘린 꽃제비

연길에 있을 때 장백현에서 사역하시는 전도사님에게서 급히 와달라는 연락이 왔다. 장백현은 북한의 큰 도시인 해산시와 마주보고 있는 우리나라의 읍 소재지 같은 곳으로, 백두산 밑에 위치하여 앞에는 압록강이 흐르고 있었다. 또한 연길에서는 한참 떨어진 곳이었다.

연길에서 장백현까지 가는 버스는 이틀에 한 대뿐이었다. 새벽 5시에 버스가 출발한다고 하여 4시 반에 나갔더니 이미 자리는 만석이었고 하는 수 없이 서서 가야 했다.

버스는 비포장도로를 한참 달렸다. 중간마다 멈춰 서서, 손님들이 타기도 하고 내리기도 했다. 승객들의 짐을 다 실을 공간이 없어 지붕에다 짐을 싣기도 했다.

그렇게 하루 종일 버스를 타고 가서 밤 10시가 넘어 겨우 장백현에 도착했다. 짐짝 위에 걸터앉아 하루를 꼬박 버스를 탔더니 나는 완전히 파김치가 되어버렸다. 비포장도로를 달려오느라 온몸엔 먼지를 뒤집어 쓴 상태였다.

어느 여관에 들어가 씻으려고 보니 물이 나오지 않았다. 다음 날 아침에 아주 잠깐 물이 나온다고 했다. 결국 씻지도 못하고 그냥 잠자리에 들 수밖에 없었다.

그렇게 여관에서 힘겹게 하룻밤을 묵고, 날이 밝자마자 나는 곧바로 조선족 교회 전도사님의 안내를 받아 어느 가정 교회로 향했다. 그곳에는 북한에서 건너온 19세 남자 청년이 있었는데, 한쪽 다리가 없는 장애인이었다.

청년의 부모는 일찍이 굶어 죽었고, 북한에서 먹고살 길이 없어 중국으로 건너오려고 그는 차표도 없이 무작정 기차를 탔다고 했다. 그런데 차표 검열을 하자 겁이 난 청년이 달리는 기차에서 뛰어내렸는데 그때 외투가 기차 바퀴 안으로 휩쓸려 들어가면서 결국 다리 한쪽을 잃게 된 것이었다.

그 청년은 얼마나 씻지 못했는지 얼굴은 새까맣고 손은 온통 터서 피가 흐르고 있었다. 그리고 옷에서는 악취가 나고 이가 가득했다.

나는 가마솥에 장작불을 피워 물을 데운 후 그 청년을 씻겨

다리가 절단된 꽃제비.

주었다. 그리고 가져간 옷으로 갈아입혔다. 그는 밥을 세 그릇이나 비우고 나서야 겨우 정신을 차릴 수 있었다.

나는 그에게 복음을 전했고, 청년은 예수 그리스도를 구주로 영접하였다. 나는 성경책과 약간의 돈을 전달하면서 꼭 예수 잘 믿는 신앙인이 되라고 안아주며 권면하였다.

이밖에도 국경지대 곳곳에는 인신매매를 당하여 팔려온 탈북자들이 많았다. 나는 그들을 만나 안전한 집으로 옮겨주고, 성경을 가르치며 복음으로 치유되도록 도와주었다. 너무 굶주려 질병에 걸린 사람들은 병원에 입원시켜 치료를 받게 했다.

그렇게 돌봐주던 탈북자들이 현재는 국내에 들어와 대학생

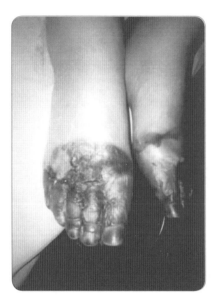

탈북 도중에 동상에 걸린 탈북자의 발가락.

으로, 혹은 신학생으로 새로운 앞날을 준비하고 있다. 또한 세계
로 나가 북한의 문이 열릴 때를 대비하는 탈북자들도 있다.

나는 지금도 여러 명의 탈북자들을 돕고 있으며 북방지역에
서 신학교를 운영하여 말씀을 전하고 있다. 그리고 국경지대의
탈북자가 사역자가 되어 또 다른 탈북자들을 훈련시키도록 돕고
있다. 현재 그렇게 훈련 받고 있는 사명자들은 한국으로 오기를
거부하고, 국경지대에 머물며 통일될 그날을 위해 준비하고 있
다. 때로는 그들 중 몇몇이 붙잡혀 북송되었다가 다시 나오는 경
우도 있었는데, 어떤 이는 너무 심한 고문을 당해 손가락이 썩어
들어가자 손가락 3개를 잘라내기도 했다.

이렇게 목숨을 걸고 통일의 그날을 준비하고 있는 탈북자들과 함께 나 또한 그날을 기다리며 이들을 섬기고 있다.

금강산과 평양 방문

2001년, 금강산 관광을 다녀왔다. 북한 땅을 직접 밟고 기도하고 싶었는데 마침 기회가 닿은 것이었다. 금강산은 정말 아름다웠다. 수십 명의 우리 일행은 금강산을 여행하며 모두 손에 손을 잡고 북한이 복음으로 통일되게 해달라고 합심 기도를 드렸다.

2006년에는 북한을 지원하는 단체와 함께 3박 4일 일정으로 평양과 숙청군을 방문했다. 중국 심양에서 고려항공으로 갈아타고 평양의 순안공항으로 향했다. 그때 우리 일행은 총 61명이었다.

고려호텔에 여장을 풀고 북한 안내원의 안내에 따라 여러 곳

평양 순안공항.

을 둘러보았다. 우리는 일반 민간인들과 대화하는 것이 금지되어 있었고, 사진 촬영 또한 그들이 허락하는 곳에서만 가능했다.

김일성이 어릴 때 다녔다는 칠골 교회에도 들러 예배를 드렸다. 한때 '동양의 예루살렘'이라 불리던 평양이 공산화되면서 교회가 없어진 지 오래였다. 그리고 주민들은 굶주림에 죽어가고 있었다.

한편, 한국의 의료진들이 평양의 병원에서 의술로 헌신하고 있는 모습을 보았는데 그 모습이 참으로 귀하고 아름답게 보였다. 나는 차를 타고 평양의 거리를 다니거나 숙청군의 농장을 거닐면서 하나님께 간절히 기도했다.

평양 칠골 교회.

"주여! 어느 때까지입니까? 언제까지 이 백성들이 죽어가야 합니까? 언제쯤 이 민족이 복음으로 통일이 됩니까?"

그때 난 통일될 날이 멀지 않았다고 생각했다. 밤이 깊으면 새날이 밝아오기 마련인 것처럼 북한의 새날도 서서히 밝아오고 있다고 믿었다.

산속 움막에서
탈북자들에게 복음을

내가 지원하는 탈북자 중에는 조선족 신분증을 가지고 북한을 드나들며 지하 교회를 섬기는 사역자도 있다. 지금 이 순간에도 그들은 생명을 걸고 국경을 넘나들며 사역하고 있다.

한 번은 국경지대의 중국 산속에 북한 지하 교회 성도들이 숨어 있다는 연락을 받고 탈북 사역자와 함께 그곳으로 달려갔다. 산속에는 나무를 하러 오는 인부들이 쓰던 움막이 있었는데, 추운 겨울이 되자 모두 떠나고 비어 있는 상태였다. 여기에서 잠깐 건너왔다가 다시 북으로 돌아갈 북한 지하 교회 성도들이 모여 성경을 읽으며 예배를 드리고 있었다. 나는 그들에게 복

움막의 탈북자에게 복음을 전하다.

음을 전하고 약간의 선교비를 전달한 후 다시 만날 것을 약속하고 헤어졌다.

그 후에도 나는 국경지대에서 북한 지하 교회의 여러 성도들을 만날 수 있었다. 그들은 성경책을 가지고 있다가 붙잡히면 죽는 줄 알면서도 생명을 걸고 믿음을 지키는 참 신앙인이었다.

나와 우리 '사랑의 교회'는 통일되는 그날까지, 아니 통일된 이후에도 북한 복음화를 위하여 교회와 제자를 세우는 데 헌신할 것이다. 하나님은 보잘 것 없는 나 한 사람의 헌신을 통하여 국경지대에서 통일을 대비할 일꾼들을 훈련시키고 계신다.

머지않아 조국이 통일되리라 믿는다. 기원전 586년, 이스라

엘의 남조 유다가 70년간 바벨론의 포로가 되어 있다가 해방되었다. 이처럼 분단 70주년이 될 때쯤엔 우리나라도 통일이 되었으면 좋겠다. 그래서 나는 늘 복음 통일, 평화 통일이 되는 그날이 속히 오게 해달라고 간절히 기도드린다. 우리 모두가 북한을 넉넉히 품을 수 있는 마음으로 통일의 그날을 준비했으면 좋겠다.

나는 지금도 한 달에 1~2주씩 국경지대에 다녀온다. 그리고 이젠 북한을 품은 많은 동역자들도 생겼다. 숨어서 신학을 공부하는 탈북자들과 그들을 돕고 있는 사역자들이 나를 기다리고 있기 때문에 나는 이 사역을 중단할 수가 없다. 나는 그들을 만날 때마다 언제나 예수 그리스도만이 모든 문제를 해결할 수 있는 분이라고 가르치며 그들이 복음으로 무장할 수 있도록 훈련시킨다.

그들은 정말 의지할 곳 없는 어려운 상황 속에서 복음으로 살고 있다. 나는 그들에게 이렇게 말하곤 한다.

"일제 강점기 때 핍박 속에서 죽을 각오로 독립 운동을 했던 선조들이 있습니다. 그 선조들처럼 당신들은 한국에 갈 수 있지만 가지 않고, 통일될 그날을 믿음으로 바라보면서 북한 복음화를 위하여 애쓰고 있습니다. 당신들이야말로 진정한 주의 종들입니다."

나는 정말 행복한 목사이자 전도자이다. 이렇게 중요하고 소

탈북 사명자들과 예배드리는 모습.

중한 사람들을 가슴으로 품고 섬길 수 있기 때문이다.

어느 날 CTS 기독교 TV의 '42번가의 기적'이라는 프로그램에 출연해 달라는 요청이 들어왔다. 제목은 '짜장면 배달부가 목사가 되기까지'였다. 나는 이 프로그램에 출연해 지난 내 인생을 돌아보았다. 이어 경인 TV의 '게릴라 리포트'라는 프로그램에도 출연하게 되었고, 한국사회방송의 라디오 프로그램과 복음방송 등에 출연하여 지난날들을 회고할 기회를 갖게 되었다.

CBS 기독교 방송의 '새롭게 하소서'라는 프로그램에 출연한 후에는 미국에서 연락이 왔다. 그는 미국 오리건 주의 포틀랜드

CTS 방송 출연 모습.

에 사는 박 장로라고 자신을 소개하며 그곳에 와서 집회를 인도
해달라고 요청했다. 나는 포틀랜드에 가서 은혜로운 집회를 하
고 돌아왔다. 한국에서 방송된 나의 간증이 미국 라디오 방송에
도 나와 많은 한인들이 은혜를 받았다고 했다.

　한 번은 미국에서 열린 세미나에 참석했다가 오후 쉬는 시간
에 15명의 목사들을 모아놓고 두세 시간 간증을 하게 되었다.

　그랬더니, 워싱턴 한인교회의 송 목사님이 자신이 시무하는
교회에 담임목사로 와달라고 진지하게 부탁을 했다. 만약 오겠
다고 하면 한인교회 목회자들 중에 최고의 대우를 해주겠다는
말도 덧붙였다.

인천에서 처음 만나 지금까지 함께 사역하는 유경자 권사와 예지, 은지 자매.

그 교회는 크고 아름다웠다. 사택은 별장 같은 집이었고, 최고의 차와 최상의 처우를 나에게 제의했다. 그러나 나는 그 제의를 거절했다. 국내에서 해야 할 일들이 많았기 때문이다.

당시 내가 살던 산동네는 빈민들이 옹기종기 모여 살고 있는 곳이었다. 무허가 집들이 빼곡하게 들어서 있고 음산한 무덤이 있는 그런 곳이다.

하지만 내가 하루 종일 사역하는 곳은 화려하기 그지없는 여의도의 방송국들이었다. 그곳은 텔레비전에서만 보던 앵커들과 기자, PD들과 화려한 스타들이 있었다. 방송국에 있다가 전철을

산동네 어린이 성가대. 딸 한나가 앞줄 왼쪽에 서 있다.

타고 산동네로 돌아오면, 언제나 최악의 환경이 나를 기다리고 있었다. 나는 하나님께 기도드리기 시작했다.

"하나님! 저는 언제까지 이런 빈민촌에서 살아야 합니까?"

그 당시 우리 집은 공동 화장실을 사용해야 했으며 밤이 되면 수돗물이 나오지 않는 상황이었다. 아내는 산동네가 너무 싫다며 다른 지역으로 이사 가자고 몇 번이나 졸랐다. 나는 그때마다 "내가 지금 하나님께 점수 따고 있으니 기다리라"고 하며 위로하곤 했다. 우리 가족은 쥐가 천정을 뚫고 방 안으로 들어오는 그런 집에서 7년 반을 살았다.

그러다 교회가 부흥하기 시작했다. 서른 평이 채 안 되는 공간에서 강대상 뒤에 방 한 칸을 넣었으니 교회당이 얼마나 작은 지 짐작할 수 있을 것이다. 젊은 성도들 100여 명이 모이고 아이들까지 북적거리는 통에 공간이 너무 협소하여 교회 이전이 불가피한 상황이었다. 집사님들이 발품을 팔아 부개동에서 갈산동으로 이사하기로 했다. 갈산역 근처 3층 상가의 70여 평 되는 곳이었다. 교회가 이전하면서 교회 재정이 어려워져 사택을 따로 마련해주지는 못했다.

그때, 고진업 회장님의 소개로 서울 효창동 어느 은행 지점장에게 복음을 전했다. 이 분이 예수 그리스도를 영접하고 양육 받는 가운데 어느 날 이렇게 말하는 것이었다.

"합법적으로 돈이 필요하면 언제든 말씀하세요."

그 말에 아파트 전세를 얻도록 융자를 해줄 수 있느냐고 물었더니 흔쾌히 3,000만 원을 융자해 주었다. 그렇게 융자를 받아서 우리 가족은 지긋지긋한 산동네 생활을 청산하고 아파트에 세를 얻어 이사하게 되었다. 빈민촌에 살다가 아파트에 와서 살아보니 그렇게 좋을 수가 없었다. 상가 교회당 역시 마찬가지였다.

하나님의 축복은 여기에서 그치지 않았다.

TV 연기자
신우회의 담임목사

방송국에서 언론인 성경공부 모임
을 인도할 때, 연기자 최범호 집사님이 PD 모임에 참석했다. 그
는 나의 활동 소식을 들었다며 연기자 신우회에서도 예배와 성
경공부를 인도해 달라고 부탁했다.

증권거래소 앞 월드비전 건물 6층에 가니 TV 연기자 신우
회 예배실이 있었고, TV에서만 볼 수 있었던 낯익은 연기자들
이 몇 십 명 모여 있었다. 나는 예수 그리스도에 대해 증거 했고,
그곳에 있던 모든 사람들이 은혜를 받아 기뻐했다. 당시 신우회
회장이었던 송재호 장로님은 "21년간 신앙생활을 하면서 늘 안
개 속에서 헤매는 듯했던 의문이 오늘 싹 걷히며 해답을 얻었다"

연기자 신우회 모습.

고 간증했다.

나는 TV 연기자 신우회의 담임목사를 맡아달라는 부탁을 받고 그날부터 1년 반 동안 매주 목요일마다 예배를 인도하며 말씀을 전했다. 우리나라 최고의 스타들 50여 명이 모여 있는 신우회는 물론, 그들의 집에도 초청 받아 예배를 드리곤 했다.

연기자 정영숙, 김혜자, 송재호와 함께.

그러던 어느 날, 신우회 회장이 이런 부탁을 했다.

"저는 수십 년째 연기자 생활을 하며 강남 큰 교회를 섬기는 장로입니다. 제 동생들은 모두 다른 종교를 가지고 있습니다. 고인이 되신 아버님 기일에 제사를 지내려고 가족이 다 저희 집으로 모이는데, 그때 오셔서 복음을 좀 전해주십시오."

금요일 밤 10시, 뚝섬에 있는 그 장로님 댁으로 갔더니 15명 정도 되는 직계 가족들이 한자리에 모여 있었다. 그 장로님의 조카는 미국에서 야구선수로 활동하다가 지금은 기아 타이거즈에서 뛰고 있는 최희섭 선수였는데, 그의 어머니이자 장로님의 여동생인 분도 참석하였다.

송재호 장로와.

나는 먼저 짧게 인사를 마친 후, 제사가 무엇이며 예배와의 차이가 무엇인지부터 알려주면서 복음을 전했다. 그랬더니 가족 모두가 예수를 영접하고 구원을 받았다. 모두 새 생명을 얻자, 집안이 순식간에 축제 분위기가 되었고 화기애애한 파티가 이어졌다.

그날 이후, 장로님의 가정에는 모든 제사가 추도 예배로 바뀌는 역사가 일어났다. 최고의 스타들과 교제하며 그들을 영적으로 도울 수 있도록 나를 사용해주시는 하나님께 깊이 감사드린다.

군 장성들과
성경공부

하루는 우리 교회 최성하 장로님이 사업을 하면서 동업하게 된 분의 사무실에 가게 되었다. 그는 육군 사관학교 출신으로 군에 있다가 전역하신 분이었는데, 그를 비롯하여 믿음 생활 하는 동기들이 한 달에 한 번씩 압구정동 광림 교회에 모여 예배를 드린다고 했다. 그 모임에서 나에게 예배 인도를 해달라고 부탁하는 것이었다.

교회로 갔더니 예비역 장성들 여러 명과, 얼마 전까지 국방부 장관이었던 분을 위시하여 장군들 여러 명이 부부 동반으로 모여 있었다. 교회 식당에서 같이 식사를 한 후 교육관으로 옮겨 예배를 드렸다.

"나는 방위병 출신으로 국방부 장관님 앞에서, 그리고 수십 명의 장군님들 앞에서 말씀을 전하게 된 것을 영광으로 알겠습니다."

이렇게 말문을 연 뒤에 나는 여느 때와 같이 진심을 다해 복음을 전했다. 그들은 은혜를 받고 매주 성경공부를 인도해달라고 요청했다. 그렇게 모임을 인도하면서 나는 그들과 자연스럽게 교제하게 되었다.

나에게 탈북자들을 위해 복음을 전해달라고 했던 대령은 성경공부를 하는 가운데 장군으로 진급하였다. 그 장군 댁에서 지속적으로 성경공부를 하며 교제를 나누었다.

그 외에 의사, 법조인, 교수들과의 모임도 가졌다. 그러다가 북한 선교와 언론인 선교에 주력하고 나머지 사역은 동료 목사님들에게 맡기게 되었다.

나는 특히 KBS와 매일경제에서 오랫동안 성경공부 모임을 이끌었다. 매일경제의 이정근 장로님을 위시하여 KBS의 기자와 PD들을 중심으로 '코리아 저널리스트 크리스찬 클럽(CJCK)'이라는 모임도 결성하였다.

CJCK는 언론인 신우회로 결성되었다가 흐지부지 중단된 채 몇 년간 모이지 않던 것을 신문·방송에 종사하는 분들을 중심으로 다시 부활시킨 모임이었다. 한 달에 한 번씩 KBS에서 모임

한국 기독 언론인 클럽에서 축도하는 필자.

을 가졌는데, 내가 매번 말씀을 전하다가 나중에는 각 교회에서 목사님을 초청하여 말씀을 들었다.

　해마다 CJCK 송년 모임에는 100여 명이 넘는 언론인이 모이고 그 모임에는 한국 교회의 유명한 스타 목사님이 와서 말씀을 전해 주셨다. 나는 한두 사람으로 시작된 언론인 모임이 이렇게 100여 명의 모임으로 확산되는 모습을 보면서 언론인 복음화의 열의가 더욱 뜨겁게 느껴졌다. 하나님께 너무나 감사드린다. 또한 CJCK의 송년 모임에서 말씀을 증거 해주신 장경동 목사님과 축사를 해 주셨던 이명박 후보(당시 대선 후보)에게도 감사를 드린다.

한국 기독 언론인 클럽.

　나는 시간 나는 대로 무속인의 집에 들어가 그들과 대화를
시도했다. 그들이 신내림 굿을 하고 무속인이 되기까지의 과정
과 무속인 생활을 하면서 겪는 어려움에 대하여 주로 대화를 나
누었다.

　사실 무속인들은 너무나 불쌍한 사람들이었다. 지금까지 수
많은 무속인들을 만나봤지만 스스로 무속인이 되고 싶어서 된
사람은 단 한 명도 없었다. 모두가 갑자기 몸이 아팠다고 했다.
그리고 병원에 가서도 그 병명은 밝혀지지 않았다. 교회를 찾아
가봤지만 뚜렷한 답을 얻지 못했고, 결국 점쟁이를 만나 상담하
기에 이른다고 했다. 그러면 점쟁이들은 신병이 왔다며 내림굿을

하고 신어머니의 제자가 되라고 요구한다. 그런 수순을 밟아 무속인이 되면 그들은 법당을 차려놓고 손님들을 받으며 굿을 하는 삶을 살게 되는 것이다.

그들은 이렇게 말한다.

"신이 나를 선택했고 그 길을 가지 않으면 가족이 병들거나 죽고 망하기 때문에 내가 대신 신내림 굿을 하고 무속인이 되는 것이다."

그들은 할아버지 신을 받았다고도 하고, 장군 신을 받았다고도 한다. 동자 신을 받은 사람은 심지어 아기 음성을 내기도 한다. 이에 성경은 다음과 같이 알려주고 있다.

하나님의 심부름을 하도록 지음 받은 천사들이 있는데 그중 3분의 1이 타락하여 하나님께 도전하게 되었고, 그 천사들은 하나님의 저주를 받아 하늘에서 쫓겨나게 되었다. 그들은 공중에서 이 세상 풍조를 통하여 눈에 보이지 않게 인간들을 미혹하며 속이는 악한 영들이다.

사도행전 16장 16절에 보면 '점하는 귀신 들린 여종'이라는 표현이 있다. 무속인들은 '신을 받았다'고 하지만, 성경에서는 '귀신 들려서 점을 치는 종'이라고 정의하고 있다.

이밖에도 사도행전 8장 7절에는 '귀신이 사람에게 붙었다'라고 했으며, 사도행전 10장 38절에는 '마귀가 많은 사람을 누르고 있다'고 증거 하고 있다. 그리고 마가복음 5장에는 '군대귀신'

이 들린 사람에 대해 기록되어 있는데 '귀신 들려 집을 뛰쳐나가고 무덤 사이에서 거처하며 밤낮으로 소리 지르고 돌로 자기 몸을 상하게 하며 옷을 벗고 지낸다'라고 하면서 귀신 들린 사람을 증상까지 밝혀 설명하고 있다. 물론 여기에 대한 답도 명시되어 있다. '예수를 만나고 귀신이 떠나자 정신이 온전해지고 옷을 입고 정상인으로 돌아왔으며, 예수 그리스도를 증거 하는 전도자가 되었다'라고 말이다.

빛이 들어오면 어두움은 당연히 사라지듯이, 귀신에게 시달리고 있다면 성경을 읽고 주 예수 그리스도를 마음속에 영접하여 그 이름으로 기도해 보라. 즉시 효과가 있을 것이다.

우울증에 시달리고 있는가? 불면증으로 괴로워하고 있지는 않은가? 노이로제나 의처증, 의부증에 시달리고 있는가? 불안하고 초조한가? 환상이나 환청에 시달리지는 않는가?

무속인들은 굿을 하여 귀신을 쫓아내 준다고 하지만 오히려 더 큰 귀신이 들게 할 뿐이다. 귀신이 귀신을 쫓아낼 수는 없다. 예수님께서는 마태복음 12장 25절에서 '귀신이 귀신을 쫓아낼 리가 없다'라고 하셨다. 무속인의 자녀들은 대부분 영적 대물림을 받아 정신병에 시달려 고통 받는다.

나는 무속인들에게 복음을 전하여, 열 명의 무속인들이 하나님 자녀가 되었으며 법당 여러 곳을 걷어내게 되었다. 그중의 한

명인 조미일 무속인은 현재 신학 공부를 하면서 우리 교회의 전
도자로 쓰임 받고 있다.

스님과
무속인 전도

한 번은 차를 몰고 상록수역 앞을 지나고 있는데, 스님 한 분이 택시를 타려고 차도에 서 있는 모습이 눈에 들어왔다. 나는 차를 세우고 그에게 말을 건넸다.

"스님, 택시 기다리십니까?"

그랬더니 그는 그렇다고 대답했다.

"제가 모셔다 드리겠습니다. 타십시오."

내가 정중하게 제안하니 그는 선뜻 차에 올랐다.

스님은 충청도의 어느 사찰 주지 스님으로 있었는데, 안산에 사는 동생 집에 가는 길이라고 했다. 6~7분 정도 걸리는 거리를 모셔다 드리면서 나는 스님의 명함을 한 장 받았고, 짧은 시간 동

예수님을 영접한 스님이 교인이 되다.

안 말 몇 마디를 전했다.

"예전 일제 강점기 때 한 사람이 있었는데, 그는 너무나 가난
하고 배경도 없었습니다. 그런데 상민이 돈을 많이 벌면 양반이
될 수 있다는 얘기를 듣고 돈을 벌기 위해 보따리 장사를 다녔
죠. 그러다가 어느 지역에서 안창호 선생이 대중들을 모아놓고
연설하는 모습을 보게 되었습니다. 그리고 그 연설에 감명을 받
아 버리죠. 그는 당장 보따리 장사를 그만두고 도산 안창호 선생
을 따라나서게 됩니다. 그 후 그분은 안창호 선생의 영향을 받
아 많은 학교를 세우고 독립운동가가 되어서 교과서에 나올 만
큼 역사적으로 유명한 인물이 되었습니다. 그가 바로 남강 이승

훈 선생입니다. 그것은 도산 안창호 선생을 만났기 때문에 가능한 일이었습니다. 무식했던 한 청년이 안창호 선생을 만나서 운명이 바뀌었듯이 저와 스님과의 만남도 그런 축복된 만남이었으면 좋겠습니다."

내 얘기를 다 듣고, 스님도 그랬으면 좋겠다고 대답했다.

그리고 일주일 후에 나는 그 스님이 계시는 사찰을 찾아갔다. 스님은 나를 반갑게 맞아주었고, 함께 차를 마시며 깊은 대화를 나누게 되었다. 그제야 나는 내가 목사라고 밝혔다.

스님은 종종 법당에서 밤을 새워가면서 목탁을 두드리며 운다고 하였다. 왜 우는지 물었더니, "내가 어쩌다가 이런 팔자를 타고 나서, 이렇게 목탁이나 치다 죽어야 되는지 너무나 속상하고 기가 막혀서 그런다"는 것이었다. 나는 그 스님에게 운명과 사주팔자에서 빠져나오는 길이 예수 그리스도라고 알려 주었다.

"원래 인간은 에덴동산에서 하나님과 더불어 행복하게 살도록 지음 받았습니다. 그런데 우리 조상 아담과 하와가 마귀에게 속아 하나님과의 약속을 깨고 선악과를 따먹은 후, 그 결과로 마귀에게 장악되었고 그때부터 불안과 고통, 저주가 인간에게 닥쳐온 것입니다. 사람들은 그 불안과 저주를 해결해보려고 종교를 찾아보기도 하고, 지식으로 해결하려고 철학을 연구해 보기도 하고, 선행하면 되는 줄 알고 선행을 행하기도 합니다. 그뿐입니까? 과학으로 해결해보려고 노력했습니다. 하지만 해결책은 없었지요. 하나님은 하나님의 아들 예수 그리스도를 보내셔서 그 문제를 직접 해결하시기로 하셨습니다. 그분은 원죄가 없어야 하기 때문에 하나님의 아들이라는 표시로 처녀의 몸을 빌려 하나님의 성령으로 잉태하시고 십자가에 달려 죽으셨다가 사흘 만에 부활해야 했습니다. 바로 그분이 예수 그리스도입니다."

그 스님은 나의 말을 다 듣고 나서, 예수를 그리스도로 영접하고 구원을 받았다. 그리고 스님 일을 그만두게 되었다.

우리 교회의 성도 중에 한의원을 운영하는 권진혁 장로님이 계시는데, 예전 한의원이 있던 건물 위층이 절간이었다. 한의원에 들렀다가 위층으로 올라가보니 스님이 한 분 계셨다. 내가 목사라고 소개하자 스님은 "아이구, 목사님께서 절간에 웬일이냐"며 반갑게 맞아주었다.

차를 마시며 대화를 나눠보니, 그는 30년 전까지만 해도 교회에서 재정부장을 맡았던 집사였다고 했다. 그런데 어떤 일로 시험에 들어 교회를 떠나면서 스님이 되었다는 것이다. 나는 그 스님에게 정확한 진단을 내려주었다.

"스님은 교회를 다녀본 것이지, 구원 받았던 것은 아닙니다."

그리고 구원의 길 되시는 예수 그리스도를 전하자, 그 스님은 믿음이 생긴다며 기뻐했다. 결국 그도 예수 그리스도를 영접한 것이었다.

그 스님의 모친과 동생은 교회의 중직자이고, 매형은 서울에서 목회를 하고 있는 목사라고 했다.

7080 세대에 인기 여가수로 활동했던 민 모씨의 오빠가 목사님이시다. KBS 교양국 다큐멘터리 PD인 김덕기 장로님의 소개로 그 목사님을 만나 알고 지냈는데, 어느 날 그 목사님에게서 연락이 왔다.

수원에 사는 어떤 여자 스님이 복음을 듣고 싶다고 전화를 걸어왔기에, 달려가서 복음을 전했지만 해답이 되지 않는다는 것이었다. 그래서 대한 예수교 장로회 전 총회장님과 부흥사 목사님을 모시고 그 여자 스님에게 다시 한 번 복음을 전하러 가려고 하는데 나도 동행했으면 좋겠다는 내용이었다. 나는 그 제안을 흔쾌히 받아들였고, 그렇게 하여 나를 포함한 다섯 명의 목사 일행은 수원으로 향했다.

가보니 어느 상가 건물 3층에 방 한 칸을 법당으로 꾸며놓고 등을 달아놓은 뒤 '부처님 섬기는 곳'이라는 명패를 걸어놓았다. 또 방 한 칸이 더 있었는데 그곳은 남편 되시는 법사님이 골절을 치료하는 치료실로 꾸며져 있었다. 그는 각종 운동 유단자라고 했다.

그 두 분이 서로 만나게 된 배경은 이렇다. 여자 스님은 원래

미용실을 운영하며 교회에 다니던 집사님이었다고 한다. 하루는 남자 스님이 목탁을 치면서 시주를 받으러 미용실에 들렀는데 여자 분이 그에게 교회에 가서 하나님을 믿으라고 전도를 했다. 그러자 남자 스님은 부처님 믿고 절에 가자고 오히려 되받아쳤다고 한다. 그렇게 말 몇 마디가 오가고 난 후, 두 분은 일단 교회에 세 번 나가보고 답이 없으면 절에 가기로 결론을 내렸다. 그리하여 당장 돌아오는 주일에 수원에서 제일 큰 교회에 나갔으나 그날따라 교회에서는 장학금을 전달하면서 여러 가지 행사가 많았고 복음은 아예 들어보지도 못한 채 나왔다고 한다. 그리고 그 다음주에 다른 큰 교회로 두 차례 가 보았으나 왜 꼭 예수를 믿어야 하는지에 대한 답을 얻을 수가 없었다. 결국 그 여자 분은 남자 스님을 따라 절간에 가서 머리를 깎고 여자 스님이 되었다는 기가 막힌 사연이었다.

나는 뒷전에 앉아 선배 목사님 세 분께서 그들에게 정확한 복음을 전해주시기를 기다렸다. 저토록 갈급한 영혼들이 복음을 듣고 꼭 구원 받았으면 좋겠다고 간절히 바랐다. 하지만 한 시간이 지나고 두 시간이 지나도 복음이 선포되지 않는 것이었다. 선배 목사님들은 그저 여자 스님에게 "피부가 깨끗하다", "눈동자가 맑다", "예수 믿고 교회 나오면 복 받는다"와 같은 말만 되풀이 하실 뿐이었다.

하는 수 없이 내가 나서서 겸손하게 말을 꺼냈다.

"저렇게 갈급하게 예비된 사람들에게 정확한 복음으로 해답을 주지 않고 그냥 가면 주님께서 싫어하실 것입니다. 제가 복음을 좀 전해드려도 괜찮겠습니까?"

그러자 선배 목사님들은 그렇게 하라고 했다.

나는 두 분의 스님에게 인간이 어디에서 왔으며, 왜 살다가 어디로 가서 어떻게 되는지 하나님의 말씀인 성경을 근거로 들며 원색적인 복음을 전하였다.

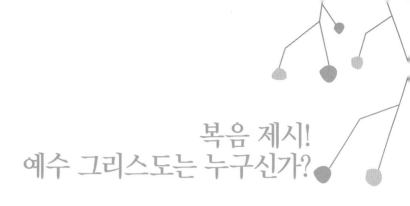

복음 제시!
예수 그리스도는 누구신가?

하나님은 영원부터 영원까지 스스로 계신 분인데 인간을 위해 우주 만물을 말씀으로 창조하셨다. 성경 창세기 1장, 즉 성경 제일 첫 장, 첫 페이지에 보면 하나님의 창조원리 4가지가 소개되고 있다.

셋째 날에 흙, 즉 땅을 지으시고 나서 나무, 채소, 식물이 자라게 하신 것은 나무는 흙에서 뿌리를 박고 살아야 한다는 원리이다. 수백 년 된 나무일지라도 흙을 떠나는 날, 나무는 생명을 잃게 된다. 또한 같은 날에 하나님은 물, 다시 말해 바다와 뭍을 만드셨고 다섯째 날에 물고기를 만들어서 물에 넣으셨다. 이처럼 물고기는 물속에서만 살 수 있다. 물고기가 태평양 바다에서는 자유롭게 헤엄쳐 다니지만, 물을 떠나는 순간 죽게 된다.

그리고 하나님께서는 둘째 날에 창공을 지으시고 다섯째 날에 새와 곤충, 각종 나방이 날게 하셨다. 이는 새가 공중에서 살도록 지음 받았기 때문에 대기권을 벗어나면 죽게 되는 원리를 보여주고 있는 것이다.

그렇다면 사람은 어떠한가? 사람은 하나님의 형상대로 지었다고 하셨다. 여기에서 '형상'이란 말은 인간에게만 언어와 사고가 있고 하나님과 교제하며 살도록 지음 받았다는 것을 뜻한다. 우리 조상의 조상을 계속 거슬러 올라가보면, 인류의 시조인 아담과 하와가 있다. 하나님께서 아담과 하와를 흙으로 빚으시고 그 코에 하나님의 생기, 즉 하나님의 호흡을 불어 넣으셨다고 한다.

사람의 육신은 부모를 통해서 태어난다. 우리 육체가 어머니의 태중에서 형성될 때 하나님은 각자의 육체 속에 하나님의 생기 즉, 영혼을 보내신다. 그래서 사람은 육체와 영혼을 함께 갖고 살아간다. 그러다 육체에서 영혼이 떠나는 순간 '숨을 거둔다'고 하는 것이다. 숨을 보내신 분이 그 숨을 거두어 가셨다는 의미이다. 죽음의 또 다른 표현으로 '돌아가셨다'라는 말이 있다. 이는 우리의 영혼이 하나님께로부터 왔다가 하나님께로 되돌아갔다는 뜻이다.

성경을 보면, 구약은 히브리어로, 신약은 헬라어로 쓰였는데 헬라어로 인간이란 단어가 '안쓰로포스'라고 한다. 안쓰로포스는 '위를 바라보다'라는 뜻이다.

소나 개나 돼지 따위의 짐승은 배만 부르면 만족해한다. 짐승들은 우울증에 걸리거나 경제가 어려워진다고 해서 자살하지 않는다. 짐승에게는 혼만 있을 뿐, 영이 없기 때문이다. 그래서 짐승은 신을 찾거나 우상 숭배하지 않는다. 본능대로 살다가 죽으면 그만이다.

그러나 사람은 그렇지 않다. 사람은 영적으로 지음 받았기 때문이다. 전도서 3장 11절에 보면, 하나님은 인간을 지으실 때 인간의 마음속에 영원한 세계, 즉 신을 찾고자 하는 마음을 주셨다고 한다. 나는 전 세계의 40여 개국이 넘는 나라의 50여 개 이상의 도시를 다녀왔다. 어느 나라를 가도 신을 찾고자 하는 인간의 본성은 똑같았다. 선진국에 사는 사람들도 우상 숭배하는 종교를 가지고 있었고, 아프리카 오지에서 옷도 입지 않고 사는 사람들도 종교를 가지고 제사를 지내며 신을 찾는다.

이렇게 사람만이 영적인 존재로 영이신 하나님과 통하고 교제하도록 지음 받은 것이다.

하나님은 인격을 가지신 분이다. 그래서 그 형상대로 지음 받은 인간에게도 인격을 주셨다. 인격적이라는 것은 '자유를 주셨다'는 의미이다. 하나님은 인격이 없는 로봇이나 물체로는 영광을 받지 않으신다. 오직 자유 의지를 갖고 인격으로 지음 받은 인간을 통해 영광 받기 원하시는 것이다.

이 세상에는 하나님이 계시고 하나님이 우주만물을 창조하셨다는 사실을 믿는 사람이 있는가 하면, 하나님의 존재를 부인하는 무신론자들도 있다. 또한 우리는 어릴 때부터 성장하는 동안 진화론을 배우게 되는데, 이 진화론을 한 번 짚고 넘어갈 필요가 있다.

진화론은 영국에 살던 유대인인 찰스 다윈이 체계화한 이론이다. 진화론을 한마디로 요약하면, 만물이 우연히 생겨났다는 것이다. 그리고 원숭이가 인간과 가장 많이 닮았으므로 원숭이가 인간의 시조라는 이론이다. 그것은 사실이 아니다.

원숭이가 사람이 되었다면, 지금도 원숭이는 계속 사람이 되어야 하지 않은가. 하나님께서는 사람은 사람으로, 원숭이는 원숭이로 만드셨다.

우리나라에는 단군 신화가 있다. 단군이 우리의 조상이고, 곰이 쑥과 마늘을 먹어서 사람으로 발전했다고 한다. 그렇다면 지금도 곰은 사람이 되고 있어야 한다. 이것은 모두 하나님을 모르는 사람들의 추론에 불과하다.

그 어떤 뛰어난 박사나 노벨 물리학상을 수상한 과학자라 할지라도 인간은 절대 무에서 유를 창조해낼 수가 없다. 그저 하나님이 만들어 놓으신 재료를 섞고 변형하여 여러 가지 물질로 개

발할 수 있는 것뿐이다.

흙 한 줌도 창조할 수 없는 게 인간이라면, 우리 대한민국은 누가 창조했을까? 그 옛날 로마는 누가 만들었을까? 하늘에는 누가 기름을 붓는 것도 아닌데 태양이 지글지글 타고 있다. 그 태양은 어떻게 생겨났을까? 또한 우주에는 화성, 목성, 토성 등 수많은 행성이 있고, 태양 중심으로 지구가 돌고 있다. 이 모든 것들이 서로 부딪히지도 않고 질서정연하게 움직이고 있는데, 도대체 누구의 작품이란 말인가? 하나님이 없다고 하면, 세상은 온통 풀 수 없는 숙제로 가득하다.

하나님이 없다고 부인하는 사람도, 천국과 지옥이 없다고 주장하는 사람도, 죽으면 그만이라고 말하는 사람도, 결국 그 사람의 제삿날은 하나님이 쥐고 계신다. 어느 날 하나님께서 우리의 영혼을 거두어 가시는 날이 바로 제삿날인 것이다.

나는 시골 농촌에서 어린 시절을 보냈다. 그 당시에는 놀이기구나 게임기가 없었다. 그래서 대신 딱지치기, 구슬치기나 땅따먹기 같은 게임을 하며 놀곤 했다. 친구들과 땅따먹기를 해서 땅한 뼘 빼앗기지 않으려고 코피 터지게 싸워가며 놀다가도, 해가 지고 땅거미가 내렸을 때 "이제 그만 놀고 들어와라"라는 엄마의 목소리가 들리면 툭툭 털고 각자 집으로 돌아가야 했던 경험이 누구에게나 한 번씩은 있을 것이다. 이와 마찬가지로 인생을 고군분투하며 살아가다 하나님께서 "이제 그만" 하고 숨을 거두어

가시면 인간은 누구나 하나님께로 가야 한다.

영혼이 떠난 인간은 시체가 되고, 시체는 흙으로 돌아간다. 성경 창세기 3장 19절에 보면, 인간은 흙에서 왔기 때문에 흙으로 돌아가야 한다고 말씀하신다. 육체는 흙으로 돌아간다면 우리의 영혼은 어디로 갈까? 이것이 정말 중요한 문제다. 왜냐하면 영혼은 백년, 천년을 살다가 어느 날 소멸되는 것이 아니라 영원한 것이기 때문이다.

원래 인간은 하나님의 형상대로 지음 받아 에덴동산에서 하나님과 함께 누리면서 살도록 되어 있었다. 하나님께서 만드신 모든 피조물 중에 가장 축복 받은 존재였던 것이다.

그런데 인간이 창조되기 전에, 하나님과 인간 사이에 심부름을 하도록 지음 받은 천사가 있었다. 천사는 육체가 아닌 영적 존재로 눈에 보이지 않는다. 그런데 그 천사들 중의 3분의 1이 하나님께 도전하였다가 저주를 받게 되었다. 다시 말해 인간이 생기기 전에 이미 타락한 천사가 존재하고 있던 것이다.

이 타락한 천사를 성경에서는 사탄, 또는 마귀, 귀신이라고 명명한다. 사탄은 주로 하나님 편에서, 마귀는 사람 편에서 부를 때 쓰는 단어다. 사탄과 마귀는 타락한 천사의 대장이라는 뜻인 동시에 '이간질 하는 자', '분리시키는 자', '다툼을 일으키는 자', '분쟁케 하는 자'라는 의미를 가지고 있다.

그리고 사탄, 마귀의 졸병 노릇을 하는 악령들을 귀신이라고 한다. 귀신이라는 말의 뜻은 '미혹의 영', '거짓의 영', '속이는 자'라는 뜻이다. 한국, 대한민국, 코리아는 모두 같은 뜻이지만 표현이 다른 것과 마찬가지다.

아담과 하와는 에덴동산에서 모든 열매를 먹고 즐기고 누릴 수 있었으나 단 한 가지, 반드시 지켜야 할 하나님과의 약속이 있었다. 그것은 하나님께서 선악과를 먹는 날에는 정녕 죽으리라고 하시며 절대로 먹지 말라고 엄명하신 것이다.

그 당시 에덴동산에서는 뱀이 말을 할 수 있었는데, 어느 날 뱀이 하와를 찾아와 이렇게 말했다.

"네가 선악과를 먹으면 하나님처럼 될 수 있다. 그래서 하나님께서 먹지 말라고 하신 거다."

그러면서 계속 선악과를 먹으라고 하와를 유혹하는 것이었다. 결국 아담과 하와는 뱀 속에 들어가 있는 마귀의 간계에 넘어가 하나님과의 약속을 어기고 선악과를 따먹게 된다. 바로 그 순간, 그들은 하나님을 떠나 마귀를 따라 가버린 것이었다.

이때부터 땅은 저주를 받아서 가시와 엉겅퀴가 나기 시작했고, 여자는 해산의 고통을, 남자는 땀을 흘리고 수고해야만 식물을 먹을 수 있는 저주에 빠지게 되었다.

어린 아이가 엄마 아빠와 함께 행복하게 살다가 유괴범의 속

임수에 넘어가 그를 따라가서 앵벌이로 전락하는 것과 같은 것이다. 하지만 아이가 다시 부모님을 만나 집으로 돌아오면 모든 것이 해결되듯이, 인간 역시 다시 하나님을 만나면 모든 저주에서 해방 받게 된다.

그렇다면 옛날 아담과 하와가 저지른 범죄가 21세기를 사는 오늘의 나와 도대체 무슨 상관이 있느냐고 묻는 사람도 있을 것이다. 과거에 노예제도가 있을 때, 노예 집안에서 태어나면 죽을 때까지 노예로 살아야 한다. 마찬가지로 인류의 시조 아담과 하와가 하나님을 떠나버렸기 때문에 모든 인간은 태어나면서부터 이 원죄를 타고 나게 된 것이다.

이 원죄는 인간의 힘으로는 도저히 해결할 수가 없다. 이 문제를 해결해주실 수 있는 분은 단 한 분, 하나님밖에 없다.

혹자는 하나님이 눈에 안 보이는데 어떻게 믿느냐고 한다. 공기가 눈에 안 보이지만 분명히 존재하고 있다. 전파가 눈에 안 보여도 TV를 켜보면 공중에 흐르고 있다는 것을 알 수 있다. 정신이 눈에 안 보이지만, 정신에 문제가 생기면 사람은 이해할 수 없는 행동을 한다. 또한 영혼이 눈에 보이지 않지만 오늘이라도 영혼이 떠나면 사람은 시체가 되고 만다.

"나는 내 주먹 믿고 산다"고 큰 소리 치는 사람들도 있다. 그러나 인간은 어떤 한계에 부딪히게 되면 도대체 내 팔자가 어떠하기에, 혹은 내 운명이 어떠하기에 이런 어려움이 찾아올까 하며 낙심한다. 그리고 정말 지푸라기라도 잡고 싶은 심정으로 한평생 인간을 연구했다는 철학관이나 용하다는 무속인을 찾아간다. 그러면 그들은 주소나 이름을 묻는 것이 아니라 그 사람의 생년월일을 물어본다.

이것은 사람이 출생하는 그해, 월, 일, 시에 정해진 운명을 타고 나게 된다는 의미이다. 이것을 한마디로 사주팔자라고 한다. 정말 일이 잘 안 풀리는 사람은 더러운 팔자를 타고났기 때문이니 굿이나 부적, 작명, 묘 이장을 해 봐도 안 되면 신 내림을 받아야 한다고 한다.

북한에서는 체제를 비판하면 쥐도 새도 모르게 끌려가 죽임을 당한다. 그러나 대한민국에 귀순해 버리면 얘기가 달라진다. 그때부터는 북한을 향해 삐라를 풍선에 넣어 날려 보내도 괜찮고, 북한 지도자를 비판하거나 욕해도 괜찮다. 왜냐하면 북한에서 해방 받았고, 대한민국이 보호해 주기 때문이다.

이처럼 한평생 귀신을 섬기던 사람도 예수를 믿고 운명과 사주팔자에서 해방 받아 버리면 아무 때나 이사를 다녀도, 묘 이장을 해도 상관없다. 왜냐하면 예수를 믿는 그 순간 사탄, 마귀, 귀신의 법에서 해방되었기 때문이다. 하지만 반대로 예수를 믿지 않으면 다음과 같은 문제에 빠지게 된다고 성경은 밝히고 있다.

첫째, 마귀의 자녀이다. 그렇기 때문에 마귀가 시키는 대로 해야 한다. 요한복음 8장 44절에 '너희는 너희 아비 마귀에게서 났다'라고 하면서, 마귀는 처음부터 살인자이고 거짓의 영이라고 한다.

둘째, 마귀의 종이다. 성경 에베소서 2장 2절에 보면 마귀는 공중에서 인간의 풍조, 즉 운명, 사주팔자, 미신, 굿, 점, 부적, 궁합, 풍수지리, 제사 등을 통하여 인간을 이용한다고 했다.

셋째, 우상 숭배와 정신문제가 온다. 어린 아이에게 젖을 주지 않으면 배가 고픈 아이는 닥치는 대로 입으로 가져가 빨아대듯이, 하나님을 떠난 인간은 하나님이 아닌 우상에게 매달리게 된다. 우상 숭배를 많이 한 사람들의 후손은 정신병과 육신적인 고통에 시달리게 된다고 한다. 성경 사도행전 16장 16절에는 '점하는 귀신들린 종'이라고 했고, 사도행전 10장 38절에는 '마귀에게 눌린 모든 자'라고 했다. 마귀에게, 귀신에게 시달리는 것이다. 창세기 1장 2절에서는 '흑암(마귀)이 혼돈(분열)하게 한다'고 하였다. 또한 마가복음 5장 1절에서 20절에 보면, 군대귀신 들린 사람 이야기가 나오는데 '그는 집을 뛰쳐나와서 무덤 사이에 거처하고 여러 번 쇠고랑과 고랑에 채워놓아도 다 풀어 버리고 매우 사나워서 아무도 그를 제어할 수 없게 되었다'고 한다. 그리고 '옷을 벗고 돌로 자기 몸을 상하게 한다'고 기록되어 있다.

지금도 우리 주변에는 '현대판 군대귀신'이 들린 사람들이 매우 많다. 귀신에게 붙잡힌 사람은 돌로 자기 몸을 상하게 하지 않더라도 마약과 약물, 독한 술이나 담배 등으로 자기 몸을 상하게 한다. 그것보다 더 무서운 것은 어두운 생각에 붙잡히는 것이다. '나는 안 될 거야. 나는 실패할 거야. 나는 망할 거야'라며 생각으로 자기 자신을 해치는 것이다.

이 문제를 해결해 주시기 위해, 하나님께서는 그리스도를 이 땅에 보내기로 하셨다. 그분은 원죄가 없어야 했기 때문에 하나님의 성령으로 잉태되어 처녀의 몸을 통해 이 땅에 오셔야 했고, 또한 인류의 죄를 대신 짊어지고 죽으셨다가 하나님의 아들이라는 증거로 사흘 만에 부활하셔야 했다. 이것이 구약시대 때부터 예언되었다가, 마침내 성취되었는데, 그 그리스도가 바로 예수님인 것이다.

교회에 수십 년을 다녀도 구원받지 못한 사람들, 직분까지 맡았으나 구원의 확신조차 없는 사람들이 너무나 많다.

교회에 다닌다고 구원 받는 것이 아니라, 예수 그리스도를 믿어야 구원 받는다. 암탉이 모이만 먹고 낳은 계란을 무정란이라고 한다. 무정란은 프라이해서 먹어야지, 부화를 시키겠다고 품고 있어 봐야 썩어버릴 뿐이다. 그 속에 생명이 없기 때문이다. 그러나 암탉이 수탉과 교미하여 낳은 계란을 유정란이라고 한다. 이것은 어미닭이 품고 있으면 병아리가 나온다. 겉은 똑같아 보이지만, 유정란 속에는 생명의 씨앗이 있고 무정란 속에는 생명이 없듯이, 똑같이 교회에 다니는 것 같아 보여도 그중에는 구원 받지 못하고 그냥 다니는 사람도 존재하는 것이다. 성경 마태복음 25장에 보면 예수를 신랑으로, 예수 믿는 성도를 신부라 표현했는데 신부 열 명 중에 다섯 명만 잔치에 참여하게 된다고 말씀하고 있다.

교회에 다니고 있고, 기도할 때마다 "예수 그리스도 이름으로 기도드립니다"라고 하면서도 정작 예수 그리스도라는 이름의 비밀을 알고 있는 사람들이 얼마나 될까?

흔히 사람들은 예수가 성이고, 그리스도를 이름이라고 알고 있는 경우가 많다. 그러나 이것은 잘못 알고 있는 것이다. 먼저 예수는 성경 마태복음 1장 21절에서 보듯이 '구원자'라는 뜻의 이름이다.

예를 들어 박근혜는 대통령, 박용배는 목사인 것처럼, 이름에 해당하는 부분이 예수인 것이다. 예수는 '구원자, 여호와의 구원'이라는 뜻을 가지고 있다. 그렇다면 어디에서 무엇을 구원한다는 말인가?

인간이 하나님을 떠나 저주에 빠졌다. 그리고 사탄, 마귀에게 장악되어 살다가 죽으면 영원한 지옥에 가야 한다. 예수는 바로 이 저주와 사탄, 마귀, 그리고 지옥의 자리에서 우리를 구원하러 오신 자라는 의미인 것이다.

그러면 그리스도란 무엇인가? 그리스도는 이름이 아니라 직분이다. 즉, 대통령, 총리, 목사에 해당하는 것이다. 그리스도는 '기름 부음 받은 자'라는 뜻인데, 이 부분을 설명하기 위해 구약시대로 올라가 보자.

구약시대에 이스라엘에서는 세 종류의 취임식에서 머리에 기름을 부었다. 다시 말해 머리에 기름을 바르며 안수식을 거행했다는 뜻이다.

먼저 선지자를 세울 때 머리에 기름을 부었다. 농사짓던 엘리사에게 어느 날 엘리야가 찾아와 그의 머리에 기름을 부으며 선지자로 세웠다. 그때부터 엘리사는 하나님이 들려주시는 음성을 받아 죽는 순간까지 백성들에게 그 말씀을 전달하는 일을 수행하였다. 이처럼 선지자는 하나님을 떠나 있는 사람들에게 하나님 만나는 길을 알리는 역할을 했던 것이다.

요한복음 14장 6절에 보면, 예수님께서 "내가 곧 길이요 진리요 생명이니 나로 말미암지 않고는 아버지께로 올 자가 없느니라"라고 하셨다. 예수님께서는 하나님 떠난 인간이 하나님을 만나는 길이 되신, 참 선지자이시다.

그리고 제사장의 취임식 때에도 머리에 기름을 부었다. 하나님 말씀을 기준으로, 하라는 것을 안 해도 죄가 되고, 반대로 하지 말라는 것을 해도 모두 죄가 되었다. 죄를 지으면 저주가 임하게 되는데, 구약시대에 죄를 지었을 때 이 문제를 해결하기 위해 달려가는 곳이 바로 성전이었다. 성전에는 제사장이 있었는데, 제사장에게 자신의 죄를 고백하면 제사장은 "하나님의 아들 예수 그리스도가 오셔서 너 대신 죽어주실 것을 믿느냐?"라고 묻는다. 믿는다고 대답하면, 제사장이 어린 양 한 마리를 끌고 와서 양 머리에 죄 지은 사람의 손을 얹고 그 위에 자신의 손을 얹은 후 기도를 해준다. 그리고 나서 그 양을 죽이고 태워 없애면, 그 사람의 죄가 용서 받게 되는 것이다. 이렇게 양을 잡아 죄 문제를 해결해 주었던 제사장처럼, 예수님은 십자가에서 죽으심으로 우리의 죄를 해결해주셨다. 이 사실을 믿으면 모든 죄 문제에서 해방된다. 이처럼 예수님은 십자가에서 모든 죄 문제를 단번에, 영원히, 그리고 완전히 해결해주신 참 제사장이시다.

　　마지막으로 구약 시대에 왕이 취임식 할 때 머리에 기름을 부었다. 당시 왕의 명령은 절대 명령이었다. 왕은 주변 국가로부터 백성을 지키고 다스리는 절대적인 지위를 가지고 있었다. 요한일서 3장 8절에 하나님의 아들이 나타나신 것은 마귀의 일을 멸하려 하심이라고 했다. 예수님은 마귀의 권세를 완전히 꺾으신 참된 왕이시다. 고양이에게 쥐는 싸움의 대상이 아니다. 고양이가 나타나면 쥐는 바로 도망가기 마련이다. 그리고 어두움 역시 빛이 비춰지는 순간 사라져 버린다. 마찬가지로 예수를 나의 참된 왕으로 고백하는 순간, 마귀는 꺾이고 도망가 버린다.

독자 여러분! 여러분은 혹시 운명, 사주팔자를 따르고 굿과 점, 제사를 지내야 하는 귀신의 법에 따라 살고 있지 않은가? 여기에서 빠져 나오는 이름이 바로 예수 그리스도다.

휴대폰을 구입했다고 바로 통화가 되는 것이 아니다. 개통을 해주어야 휴대폰이 제대로 작동되듯이, 내 마음속에 예수님을 그리스도로 믿고 고백하고 영접할 때 구원을 받게 되고, 하나님의 자녀로서의 축복을 받게 되는 것이다.

'크리스마스'란 단어는 라틴어 즉, 로마어로 그리스도를 뜻하는 '크리스'와 날을 뜻하는 '마스'가 합쳐져서 '그리스도 나신 날'이라는 뜻이다.

인류의 역사는 그리스도 오신 날을 기원으로 하여 그 이전 시대를 'B.C.'라 일컬어, 예수 이전 시대라고 하고, 예수 이후 시대를 '아도나이 도미네(A.D.)', 즉 예수 이후 시대라고 한다. 우리의 생년월일은 예수 그리스도가 오신 지 몇 년, 몇 월, 몇 일이 되던 때에 내가 태어났다는 것을 의미한다. 나는 1958년 6월 16일생이다. 즉, 예수 그리스도가 이 땅에 오신 지 1958년 6개월 하고

16일 되던 날에 내가 태어났다는 것이다. 이것은 이 땅의 모든 역사가 예수 그리스도를 중심으로 돌아가고 있음을 보여준다.

그렇다면 예수님을 믿는 사람들은 어떤 축복을 받게 될까?

첫째, 하나님의 자녀가 되는 축복이다. 요한복음 1장 12절에 '영접하는 자, 곧 그 이름을 믿는 자들에게는 하나님의 자녀가 되는 권세를 주셨으니'라고 했다. 자녀가 부모님의 것을 누릴 수 있듯이, 하나님의 자녀 역시 하나님의 것을 누리게 된다.

둘째, 하나님의 인도를 받게 된다. 시편 48편 14절에 보면 하나님은 우리를 죽는 날까지 인도하신다고 말씀하신다. 하나님의 인도 받는 삶을 신앙생활이라고 한다.

셋째, 하나님께 기도 응답을 받게 된다. 하나님은 기도하는 자에게 응답하시겠다고 약속하셨다.

넷째, 사탄을 이기는 권세를 주신다. 예수 그리스도의 이름으로 사탄, 마귀, 귀신이 꺾이고 도망간다.

다섯째, 돕는 천사를 보내주신다. 천사 얘기는 성경에 너무나 많이 나온다. 대통령의 자녀나 가족이 움직이는 곳에 경호원들이 동행하듯 하나님의 자녀가 가는 곳에는 천군, 천사가 동행하면서 보호한다.

여섯째, 천국 시민권자의 배경이다. 빌립보서 3장 20절에 '오직 우리의 시민권은 하늘에 있다'고 했다. 이것을 다른 말로하면

보좌의 배경이라고도 한다. 보좌에 계신 예수 그리스도가 나의 배경이 된다는 것이다.

일곱째, 세계 복음화의 주인공으로 살게 하신다. 하나님께서는 예수 그리스도의 비밀을 잘 누리는 자를 통해서 세계 선교와 세계 복음화를 하신다고 약속하셨다.

이렇게 예수 그리스도를 믿고 고백하고 영접하면, 죄와 저주, 사탄, 마귀에게서, 또 지옥 배경에서 완전히 해방된다.

나는 그 스님 부부에게 예수가 왜 그리스도인지, 예수를 안 믿을 때 일어나는 인생 실패 6가지에 대해서 설명하고, 거기에서 빠져나오는 길이 예수 그리스도라고 말했다.

예수 그리스도를 마음으로 믿고 입으로 시인하면 지금 이 시간 즉시 구원받는다고 하자, 스님 부부는 무릎을 꿇고 예수를 그리스도로 영접하였다. 나는 너무나 기뻤다. 그 후, 그들은 법당을 걷어내고 여자 스님은 신학교에 다니며 전도자로 쓰임 받을 준비를 하고 있다.

불교는
어떤 종교인가?

그럼 불교는 어떤 종교인가?

석가모니의 원래 이름은 '싯다르타'이다. 그는 마야왕국 황제의 아들로 태어나서 가만히 있으면 왕이 될 수 있는 분이었다. 그가 28세 되던 해였다. 하루는 그가 왕궁에서 바깥을 내려다보고 있는데, 어떤 사람이 등에 누군가를 업고 달려가는 모습이 보였다.

"저 사람이 지금 어디로 가는 것이냐?"

그러자 옆에 있던 신하가 병든 사람을 업고 병원에 가는 것 같다고 대답했다. 이번에는 다른 한쪽에서 죽은 사람을 상여에 메고 매장하러 가는 행렬이 보였다. 그중에는 통곡하며 따라가는 유가족들도 있었다. 그는 다시 신하에게 물었다.

"저 사람들은 지금 왜 저러는 것이냐?"

신하는 사람은 누구나 태어났으면 늙고 병들고 죽는다고 대답했다.

그 말을 들은 석가모니는 왕궁을 뛰쳐나와 보리수나무 아래에 앉아 6년 동안 생로병사를 고민하였다.

어느 날, 그의 제자가 와서 물었다.

"선생님, 죽고 난 뒤에 우리는 어떻게 되겠습니까?"

그때 석가모니는 살아서의 일도 다 모르는데 죽고 난 뒤의 일을 내가 어찌 알겠느냐고 답했다. 또한 자신을 누구라고 생각하느냐는 제자들의 질문에 '도를 찾아가는 구도자'라고 말했다고 한다.

결국 그가 깨달은 것은 인생에 고통을 가져다주는 108번뇌의 뿌리가 '인간의 욕망으로부터 온다는 것'이었다. 욕망을 버리고 또 버리다 보면, 나중에는 나 자신이 살아 있음조차 망각해버리는 단계에 이르게 되고, 그것을 무아의 경지에 이르렀다고 하며 열반의 세계에 들어갔다고도 한다. 불교는 깊이 들어가면 들어갈수록 '무의 세계'에 이르게 된다.

흔히 불교를 믿는 사람들은 석가모니의 교리와 가르침에 다른 것을 많이 혼합해서 믿고 있는 경우가 많다.

한 번은 석가모니가 인도에 갔는데, 인도에는 힌두교 교리가 그 사회를 장악하고 있었다. 지금도 인도에는 '카스트'라는 제도가 있다. 이 계급 제도는 피라미드 형식의 크게 네 계층으로 분류되고, 그 네 계층마다 각각 일곱 단계로 나누어진다. 제일 위쪽 계급이 상류층 사람들로 제사장 급의 엘리트층이며, 제일 아래 계급의 서민들은 인간 이하의 대우를 받으며 살고 있다. 그럼에도 불구하고 이들이 저항하거나 폭동을 일으키지 않는 것은 카스트 제도와, 이를 뒷받침해주는 '윤회설'이 있기 때문이었다.

귀족 계급의 사람들이 호화롭게 살 수 있는 것은 전생을 잘 살았기 때문이고, 아래 계급의 가난하고 고통스럽게 사는 서민들은 전생에 잘못 살았기 때문이라고 말하는 것이 윤회설의 해석이다. 그래서 지금 비록 고통스럽게 살더라도 저항하지 않고 순종하며 착하게 살아야 다음 세대에 상류층으로 태어날 수 있다는 것이다.

석가모니는 그 카스트 제도가 인간이 만든 제도들 가운데 가장 잘못되고 악한 것이라고 비판했다가 선교지인 인도에서 추방되고 말았다.

그런데 부처님을 믿는다고 하면서 부처님이 가장 강하게 비판했던 윤회설을 믿는다는 것은 불교와 힌두교를 혼합하여 믿는 것을 뜻한다.

석가모니는 "나를 믿으면 극락에 간다"라고 말한 적이 없다. 다만 "사람이 죽으면 끝이지만 재생은 있을 수 있다"라고 했을 뿐이다. 망고 나무의 씨앗이 땅에 떨어져 망고 나무가 다시 자라듯이 사람이 죽으면 끝이지만 재생이 있을 수도 있다는 것이다. 또한 석가모니는 아무런 부처상도 만들지 말라고 했다. 그러나 몇백 년 후에 사람들이 부처상을 만들고 불공을 드리게 된 것이다.

원래 불교에서는 사십구제, 천도제 같은 제사가 없었다. 이러한 것들은 후대에 사람들이 절간 운영을 위해 만든 제도들이다. 이런 사실들을 더 자세히 알고 싶으면 만행 스님의 저서, 《하버드에서 화계사까지》를 참고하기 바란다.

불교 믿는 사람들은 제사를 지내고 있다. 제사는 중국의 공자로부터 시작되었는데, 그는 중국이 36개 나라로 나누어져 있을 때, 재상을 지냈던 인물이다. 그가 말년에 고향인 노나라로 돌아와 보니, 어머니가 자신을 기다리다가 돌아가신 것이었다. 혼자 계신 어머니를 돌보지 않았던 불효를 뉘우치며 정성껏 음식을 차려놓고 어머니를 기리게 되었는데, 바로 여기에서 제사가 유래된 것이었다.

우리나라는 고구려 시대 때 불교를 받아들였다가 이성계가 조선을 세우고 왕이 되면서 불교를 배척하고 유교를 국교로 삼게 되었는데 그때 제사 문화도 함께 들어오게 되었다.

유교의 교리는 삼강오륜이다. 삼강이란 신하는 임금을 섬기고 아들은 아버지를 섬기며 아내는 남편을 섬기는 것을 근본으로 하는 것이고 어른과 아이는 차례가 있어야 하며 벗과 벗은 신뢰, 곧 믿음이 있어야 한다는 교리이다.

그런데 많은 불교 신자들이 불교를 믿는다고 하면서 윤회설도 믿고 제사도 지낸다. 이것은 순수한 석가모니의 교리를 믿는 것이 아니라 불교, 유교, 힌두교를 혼합해서 믿는 것이 된다.

부처님은 훌륭하신 분이다. 왕자의 자리를 버리고 생로병사를 고민한 것 자체가 보통 사람은 할 수 없는 일이다.

공자님은 아침에 도를 깨우치면 저녁에 죽어도 좋다고 했었다. 소크라테스도 너무나 훌륭한 사람이었다.

그러나 그분들은 그리스도가 아니다. 하나님이 우리의 근본 문제를 해결하시려고 인간의 몸을 입고 이 땅에 오셔서 십자가에서 대신 죽으시고 부활하심으로 하나님의 공의를 이루셨음을 믿기만 하라는 것이 복음이다.

사람이 생로병사를 고민하다가 깨우쳤다고 하는 것을 종교라고 한다. 종교를 가지고는 사탄 문제, 저주 문제, 지옥 문제가 해결되지 않는다. 혹자는 말하기를 '서울 가는 길이 기차 길도 있고, 비행기로 가는 길도 있고, 버스로 가는 길도 있는 것처럼 진리에 이르는 서로 다른 종교가 있는데 왜 기독교만 옳다고 고집하냐'고 반박하기도 한다.

예를 들어, 롤렉스 시계가 있는데 진품을 흉내 낸 모조품 시계는 진품의 가치로 인정하지 않는다. 아니, 인정할 수가 없다. 가짜 롤렉스 시계가 진품을 보고 '너와 내가 비슷하게 생겼는데 왜 너만 옳다고 하느냐?'고 따져도 진짜는 가짜를 인정해 줄 수 없는 것과 같다.

1987년 11월 29일, 대한항공 858편 보잉 707기가 공중 폭파하는 사건이 일어났다. 북한에서 특수 폭파 임무를 맡은 김현희가 이 사건에 연루되어 붙잡히게 되었다. 이때 113명의 내국인과 2명의 외국인, 총 115명이 목숨을 잃어 안타까움을 자아냈다.

김현희는 현장에서 검거되었고, 그녀는 자살을 시도했으나 실패로 돌아갔다. 그러던 중 조사 과정에서 그녀는 김정일이 시켜서 그렇게 한 것이고 잘못했으니 살길을 달라고 자수하며 대한민국으로의 귀순 의사를 밝혔었다. 그리고 나서 그녀는 지금까지 살고 있고, 책도 두 권이나 저술했다.

이와 반대로 이인모씨는 종군기자로 간첩활동을 하다가 붙잡혀서 30년이 넘도록 감옥에 수감되어 있었고, 미전향 장기수로 남아있었다. 대한민국으로 전향하겠다고만 하면 대한민국 국민으로 안전하게 사는 길이 있었지만 그는 자유도 싫고 귀화도 싫고 오직 공산주의와 김일성에 대한 충성심만을 고집했다. 그후, 그가 병이 들고 건강이 악화되자 김영삼 전 대통령 당시 우리 정부는 인도주의적인 차원에서 그에게 북송 길을 열어 주었다. 북한에서는 그를 판문점에서부터 열렬히 환영하며 체제선전에 이용했다.

　죄를 많이 지었다고 구원 못 받는 것이 아니라, 예수님을 구주로 안 받아들이면 구원 못 받는 것이다. 아무리 북한에서 넘어와 대한민국에 산다고 하더라도 자수하지 않고 살다가 붙잡히면 간첩혐의로 감옥에 가야 하지만, 아무리 간첩으로 넘어왔더라도 자수하는 순간엔 대한민국 국민으로 살 수 있는 것처럼 예수 믿고 구원 받으면 마귀의 자녀가 하나님의 자녀로 바뀌게 된다.

　소낙비가 많이 내려도 병의 뚜껑을 닫아 놓으면 한 방울의 물도 병 속에 들어가지 않듯이 예수 그리스도를 마음속에 영접하지 않으면 하나님과 나는 아무런 상관이 없게 된다.

　뷔페식당에 가보면 맛있는 음식들이 가득하다. 이 맛있는 음식 앞에서 웬만큼 자제력이 없는 사람은 대부분 과식을 하게 된다.

　하지만 아무리 음식이 많이 있어도, 내가 그릇에 덜어서 먹지 않으면 그 음식은 나에게 아무 소용없는 것이다. 이처럼 예수 그리스도에 대해 들었다 하더라도 마음속에 그분을 영접해 드리고 인격적으로 모시지 않는다면 나는 그저 구경꾼에 불과하게 된다.

"어떤 죄인이라도 괜찮다. 예수만 믿으면 구원 받는다."

예수님은 이렇게 말씀하셨다. 건강한 사람에게는 의사가 필요 없고, 병든 자에게 의사가 필요한 것처럼 당신은 죄인을 부르러 왔노라고 말이다.

종이 한 장은 바람에도 쉽게 날아가고, 어린 아이가 찢어도 찢어질 만큼 약하다. 하지만 종이에 본드를 칠해서 단단한 벽에 붙여 놓으면 그 벽이 무너지지 않는 이상 종이는 벽과 운명을 함께 할 수 있다. 이처럼 나 자신은 연약하고 부족하지만 든든하고 강하신 예수 그리스도와 함께하면, 창조주 하나님의 배경으로 살게 되기 때문에 나 역시 강한 사람이 된다.

나는 너무나 연약하고 보잘 것 없는 존재였지만, 예수 믿고 하나님의 자녀가 되고 나니 하나님의 은혜로 능력 있게 살게 되었다.

세상에는 두 종류의 사람이 살고 있다. 애벌레같이 사는 사람과 나비같이 사는 사람이다. 먼저 애벌레가 기어 다니는 것과 같은 사람이 있다. 성충이 되기 전의 유충인 애벌레는 기어 다니는데 조그마한 돌덩어리 하나도 큰 산이 가로막고 있는 것처럼 버겁게 느껴진다. 실개천 물도 그에게는 홍수와 같으며, 토끼가 지나갈 때면 밟힐까봐 노심초사한다.

하지만 성충이 되고 나비가 된 후에는 다르다. 훨훨 날 수 있는 능력이 있기 때문이다. 나비에게는 산이 있어도 괜찮고, 절벽에 있어도 아무 문제가 되지 않는다. 강물을 만나도 날아서 건너버리면 그만이고, 호랑이가 덤벼들어도 얼마든지 피할 수 있다.

이처럼 나비같이 사는 사람은 어떤 큰 문제가 와도 괜찮다. 문제 속에서 더 큰 응답을 기다리며 그것을 갱신의 기회로 삼는다.

마라톤 완주

나는 마라톤을 세 번 완주했다. 앞으로도 계속 도전할 생각이다. 도전하는 인생은 살아있고 아름다운 것이다. 아무런 꿈도, 비전도, 용기도 없는 삶은 문제가 있는 것 아닐까? 마태복음 11장 12절에는 '천국은 침노하는 자가 차지한다'고 했다. 믿음으로 도전해 보라.

여호수아 17장 15절과 18절에 보면 '스스로 개척하라', '네가 개척하라'라는 말씀이 나온다. 아무도 내 인생을 대신 살아줄 수는 없다. 내가 배가 고플 때 친구가 대신 밥 먹어 준다고 나의 허기진 배가 채워지는 것은 아니다. 내가 목이 말라 갈증이 나는데 누군가가 대신 물을 마셔준다고 해서 나의 갈증이 해소되는 것

청라 사랑의 교회 마라톤 대회 모습.

은 아닌 것이다. 이와 같이 믿음 안에서 나의 인생을 스스로 도전하고 성취하고 개척해 나가야 한다.

여호수아 18장 4절과 6절, 8절과 9절에 보면 '너희 자신이 정복할 땅을 그림으로 그려서 지도자인 여호수아 앞으로 가지고 나오라'는 말씀이 있다. 내가 정복하고 성취하고 차지할 그 땅의 그림과 지도가 그려지고, 그것에 대한 간절함과 반드시 성취해 내겠다는 절박함이 있으면 된다. 그러면 그 그림과 지도는 반드시 성취된다.

나는 나의 3년, 5년, 10년 동안의 응답을 미리 그림 그렸고, 믿음으로 바라보았는데 하나님께서는 항상 내 그림보다 더 큰 응

청라 사랑의 교회 마라톤 대회 모습.

답으로 성취시키시는 것을 맛보았다.

예수 믿고 구원 받아 성령 충만의 응답을 받아 보자. 나비가
되어 날아다니면, 기어 다니는 애벌레를 볼 때, '나도 저런 시절
이 있었던가' 하는 생각이 든다.

지금 자신이 애벌레로 기어 다닌다고 생각된다면, 훨훨 날 수
있는 나비의 세계에 도전해 보는 것이 어떨까.

탈북자
목사님을 세우고

나는 북한 선교를 17년가량 해오고 있
다. 지금 한국에는 2만 7,000명가량의 탈북자들이 와 있다.
1945년부터 1953년 휴전이 되기까지 그 사이에 북한에서 한
국으로 들어온 사람을 실향민이라고 한다. 그 이후에 넘어온
사람을 탈북자, 새터민, 북한 이탈민 등 다양한 이름으로 부르
고 있다.

나와 우리 교회는 이러한 탈북자들 가운데, 북한 복음화를
위해 목회자로 준비할 사명자를 찾아 신학교에 보내고 목회자로
준비시키고 있고, 앞으로도 계속 지속할 것이다.

현재 우리 교회에는 탈북자가 여러 명 출석하고 있고, 신학교

에 재학 중인 탈북자들도 있다. 뿐만 아니라 국경지대의 여러 곳에서 탈북자들이 모여 신학 공부를 하고 있다.

그중에는 북한에서 대학을 졸업하고 여러 가지 일로 국경을 넘어왔다가 팔려 와서 아이를 낳고 살다 나를 만나게 된 두 명의 사명자가 있다. 이들은 신학공부를 마치고 목사안수를 받아 지금은 목회자가 되어 다른 탈북자들을 제자로 찾아 사역자로 세우는 일을 하고 있다.

나의 1차 목표는 북한에 문이 열리면 복음 들고 북한에 들어가서 교회를 세우고 북한을 복음화 할 선교사, 즉 탈북 목회자를 100명 이상 세우는 것이다. 지금 몇 십 명의 사명자들이 그렇게 세워지고 있으니 가능하리라고 생각한다.

또한 북한의 문이 열렸을 때, 교회를 100군데 이상 세우게 해 달라는 기도도 하고 있다.

북한 선교를 할 수 있도록 기도와 물질로 헌신하시는 김남옥 장로님과 여러 성도님들께 깊이 감사를 드린다. 송도 사랑의 교회를 섬기고, 탈북 청소년 대안 학교를 운영할 수 있도록 헌신하고 기도해 주시는 조연숙 장로님께도 깊이 감사드린다.

보이지 않게 헌신하시는 중직자 분들과 사명자들께도 다시 한 번 감사드리며 하나님께 모든 영광을 돌려드린다.

원고가 마감되어갈 무렵, 기쁜 소식이 들려왔다. 영흥도 대안

학교에 재학 중이며 신학 공부를 하고 있는 탈북자 변종혁 군이 2014년 4월에는 고입 검정고시에 합격하더니 8월에 치른 고졸 검정고시에도 합격했다는 반가운 소식이었다.

또한 탈북 전도사인 윤예진 전도사님의 딸, 은혜양이 2013년에 고입 과정과 고졸 과정 검정고시에 합격하고 2014년에는 고려대 북한학과 수시 전형에 합격했다는 것이었다. 하나님의 은혜에 감사할 뿐이다.

국내의 도시와 농촌에는 미자립 교회가 너무나 많다. 나의 또 다른 기도제목은 개척 교회 수준을 벗어나지 못하고 있는 어려운 교회의 목사님과 사모님들을 영적 훈련을 통해 미자립에서 벗어나도록 도와드리는 것이다.

내가 받은 응답과 축복을 함께 나누고 그분들도 전도와 제자의 응답을 누리도록 도울 수 있기를 기도하고 있다.

지금은 교회에 부채가 있지만 부채를 해결하고 나면 선교사님들을 여러 나라에 파송하여 세계를 복음화하는 일에 헌신할 것이다.

그리고 지금 가장 시급하고 중요한 일은 후대를 키워내는 것이라고 생각한다. 세계 복음화의 주역으로 자라날 후대들을 키워내는 일에 혼신의 힘을 기울일 것이다.

나의
미래는?

나는 몇 살까지 살다 갈지 모른다. 그것은 나의 소관이 아니고 전적으로 하나님의 주권에 달려 있기 때문이다. 나는 몇 명이 모이는 목회를 하게 될지 모른다. 그것 역시 하나님이 하실 일이다. 나에게는 터럭 하나도 희고 검게 할 수 있는 능력이 없다.

성경 마태복음 8장 9절에 나오는 백부장의 고백처럼 가라 하시면 가고, 오라 하시면 오고, 서라 하시면 서고, 앉으라 하시면 앉고, 그저 주님의 명령에 따를 뿐이다.

나의 생명의 주인은 내가 아니고 주님이시기 때문이다. 우리 청라 사랑의 교회, 송도 사랑의 교회의 주인은 예수 그리스도이시다.

좋은 비서는 자신이 모시고 있는 주인을 마음대로 끌고 다니지 않는다. 주인이 비빔밥을 먹고 싶다고 하면 나는 짜장면이 먹고 싶어도 주인이 좋아하는 비빔밥집으로 가야 한다. 주인을 내 입맛에 맞추어 이리저리 끌고 다니는 비서는 그 주인에게 좋은 일꾼으로 인정받기 힘들 것이다. 좋은 비서는 주인의 스케줄에 따라 움직이고 그의 일이 잘되도록 도와야 하듯이, 나는 나의 주인, 우리 가정의 주인, 우리 교회의 주인이신 주님 뜻대로 쓰임 받기를 원한다.

주 예수 그리스도만 존귀하게 높여지길 기도한다.

나는 그동안 너무 무리하게 많은 사역과 일을 했다. 그래서인지 7~8년 전에는 목 디스크로 심한 고생을 하였고 왼팔이 너무 저리고 아파서 마이크를 잡을 수도 없었다. 또한 통증 때문에 잠을 잘 수도 없었다.

그런데 서울 강서구에서 한의원을 하시는 권진혁 장로님이 나를 정성껏 치료해 주었고, 거짓말처럼 완치되었다.

또한 2년 전쯤엔 허리 디스크가 와서 심한 고생도 했다. 그때도 역시 장로님의 치료로 깨끗하게 낫게 되었다. 지면으로라도 권진혁 원장님께 감사를 드린다.

나는 건강이 따라주는 만큼 북방 선교와 전도, 선교, 제자 세우는 일에 혼신의 힘을 다 쏟을 생각이다.

앞으로 기회가 있으면 틈틈이 그림을 배우고 싶다. 그래서 그림으로 많은 작품을 남기고 싶다. 그리고 색소폰도 배우고 싶다. 악기는 이미 구입해 놓았지만, 아직 시간이 없어 배우지 못하고 있다. 색소폰을 배워서 멋지게 연주해 보고 싶다.

20여 년 동안 전도의 문이 열려, 와서 복음을 전해달라는 곳이면 어느 곳이든 달려가서 예수가 그리스도이시며 그리스도는 모든 문제의 해결자 되심을 증거 하였다. 교회는 산동네 빈민촌에서 시작하여 상가 교회로, 이후 공장을 사서 증개축하여 교회당으로 사용하다가, 지금은 인천 청라국제도시의 청라고등학교 옆에 있는 종교부지에 잘 지어놓은 교회당을 구입하여 목회할 수 있도록 하나님께서 인도해 주셨다. 날마다 국내외에 가는 곳곳마다에서 오직 예수 그리스도의 복음만 증거 하였는데 하나님께서는 교회를 부흥시켜주셨고, 청라국제도시와 송도국제도시에서 목회할 수 있도록 인도해주셨다. 오늘의 내가 이런 사역을 할 수 있도록 눈물의 기도와 보이지 않게 헌신해주신 우리 교회 성도님들과 국경지대 사역에 동참하여 수고해주신 선후배 동료 목사님들께도 감사드리고, 북한선교에 기도와 물질로 동참해주신 주변 교회 성도님들께도 깊이 머리 숙여 감사드린다.

나는 행복자이다. 그리스도를 알고 누리니까 너무나 행복하다. 나를 누구보다 사랑해주는 장인, 장모님, 그리고 아내와 사랑하는 아들 요셉과 며느리 지원이, 손자 이룸이가 있다. 이들을 위해 나는 항상 기도한다. 그리고 사위 김흥환 목사와 딸 한나, 외손자 시원이와 자유를 위해서도 계속 기도하고 있다. 가족들을 보면서 나는 행복하고 힘을 얻는다. 그리고 나를 위해 끊임없이 기도해주며 온갖 헌신을 아끼지 않는 우리 청라 사랑의 교회 성도들과 송도 사랑의 교회, 남동 사랑의 교회, 영흥 사랑의 교회 성도 모두를 사랑하며 감사드린다. 또한 북방지역의 처소 교회들과 탈북자 가족에게도 지면으로나마 사랑과 고마움을 전하고 싶다.

이 책을 읽는 독자들에게도 주 예수 그리스도의 이름으로 축복을 전하고 싶다.

요한복음 19장 30절에서 주님은 십자가에서 다 이루었다고 선언하셨다. 인간의 모든 고통과 저주, 실패와 문제를 단번에, 영원히, 완전히 끝내신 것이다.

그러므로 그리스도 한 분이면 충분하고 완전하다. 더는 모자란 것도, 더 필요한 것도 없다. 그리스도 안에 모든 것이 다 있고, 그리스도께서 성령으로 24시간 나와 함께 하시기 때문이다. 이런 상태를 '성령 충만'이라고 한다.

내가 만난 예수 그리스도를 여러분들도 만나보시고 평안과 축복을 누리게 되시기를 기원한다.

복음은 참 대단한 것이다. 예수 그리스도는 완전하고 충분하고 모든 것이며 부족함이 없는 분이시다.

나는 시골에서 지게꾼으로 살아야 할 사람이었다. 그런데 예수 그리스도, 그분께서 나를 완전히 바꾸어 주셨다.

어릴 때 부모님이 별세하셨고 고아처럼 자란 나를 하나님은 훈련시키시면서 치유하셨고, 다듬어 주셨다.

내가 잘못된 고정관념과 스스로 만든 굴레 안에서 괴로워하고 힘들어 할 때, 하나님은 나에게 감당할 힘을 주셨고 끊임없이 도전하게 해주셨다.

지금 나는 너무나 행복한 전도자로 살고 있다.

오늘이 있기까지 밤낮없이 눈물로 기도해주신 나의 장인 어르신 이재훈 장로님과 장모님이신 김쌍금 전도사님께 감사드리며 오늘까지 묵묵히 나의 목회를 기도와 내조로 도와준 사랑하는 아내 이경희 사모께 감사드린다.

그리고 아들 요셉과 며느리 지원이, 손자 이룸이가 미국에서

장인 어른 생신날.

장모님이 세우고 시무하시는 안동 풍산 동신 교회 앞에서.

공부하느라 고생하고 있는데 이들에게 고마움을 전하고 싶다.

또한 사위 김홍환 목사와 딸 한나, 외손자인 시원이와 자유 모두

미국 워싱턴 D.C.에서 공부 중인 아들 가족. 군산에서 목회 중인 사위와 딸의 손자들.

사랑하며, 고맙다는 말을 전한다.

우리 사랑의 교회 중직자 분들과 성도님들께 감사와 고마움을 전하고 모든 영광은 오직 하나님께 돌려드린다.

어려운 여건 속에서 최선을 다해서 나를 돕고 수고해주신 장철원 장로님께 감사를 드린다. 그리고 원고를 정리해 준 강유진 자매에게 깊이 감사드리고 항상 작품 사진으로 헌신해 주시는 사랑하는 문미나 장로께도 감사의 말씀을 전하고 싶다. 마지막으로 책을 낼 수 있도록 도와주신 매경출판에 깊은 감사를 드린다.

울산에 계신 누님이 원고를 읽어보고 어릴 때 아버지 밑에서 고통당했던 사실을 "너는 백분의 일도 표현하지 못했다"고 하였다. 그만큼 어린 시절은 힘들었다. 그 어려움이 오늘의 나를 만

아내 이경희 사모와.

들어주었다. 오히려 하나님께 감사할 뿐이다.

수년 전 장인 어르신께서 건강이 악화되어 안동 성소병원에 입원해 계셨다. 너무 쇠약해져서 몸무게가 30kg이 조금 넘을 정도였다. 위독한 상황에서 나는 하나님께 간절히 기도하였다. '장인께 효도할 수 있는 기회를 달라'고. 하나님은 장인의 건강을 회복시켜 주셔서 지금은 건강한 모습으로 장모님의 목회를 잘 돕고 계신다. 감사드린다. 장모님은 캄보디아에 두 교회당을 건축하셨고, 고향 의성군 춘산면 신흥리에 신흥 교회와 안동 풍산의 동신 교회당을 건축하여 목회를 하고 계신다. 기도와 눈물로 건축한 교회당이다. 감사를 드린다.

전도훈련에 참가한 연기자 최철호 씨와 함께.

박정희 대통령의 아들 박지만 씨와 함께.

윤형주 장로님과 함께.

딸 한나의 결혼식에서 사위 김흥환 목사의 가족들과 우리 가족들이 모였다.

아들 요셉이 중학생일 때 미국 사역에 동행하여 백악관에 들렀다.

아내와 동행한 백두산 천지.

우크라이나에서 온 자매들이 전도훈련에 참여하였다.

프랑스에서 온 여학생들이 전도훈련에 참여하였다.

연기자 이정길 씨와 뽀빠이 이상용 씨와 함께.

경인방송 iTV 게릴라 리포트 방송에 출연했을 때.

설교 중인 필자.

중직자 임명식.

주일학교 졸업식.

세족식.

성찬식.

청라 사랑의 교회 예배 모습.

한동대 김영길 총장님과 함께.

축구선수 이근호와 함께.

권진혁 장로의 딸 하은 양의 유아 세례식.

아내 이경희 사모와 호주 사역 길에 시드니 오페라하우스 앞에서 포즈를 취했다.

아랍의 전통혼례식에 참여하였다.

아버지 학교 송길원 목사님과 함께.

만리장성 끝에서 포즈를 취한 필자.

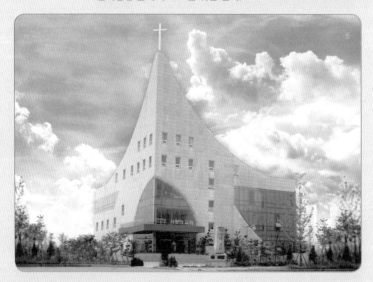

청라 사랑의 교회 성전 전경.